JN065049

疾走の果てに

神宮清志

鳥影社

大正元年先帝陛下御大葬に臨む
（祖父・神宮暠壽夫妻）

神宮暠壽（慶應 3 年 18 歳）

岳人としての父・神宮徳壽

渋谷クラブ、ラミの店内と店外

疾走の果てに　目次

はじめに

自分の生まれがいかに貴かろうと、親の地位も名誉も十分であろうと、いったんそれが瓦解してしまえば、その子孫にはとんでもない苦労が襲い掛《か》かることになる。わたしはそんな典型的な境涯を身をもって経験してきた。祖父も父も申し分ない地位と名誉の中に居り、経済的にも十分であった。ところがその父が四八歳という中途半端な年齢で他界し、時代は戦争へ一気に突入し、最悪の環境となっていった。

そんな中で兄たち姉たちは、まだその贅沢な暮らしの中で育ち、教育も受けることが出来た。しかしわたしは末っ子でまだ二歳のときに父に死に別れてしまった。父は何も残してゆかなかった。よってたちまち生活苦に襲われて、幼いときから普通の家庭の温かさの中に居ることが出来なかった。以後極貧の中で育ち、次々と屈辱と劣等感にさいなまれて、青年期を迎えた。

地獄には「無間疾走」という地獄があると聞く。全力疾走し続けなければいけない、という責め苦がそれである。わたしの青年期はまさにそれだった。食うために働く、大学で学ぶ、社会運動に命を懸ける、この三つにすべて打ち込んで一瞬たりとも休むこともなかった。その結果はどうなったか。

祖父のこと

僧侶から神官へ

祖父・神宮《じんぐう》嵩壽《たかとし》は明治時代に現れた神道系新興宗教のひとつである「御嶽教《おんたけきょう》」の第四代管長だった。『御嶽教史』に、祖父のそのころの地位の高さを次のように伝えている。

「その地位は宮中の席次が皇族、公爵に次ぐ第三位という高位であり、勅任官の県知事と同位に扱われるほどであった。正月には参内して天皇に拝謁し、ご機嫌を伺う栄誉を与えられており、鉄道の駅の乗降に際しては駅長の先導を受けるという地位である。」

当時東京都千代田区神田小川町に御嶽教本部があり、そこから馬車に乗って颯爽と宮中に参内する写真が残されている。そのときの服装が烏帽子直垂《ひたたれ》姿かというと、モーニングにシルクハットなのだから面白い。西欧崇拝の富国強兵時代を反映しているのだろうか。神田小川町には三階建ての邸宅があり、その門には日の丸がぶっちがえに掲げられて、親族及び教団幹部たちがその下で記念写真に納まっている。わたしは成人する頃まで本籍がこの神田小川町にあった。しかしその家に住んだことはない。父の言葉として伝えられるところによれば、日曜日の朝まだき寝床の中でニコライ堂の鐘の音が聞こえてきたという。

祖父は神宮暠壽、曾祖父は神宮常ノ丞《つねのじょう》と名前は分かっている。しかしこの苗字は途中からこうなったということが分かってきた。父は五、六歳まで関口晋太郎《しんたろう》だったと、長姉から教えてもらったことがある。神宮を名乗る以前は「関口」だったということになる。

祖父の暠壽が死んだときに、父が出した印刷物があって、その中に「大正人名事典」からの引用がある。

「君は神道家の白眉なり、栃木県の人神宮常ノ丞の男にして嘉永二年四月二十五日下野国下都賀郡新井村に生る、幼にして好学能く古今の典籍に耽溺し造詣深し、明治元年九月上野国高鳥村天満宮の神職となり、同年地方神職の取締職を勤続し爾来県下各社の社司を経て、同二十四年八月群馬県神職取締神道事務分局長となり、同二十八年国幣中社貫前神社宮司に補せられ、次いで国幣中社金比羅宮司、国幣中社二荒山神社宮司に歴任し、正六位勲六等に叙せらる、同三十八年三月宮司を辞し、御嶽教管長となる、(以下略)」

祖父暠壽が亡くなったのは大正一〇年一二月一八日である。享年七二。このとき御嶽教の第四代管長職にあった。父がその第五代を次いで管長職に就任し、「御嶽教報」第一号を発行し、その中に上記の記事が出ている。

この記事によって曾祖父の名前を「常ノ丞」と知ることが出来る。この常ノ丞がどういう人物であったかは、今のところ何も資料がなく不明としか言いようがない。生没年さえ分からない。この記事では神宮常ノ丞となっているが、神宮は明治以後に名乗ったとするなら、関口であった可能性が高いし、あるいは江戸時代のことゆえ苗字は無かったのかもしれない。どんな職業にあったかもむろん不明である。しかし推理する手掛かりが無いわけではない。それは髙壽という人物を観察すると見えてくるように思える。単なる想像の域を出ないけれど、多分僧職にあったのではないかと思われる。それというのも祖父髙壽が神職につく前は僧職にあり、一三歳のときすでに緋の衣を着ていたというから相当高い地位にあったことになる。そうなるとその父すなわち曾祖父常ノ丞が僧職にあったという想像が容易についてくるのである。

祖父髙壽は嘉永二年四月二五日に栃木県栃木市新井町（下野国下都賀郡新井村）で生まれた。それということは、例の黒船が日本にやってきて大騒ぎになる四年前に生まれたのである。それからの日本は動乱に次ぐ動乱、まさに幕末の混乱期に青春時代を過ごし、一九歳で明治維新を迎えたことになる。その明治元年に、上野国高鳥村天満宮の神職となったと「大正人名辞典」にある。とすれば明治維新とともに神官となったことになり、それまでの僧職からの鞍替えが鮮やかで、その要領のよさと素早い身の処し方には驚かされる。

歴史書で見ると、江戸時代の寺は現在の役所と同じようなところで、一般の人々は檀家制度によって寺の管理下におかれた。江戸幕府がキリシタンを弾圧する手段として、すべての国民を仏教徒として組み入れてその管理に大きな権力を寺に与えていた。しかし今の役所よりかなりたちの悪い役所である。寺の機嫌を損ねれば、出産、結婚、死亡、身分の証明が貰えず、檀家であるということが市民権の証であった。「道中手形」という旅行証明書も寺が発行していた。寺の人別帳から外されれば無宿人となるほかない。

それまで葬儀は一回やればよかったものを、何度もお布施を出さなければならない仕組みを勝手に作っていった。すなわち「初七日」「三十五日」「四十九日」「百箇日」「月々の命日」「お盆」「彼岸」がそれである。その都度意味不明のお経を上げてもらって、必ずお布施をはずまなければならない。さらに「塔婆料」に、もっとも分からないのは「戒名」である。檀家から搾り取ることに専念していたとしか思えない。ちなみに釈迦は弟子たちに「信徒の葬儀には絶対出てはならない」と教えているのである。

こうした現状に、国学者の多くが「坊主は無用の長物、百害あって一利なし」と主張し、幕末に盛んになった討幕運動の中で廃仏毀釈運動が各地に起こる。とりわけ倒幕運動の発祥地である水戸藩が激しかった。その隣地に位置する下野の国でもそうした動きはあったであろう。

慶應三年（一八歳）に写された写真が残っている。繊細な好人物の面影があり、少年の匂い立つような甘さを残し、逞しさは感じられない。何よりも飛びぬけて美男である。この当時肖像写真を撮ってもらえたということは、それなりの地位の高さを暗示している。

幼少時から学問に優れ、「水戸学」「国学」を学び、深い学識をもっていたとされる。その後葛壽の著した書を読むと、充分に学識の深さを見ることが出来る。調べてゆくと、最初「真言宗」の僧としての修行を積み、下野の国氏家宿光明寺及び観音寺の住職となったことが分かってきた。二つの寺の住職をしながら、同時に上野の国邑楽郡大ヶ野村天満宮の別当も兼任していた。二つの寺の住職を務めるということは多くの檀家を従えていたことになり、その勢力の大きさと地位の高さを偲ばせる。と同時に神社の神官をも兼任していたと聞くと、妙な感じを抱きたくなるが、当時では神仏習合思想のもとに各地で普通に行われていたことである。

その遺稿とされる「神政百話」によれば、荷田春満、賀茂真淵、本居宣長、平田篤胤を次々と読破し研鑽これ勤めたようである。平田篤胤には特に心酔したようだ。平田篤胤は「天皇を中心とした神の国」と日本国を意味づけた国学者で、多くの影響を及ぼした人物である。水戸学においてもその精神は同じで、日本は外国の影響を廃すべしとし、仏教の堕落を攻撃してやまない。仏教および儒教を廃し、古来の神道の精神による尊皇攘夷の思想を推し進めようとして、多くの維新の志士が水戸で育って各地に散っていった。明治から第二次大戦の終戦までの八〇年間はこの延長線上にあるといっても過言ではない。

そうした思想から畐壽は寺の住職の地位を放棄して、神官として新しい時代に生きようとしたものと見られる。学問の深さと時代の動きを察知して、ただちに行動に移したその実行力と素早い転身には、非凡なものを感じさせる。まさに時代の子であった。

時流に乗る

明治元年に一九歳にして上野の国（群馬県）の神社の神官として出発し、あまり人材もなかったのか特に秀でた学識と世渡り術の功なのか、たちまち宮司として有力な神社を次々とわたってゆくようになる。わたしの父が生まれたときは浅草の宿禰《すくね》神社の宮司だった。宿禰神社は野見宿禰《のみのすくね》という相撲の神様を奉った神社で、今でも東京の本場所があるときは、協会役員たちがお参りに来る。父が生まれたときは、時の横綱がお祝いに来たという。

当時の宮司は今でいう国家公務員に近い存在で、あちこちの神社を回った。日光二荒山神社の宮司になる前は、氷川神社（大宮市）貫前神社（群馬県一宮）琴平神社（四国）八坂神社（京都）といった神社の宮司を次々と務めている。いずれも超一流の有名神社で、現在ではそのほとんどが重要文化財に指定されている。二荒山神社の宮司になる頃には普通の宮司ではなく「大宮司」という地位についていた。明治天皇が崩御されたとき、その葬儀の式典を司る神職の中で一段と高い場所と服装で写真に納まっている。とにかく神職として申し分のない地位に上り詰めたことは間違いない。わたしの家にはわたしの家にだけ許された家紋がある。これも祖父が作ったもので、その地位の高さを象徴している。

神宮暠壽が書いた著書は今のところ六冊まで分かっている。それを列記する。

『八坂誌』神宮暠壽編　八坂神社発行　明治三九年七月（一八巻附一巻）
　国学院大学所蔵
『御嶽教教規』御嶽教大本庁編　明治四一年刊
大谷大学 昭和八年刊（七版）大倉精神文化研究所所蔵
『御嶽教初門教信徒心得』神宮暠壽著　明治四一年刊　無窮会所蔵
『禮儀寶典』神宮暠壽編　明治三九年刊　内務省神社局考査課所蔵
　無窮会所蔵　昭和三年刊（尾前広吉編）もあり
『祈禱禁厭神占傳《きとうきんえんしんせんでん》』神宮暠壽著　明治三九年刊　無窮会所蔵
『御嶽教教信徒初門神拝詞』神宮暠壽著　明治四一年刊　無窮会所蔵

以上編著あわせて六編である。このうち手にとって見たことがあるのは『八坂誌』のみである。この序文を髙壽が書いていて、國學院大學図書館のご好意でコピーを取らせていただいた。この書だけでもその学識の深さを充分に知ることが出来る。学識の深さと優れた実行力を併せもっていた上に、カリスマ性を備え、幸運と勘のよさにも恵まれていた。稀に見る偉才というべきであろう。

神宮髙壽を名乗る前は、関口六合雄《くにお》だったということを、その御霊代《みたましろ》の記述によって知ることが出来る。ではいつから神宮髙壽になったかというに、父徳壽《よしとし》が五、六歳のときと姉が教えてくれた。祖父は『大正人名辞典』によれば、明治二八年に貫前《ぬきさき》神社の宮司となっている。この年父は満五歳であるところから、このときから神宮髙壽を名乗ったのではないかと推測される。父もこのときから関口晋太郎《しんたろう》から神宮徳壽と成ったものと見るのが自然ではないかと思える。

明治二八年に宮司として赴任した貫前神社は、群馬県富岡市一ノ宮にある物部氏所縁の由緒ある神社である。後に建物その他が重要文化財に指定された県下随一の神社とされている。一ノ宮は妙義山のふもとに位置し、高崎から下仁田に通ずる「上信電鉄」の途中にある。次男である鵬壽《ひろとし》が「一ノ宮」のことをしばしば口にしたという。また徳壽の長男・壽《ひさし》が亡くなるとき「物部以来の神宮家が…」と、うわごとのように言ったと伝えられているのもそうした背景を語っているのではないだろうか。

物部氏というのは、はるか日本書紀の時代に天皇の警護を勤めた豪族で、神道を守護しようとした一族であった。後に仏教の伝来を推進する蘇我氏と対立して、その政争に敗れ野に下ってしまう。いわば天皇を中心とした神の国の思想の源流と見ることが出来る。皇国思想を遡ってゆくと最後にたどり着くのが物部氏ということになる。その物部氏の東国進出を奉る由緒ある貫前神社の宮司となり、その意味をかみ締めたであろう。

「神宮」といえばそもそもは「伊勢神宮」を意味し、物部氏の「石上神宮」と二つのみに許されたものであった。神宮は平安時代まで、伊勢神宮と石上神宮の二つだけだった。のちに石上神宮に替わって「香取神宮」「鹿島神宮」が加わり、三つの神宮が江戸時代まで続くことになる。そうした意味合いを籠めて「神宮」を名乗ったものと推測される。ときに畐壽四六歳である。

その家族たち

戸籍謄本を見ると、畐壽には八男六女の子供が居た。一四人の子供というのは当時としても多いほうではないかと思う。十数ページにわたる戸籍謄本を見ていると、いろいろと見えてくる。妻「とよ」は飯島国蔵、カン夫妻の娘で群馬県の人である。明治元年の生まれなので、暠壽より一九歳も若い。長男の徳壽は祖父暠壽四一歳のときの子供である。その弟たちは順に、鵬壽《ひろとし》、兄壽《しげとし》、友壽、暘壽《あきとし》、勝壽、将壽、摂壽とある。女の兄弟は、喜美、須壽、福、多壽、賀壽、志壽の六人に養女のたかが居て合計七人である。

この兄弟の末っ子の摂壽は大正七年の生まれである。ということは祖父が六九歳のときの子供ということになる。さらに多壽が大正二年九月に生まれ、志壽が大正三年三月の生まれである。わずか半年後に次の子供が生まれているということは、ひとつの腹から生まれたのではないことになる。謄本をよく見ると、「たか」という高橋家の四女と養子縁組している。こんなに子宝に恵まれながらなお養子を取るとはどういうことなのだろう。自分の子供として籍に入れたこのたかは、じつは第二夫人で一四人の子供のうち四人はたかの子供だった。たかとは三七歳違いである。

「九天の上に登って、神となる筈の私は、九地の下に堕落して、十四人の子女等に、父と呼ばるる俗中の俗人と成り了しました。」とは、「神政百話」の中の暠壽自身の言葉である。この自嘲的ともとれる言葉の中には好々爺的な親しみもあり、余裕のある態度に見える。

この多く居る父の兄弟つまり叔父叔母たちの中で、わたしが会ったことがあるのは二人だけである。多くは若くして肺結核で亡くなっていることと、わたしとは年齢も離れていることによる。長男でありながら徳壽の一家は神宮家からやや離れていたことも大きいと思う。写真で見るとみな色白細身で美男美女である。いかにも肺結核にかかる体質に見える。会ったことがあるのは、鵬壽《ひろとし》叔父さんと須壽《すず》叔母さんである。鵬壽叔父さんは戦後すぐの正月、豊島区千川に訪問したときに一度だけ会った。

歳を取って火鉢に手をかざして終始にこやかに対してくれた記憶が残っている。言葉少なで静かな中に、どこか結核に病んでいるような感じがした。華やかな前半生に引き換え、アパートの一室にひっそりと余生を過ごしているといった印象がある。わたしの父が学者で固い人物だったのに比して、この叔父さんは聞くところによると麻雀八段、芸者遊びも堂にいっていたという。知らない町に行って目的地に着くと、駅からその場所までの商店をすべて順番に言うことが出来た。特殊な記憶力というべきで、多くの人を驚かしたであろう。また日本刀の目利きで鑑定を依頼されていたという。

鵬壽が生まれたのは、昜壽が妙義神社の宮司をしていたときである。その頃少年であった父徳壽は妙義山の山中を歩き回り、山好きになったといわれ、後に日本山岳会員となって明治と慈恵双方の大学で初代の山岳部長を務めることになる。

鵬壽は開成中学校四年のとき、親の命に従って御嶽教の神官となった。祖父の元に御嶽教の事務総長的な役割を果たしていたが、父が管長職を投げ捨てたために、宗教の世界から去ることになる。このとき二四歳で、その後洋食屋とか、証券会社の証券マンになり、やがて数軒の家作をもつようになる。そこで自らの病体と家族を養って五七歳の生涯を全うした。

もうひとり会ったことがあるのは、須壽叔母さんである。大学生だった頃かと思うが、杉並区和田本町の救世軍療養所に見舞いに行ったとき初めて会って、その一度だけの出会いだった。長く肺結核を患い病床に寝たきりの様子、部屋の中には何もなくただ近くの窓から外を眺めるだけの毎日と見て取れた。「今は手術も発達しているから……」と言いかけたら「アラ手術が出来るのは幸せなのよ。もうそんな体力がないから出来ない」と答えた。その答える調子にはなんともいえない爽やかな明るさがあった。気品に満ちた貴族的な雰囲気さえ感じられた。

若い頃に早稲田大学の学生と恋をして、一人の娘を産んだ。ところがその親に結婚を反対されて別れてしまった。そのときの毎日があまりに素晴らしかったので生涯結婚はしないと、その意志を通したと聞いている。いかにもロマンチックでこの叔母さんらしいと思う。夢見る永遠の乙女といった人であった。

さらに遡ると

わたしの父徳壽が長男であり、曷壽四一歳のときの子供であることは書いたとおりである。

その前はどうなっていたかという疑問が残る。じつは「とよ」と結婚する前にも先妻があり、その間に子供があったことが判明してきた。妻の名前は、日高和賀子という。この人のことはほとんど何も分からないが、その間に生まれた長女・関口美津の写真が残っている。その美貌から想像するに日高和賀子も美人だったに相違ない。後に祖父が畠壽と名乗ったのは、日高から取ったのではないかとする説がある。

美人の長女は飯島家に嫁いでいるが、主人である飯島平次郎は祖父の正妻である「とよ」の弟である。つまり畠壽は娘の夫の姉を後妻として迎えたことになる。飯島平次郎は、畠壽の求めを受け入れて飯島家から関口家に養子縁組し、関口康壽《やすとし》と名乗った。関口康壽は御嶽教の最高幹部の一人として畠壽に協力した。徳壽が祖父の後を継いで第五代管長に就任したときの記念写真には、鵬壽と康壽が両脇に位置している。（口絵写真参照）

康壽は群馬県館林の出身、群馬師範学校（現群馬大学）在学中は作家田山花袋と同級で交友関係が深かった。この交友関係はその後も長く続き、往復書簡が大量に交わされた。その縁で後に長男の鎮雄は文学の道に進み、雑誌「旅」の初代編集長を務めたが、惜しくも若くして肺結核で亡くなった。康壽とその姉とよの先祖、つまり飯島家は館林の藩医であったという。

関口康壽は御嶽教から離れた後、朝鮮に渡って視学官（旧制の地方教育行政官）を務める一方、李王朝の華族女学校で教鞭をとった。美津との間に初枝、鎮雄、厳壽、の三人の子供に恵まれたが、妻の美津は二七歳の若さで世を去った。長女の初枝は夭折し、長男の鎮雄は肺結核で若くして亡くなった。次男の厳壽《いずとし》は朝鮮半島北部の豆満江に近い「慶興」で陸軍旅館を営み、暮らし向きは上々であったが、戦争に敗れると悲惨な逃亡生活になり、昭和二〇年一〇月一〇日祖国の土を踏むことなく亡くなった。ときに四七歳、死因は腸チブスであった。生前はよく酒を飲み豪快な人だったが、死ぬときは眠るように穏やかだったという。

康壽は礼儀を重んずる人で、神棚に向かって毎朝祝詞を上げていた。戦後野田の疎開先で厳壽の死を聞いたとき、康壽は涙を流した。めったに見せない涙、見たのはそのときだけだったという。最愛の妻・美津には二七歳の若さで先立たれ、その子供たちは初枝五歳、鎮雄三三歳、そして厳壽四七歳、わが子のすべてに先立たれた思いはいかばかりのものであっただろうか。その悲しみは察するに余りある。晩年の頃は寡黙で一日座って過ごし、昭和二八年に八〇年の生涯を閉じたのは野田の地であった。このように康壽について知り得たのは、その子供たちの幾人かに会うことが出来たからである。祖父についてあれこれ調べているうちに偶然この方たちに紹介され、会いに出かけて行った。いずれも一流の大学を出ており、立派な社会人となって居られたばかりか、知性・感性共に豊かな人たちであった。この邂逅があって初めて知り得た祖父の過去、こんなことがあるのもご先祖様の引き合わせかと思った。

父・徳壽が早々と管長職を投げ出したために、最高幹部だった鵬壽と康壽の二人は宗教界を離れ、それぞれに社会人として波乱に満ちた生涯を終えている。養子として迎えられた康壽がもっとも信仰心があったようだ。最後まで祝詞を上げていたという。いちばんその正体が不明だったこの人物のことを知ることが出来て、調べた甲斐があったと思った。

仏教で位牌に相当する「御霊代《みたましろ》」というものがある。位牌と同じような形をした木札である。そこに書かれる死後の名前を「御霊神号《みたましんごう》」といい、誰が書いてもよく、神主に書いてもらっても特別な料金は請求されない。暠壽をめぐる多くの人たちの御霊代が鵬壽の家で管理されていた。その御霊代の中に「関口和賀子霊」という名前が見られ、明治一九年五月二日三四歳で亡くなったと記載されている。ということは嘉永六年の生まれ、暠壽とは四歳違いということになる。祖父暠壽は先妻の和賀子と離婚したのではなく、死に別れだった。

残された御霊代から、暠壽の子として次の人々が居たことが分かる。

関口美津（明治六年二月二五日～明治三四年九月七日　二七歳）
関口愛二郎（明治二六年一二月二日～明治三七年一一月二日　一〇歳）
神宮武壽（明治三五年一〇月一〇日～明治三六年四月二七日　七ヶ月）

関口準麿
関口春子
津禰（山岸家に嫁ぐ）

関口美津は母和賀子が二一歳のときの子供で、後に飯島平次郎と結婚したことは先述した。美津以下六名の子供が何故戸籍に入っていないのかは謎としかいいようがない。現代では考えられないことである。当時は戸主が認めなければ戸籍に入らないことになっていたとしても、畐壽が何故この六名を認知しなかったのか。

関口美津の写真が二葉あるが、二葉とも年下の女性と一緒に写っている。この人がもしかしたら関口春子あるいは山岸家に嫁いだ津禰かもしれない。写真館で撮られたごく若いときの和装に山高帽を被った美津の姿には、匂うような気品があふれている。

祖父亡きあと

畐壽は長男徳壽が一高を経て帝大を大正四年に卒業すると、すぐに御嶽教の管長職の後を継ぐべく宗教界に入ることを望んだ。畐壽もすでに還暦を過ぎていて、後継者を養成することが急務だったのである。ところが徳壽はこれを嫌って家を出て、女子医専の講師となってしまった。畐壽の希望する路線から逃げた形となった。やむなく次男の鵬壽に後を託すこととして、未だ開成中学校四年生だったが御嶽教の中でその仕事に就かせる。鵬壽は最初そのことを拒絶していたが、家庭教師をつけて教育することを条件に了承して宗教界に入った。長男に管長職を継がせて、次男にはその補佐役をさせて、自らは院政を敷くという構想があったらしい。ところが高等教育を与えてしまったのが結果的に見れば大間違いだったようだ。その路線から逃げた徳壽は学問の道に進み、その後大学の教授の道を歩む。祖父の思い通りにならなかったことに祖父の怒りが納まらず、一時は断絶状態にまでなった。よって神宮家の中では、徳壽とその家族が神宮家の本家から遠い存在となり、その中心は暠壽とその次男鵬壽の元に在った。

父の長男である壽《ひさし》が生まれたのは大正八年、その母親である千鶴との婚姻が戸籍上では大正一〇年となっている。当時の法律では親の承認なくしては婚姻届を出せなかったからだ。それ故に入籍が大正一〇年となった。大正一〇年になってそうした動きが出たのは、暠壽の健康状態による。老いて体調が衰えるにしたがって、長男との和解に急速に動いたということだ。やはり管長職は長男に継がせなければならないと考えた。

大正一〇年一二月一八日に暠壽が亡くなると、その遺志を継いで徳壽が第五代管長として、御嶽教の最高位に君臨することになった。ところがそれは長くは続かなった。翌大正一一年の夏にこの職を投げ出し、元の学者に戻ってしまった。御嶽教という山岳信仰の原始性と古めかしさが哲学者の徳壽には耐え難いものだったらしい。最初は意欲的で、宗教改革を唱えた。鼂壽以来の懸案である教勢の拡大を目指し、朝鮮半島にまで進出すべきだと主張した。こうした考えに守旧派の反発は想像以上に強く、相当な混乱を招いたようで、思うように行かないことに懊悩した。混乱のなか鵬壽を管長にしようという擁立運動まで出てくるに及んで、すっかりいやになってしまった。もともと人を説得することも、組織の中を泳ぐことも苦手な、わがままなところのあるキャラクターだけに、あっさりと投げ出してしまったのである。ときに徳壽三一歳、鵬壽二四歳という若さ、若気の至りという要素もあったか。このことは「神宮家のお家騒動」と新聞報道されたという。

その後の徳壽は、慈恵医科大学でラテン語とドイツ語を教え、多くの医師を育てた。いっぽう明治大学では、ギリシャ語・哲学・心理学・倫理学を講義した。双方の大学で初代の山岳部長をつとめ、大学生たちと山に登った。その頃の教え子から後々までコンタクトがあり、尊敬を集めてきた。御嶽教を去っても社会貢献は充分に出来たことであり、その点はよかったものの長男であったことが不幸であった。

管長職辞任後の徳壽は御嶽教をひどく嫌い、関係はすこぶる悪く、長い対立関係に落ちてゆく。よって現在奈良と木曾の御嶽山にある御嶽教本部で売っている「御嶽教の歴史」には、第四代及び五代管長すなわち鼂壽・徳壽父子は、かなり低い評価というより悪役に近い扱いをされている。その趣旨は山岳宗教である御嶽教に、別の考え方を持ち込んだということだ。その管理のあり方に多くの不満があったことは想像に難くない。

これには当然といえる状況があったと思う。神道は大きく二つに分けると、国家神道（神社神道）と教派神道に分けることが出来る。教派神道とは、明治期に勃興した神道系の新興宗教（一三派とも八派ともいわれる）を指す。これら教派神道の管理が国として大きな問題となっていた。その背景の下に国家神道の有力な神官であった祖父蒿壽が二荒山神社の宮司から御嶽教に送り込まれて、その管理に当たるという任務が与えられたのである。そうした背景を考えるなら御嶽教の中の生え抜きの者たちの反発を買うのは当然といえる。しかし蒿壽はそうした状況をよく踏まえて、自らの地位ともども御嶽教そのものをも発展させていった。

後に独立して新しい宗派を起こすことになる出口王仁三郎（大本教始祖）と御木徳一（PL教団の前身に当たる「ひとのみち」始祖）は、二人とも当時の指導者の一人として御嶽教の中に居た。これらの宗派はしだいに国家的弾圧を後に受けることになる。教派神道は国家にとって厄介な存在だった。それを抑える役目があったことを考えれば、その組織の中では憎まれ役にならざるを得なかったであろう。

第二次大戦後に神道が国家管理から解放されて、一宗教団体となったとき、その歴史を編纂するとこのような扱いをするのも理解できる。多くの組織がその歴史を作るとき先人に対して批判的になる。現勢力の権威をより高くする意味からもその必要性があり、歴史を編纂することの意義もそのへんにある。

そこで問題なのは、青木保著『御嶽巡礼』（講談社）である。このなかで神宮暠壽・徳壽父子をかなり手厳しく批判している。その文の調子にはどこか軽蔑したような響きも感じられ、情け容赦ない。徳壽のことについては「その息子が」と名前さえ記さない、なんとなく犯人扱いのようにも受け取れる書き方がされている。近年亡くなった長姉はそのことをかなり深刻に苦にしていた。何とかならないかと思い、一度長文の手紙を送ったことがある。講談社にも働きかけた。しかしなんとしてもこちらの力の及ぶところからはあまりに遠く高い存在であって、まったくの無視黙殺に終わっている。青木保は「吉野作造賞」を受賞し、日本民族学会会長となり、さらに文化庁長官となっている。相手が偉すぎるのだ。

しかしこの本のなかでの神宮父子の評価は『御嶽教の歴史』とまったく同じ論調になっているばかりか、ほとんど孫引きといっていいほど同じ文章になっている。学者としてこれでいいのかと言いたい。実名で非難するとなれば自分で少しは調べて動かぬ証拠を見せて欲しいものだ。文庫本にまでなっては、これで神宮父子の歴史的評価は決定してしまったようなものだ。活字というものは、ひとつの暴力的な力を持っているものだと思わざるを得ない。

一宗教団体が、先代を批判するのは理解できるし、それもやむをえないと思う。しかしそれを孫引きして批判し、その当事者を抹殺してしまうというのはいかがなものであろう。

関係修復して今に至る

わたしは永らく無関係だった御嶽教と、いまやすっかり落ちぶれた神宮家との接近を試みた。第十一代管長大桃吉雄氏と一九九三年に接近することに成功して、友好的関係を結ぶことが出来た。木曾の本部に拙作の能面「翁」を奉納させていただき、木曾御岳山の中腹にある歴代管長碑に、大桃管長とともにお参りすることが出来た。その後もいい関係は続いており、催しものの案内を初めとする連絡は欠かさず頂いている。『御嶽教の歴史』の記述もこれからのアプローチによっては変わる可能性もあると思う。

鵬壽の家には多くの御霊代があり、その管理に残された遺族は苦慮して、御嶽教の奈良の本部に赴き永代供養をお願いした。それを快く受け入れてもらい、あたたかい配慮をしていただいている。あれだけ多くの家族を抱え栄華を誇ったかに見えた神宮家の本家ともいうべき鵬壽の一家に、いまや残されたのは娘さん一人で跡継ぎも居ない。わたしの長兄・壽が生前「明治の名家を滅ぼした男」と自嘲したことがある。彼は物事を面白おかしく語るのを得意とした人で、この言葉も多分にリップサービス的要素がある。けれどもある意味では本音ではなかったかと思えないでもない。

このわたしは幼児期に父を失ったとはいえ、ほとんど飢え死にしかかって少年期を送った。その後も極貧の生活を送り成人した。明治から大正期にかけて栄華に満ちた一族の孫の世代が、このような落ちぶれ方をするとは誰も想像し得なかったに違いない。その栄華の渦中にあった者は今や社会的には軽蔑の対象として葬り去られようとしている。それを抗議しても相手にもされない。それればかりではない。この問題に神宮と名乗る一族の中で誰が気付いているであろうか。一家の中心を失い、ほとんど離散状態となったまま時が過ぎているし、誰も関心さえ示さない。

最後に、神宮嵩壽の墓はない。管長碑が御嶽山の中腹にあることは書いた。もうひとつ霊神碑というものが木曾御嶽山の二合目半というところにある。大きな自然石の碑が建ってい て、その周りに五、六基の霊神碑が囲むように建っている。おそらく側近の人が建てたのであろう。それが誰であるか知る由もない。当時の副管長が建てたという説もある。

その遺骨は南アルプスの甲斐駒ケ岳の北に位置する黒戸山の山中に埋められている。黒戸山は甲斐駒への登頂ルートにあり、その山頂を巻いて登るようになっている。しかし黒戸山山頂はルートから近く、恰好の埋葬場所といえる。遺骨の埋葬場所として、山頂（この場合は甲斐駒）は避けるのが定法とされている。その後、父徳壽の遺骨もその一部を黒戸山山頂付近に、長兄と長姉の二人で埋めに行った。

神道では墓は不要なものとされている。神道の葬儀ではその魂を「御霊代」に移す儀式が中心である。魂が御霊代に移された後は文字通りの単なる「亡き骸」であって、自然に帰すのが正しいとされている。祖父の場合その教えに従ったのである。父もまた生前には墓を用意しなかった。

このたび思い立って祖父のことを調べながら書いてみた。はるか彼方の闇の中に、見えない糸を探って行くうちに次第に見えてくる面白さがあった。祖先を探るということは自分の発見でもある。自分と血がつながっている以上、ひとつの出発点がそこにあることは間違いないのである。

昭和 11 年春、東京神田の御嶽教本部前（前列中央第五代管長となった神宮徳壽、その左は神宮鵬壽、右は関口康壽）

前列中央ケーベル先生、右上方に賀谷興宣、最後列右端に神宮徳壽（39 頁参照）

父のこと

四八年の生涯

父・神宮徳壽《よしとし》について何か語ろうとすると、戸惑いを覚える。それでも一度は父について書いておきたい。今までそれを長い間放置してきたが、もはや猶予はないと感じている。普通の平凡な父なら、その必要性を感じないかも知れない。しかしわたしの父は普通の人間とは言い難く、非凡と言えば非凡、変奇人と言えばあまりに変奇人である。とは言っても父のことを直接には知らない。物心ついたときはすでに他界しており、すべては伝聞ないし記録あるいはネット情報である。

わたしが満二歳の誕生日を迎えた直後に亡くなっているのだから、記憶にないのは当然であろう。昭和一四年一月二一日、父が亡くなった日は奇しくも本人の誕生日に当たっており、ちょうど四八年の生涯だった。長い患いではなかった。心臓発作を起こして、七日間苦しみぬいて息を引き取った。心臓弁膜症である。心臓の弁膜がぴたりと閉じて動かなくなり、左心室へ行くべき血液が行けなくなると、肺の下のほうに溜まりだす。一定の量溜まると、咳き込む。そのとき鮮血を激しく吐き、五〇センチくらい飛ばす。これが心臓喘息である。ひたすら吐血を繰り返し、眠ることも出来ず、水を飲むことも出来ない。喉に血が固まるので、水を欲しがり呑み込もうとすると、激しく咳き込み吐き出すしかない。この悲惨な状態で一週間が過ぎ、体力尽き、気も朦朧として、最期のときを迎えた。こんな凄惨な死に方もないかもしれない。

当時の医学ではなす術がなかったのであろう。父は明治大学の教授であると同時に、慈恵医科大学の教授でもあった。よって当時の最高の医療を受けることが出来た。薬をドイツから空輸して投与してもらったと聞いている。心臓に関してはなす術のほとんどないという医療の状況は、昭和四〇年過ぎまで同じであった。わたしと一八歳違いの長兄が昭和四二年に父と同じ四八歳にして、同じ心臓弁膜症で亡くなっているけれど、同様の経過をたどっている。その状態を見ているので、父の死に際も判るのである。周りの人々が父のときと同じだと言っていた。

心臓の形はいろいろあって千差万別であるという。親子の顔が似るように、心臓の形も似るから、同じような心臓弁膜症にかかることになる可能性が高いと聞かされて、わたしは覚悟せざるを得なかった。父も兄も同じ心臓弁膜症で死ぬということは、自分も四八歳前後で同じような死に方をするのだろうと覚悟するほかない。そのように覚悟したのはわたしが三〇歳のときだった。その後の心臓外科の進歩はおびただしいものがあり、今となってはステントとか、ペースメーカーとか、人工の弁膜とかあって、心臓ではなかなか死なないようになってきた。わたしは四八歳の前後から心臓に異変はあったものの、死に至ることもなく、ついに八〇歳を超えてしまった。

父が明治大学と慈恵医大で教授を務めていたと書いたが、当時はそんなことも可能だったのである。二つの大学で専任教授になるというのは、例外的ではあるものの実在していた。父の場合、二つの大学で同じ講義をしていたのではなく、明治大学ではギリシャ語、哲学、心理学、倫理学を担当し、いっぽう慈恵医大ではドイツ語、ラテン語を担当していた。驚くべき学識の広さというべきだろう。とくに語学は、ラテン系、ゲルマン系のすべてを勉強しており、それぞれに一定以上の水準にあったことは間違いない。英語は苦手と言っていたというけれど、英語を勉強したノートが残っていて、それを見る限り今の英語の大学教授たちの実力は十分あったと思われる。さらには古代中国語およびインド哲学も研究していた。昔の学者がいかに勉強に打ち込んだか思い知らされる。

高等教育を受けたばかりに

父は「一高」から「帝大」というエリートコースを経ている。当時の一高は九月新学期で、本郷向ヶ丘の寮に入った。同室に賀谷興宣《かやおきのり》が居て、終生の友となった。共に海に遊泳したときの写真が残っている。父の葬儀にも参列されている。賀谷興宣は大蔵官僚から、近衛内閣と東条内閣の大蔵大臣を務め、戦後のA級戦犯極東軍事裁判で終身刑を宣告された。釈放後は政界に復帰し、池田内閣で閣僚となっている。当時の一高には文科に甲類（英語）乙類（ドイツ語）丙類（フランス語）があり、文科乙類は帝大の法科に進んで官吏になるというのがコースだったが、父は学問に興味があり、哲学科に進んだ。哲学科にはケーベル先生が居られて、父はこの先生に心酔し多大な影響を受けた。

ケーベル先生はロシア生まれのドイツ人で、モスクワの音楽学校を卒業したのち、ドイツのハイデルベルク大学で哲学・文学を学んだ。明治二六年（一八九三年）から大正三年（一九一四年）まで東京帝国大学でヘーゲルなどのドイツ哲学を講義していた。またピアニストとしても世界的に有名であった。その方の影響も受けていて、わたしの家にはドイツ製の蓄音機があり、名曲のレコードが数多く残っていた。その恩恵によってわたしはクラシック音楽に親しむことが出来たと思う。これが父がわたしに与えてくれた唯一の影響あるいは教育だったかもしれない。

一葉の写真が残されている。（口絵写真参照）前列中央に背の高い白い背広を着たケーベル先生が居て、その周りを当時の教員たちが居並び、後ろに学生たちが並んでいる。学生は一五人、教員は二七人写っている。おそらく文乙クラスと思えるが、人数の少ないことに驚かされる。その学生たちのほぼ中央に賀谷興宣が居て、早くも存在感が大きい。上方に当日その場所に居られなかった校長の新渡戸稲造の四角く囲った写真が入れてある。この中でわが父は最後列の一番右に位置し、その服装がほかの学生がいずれも制服ないし着物に袴姿、白線の入った制帽に身を固めているのに、独り着流しで破れた麦わら帽子をかぶっている。どう見てもこのエリート集団の中で一人外れているとしか見えない。この外れたところだけ遺伝子を受け継いでいるのかと苦笑させられる。

女子医専の教授を皮切りに、後には明治大学と慈恵医大の教授となったが、これは必ずしも予定のコースではなかった。書いた通《とお》り父の父、すなわちわたしの祖父は神道系の新興宗教である「御嶽教」の第四代管長であった。この地位は今では考えられないことながら、雲の上の人のような高い地位であった。祖父は父に跡を継がせる意向があって、長男の父にだけ教育を受けさせ、次男には御嶽教の事務総長ともいうべき地位を与えて、事実上の取り仕切りをさせていた。父に教育を受けさせて、超エリートにしてしまったのが結果から見れば大間違いで、父は御嶽教の教祖になることを嫌い、祖父の指示を裏切って、女子医専の教育職に就いてしまった。それ以後祖父との関係は遠ざかり、対立関係になっていった。

しかし祖父にも越えられない老衰という問題が起こったとき、和解に向かうこととなった。死を目前にして長男に管長職を譲らなければならなくなった。そして父は御嶽教の第五代管長となった。

この皇族・公爵に次ぐ地位を父は一年足らずで弊履《へいり》のごとく投げ捨てて、再び学問の道に戻ってしまった。その理由は明確には分からないが、それまでの教団の在り方に疑問をもち、いろいろ改革を進めようとして抵抗に遭い、あっさり投げ捨ててしまったということのようだ。客観的に見ても、学者には不向きであったろうと思われる。父が教団を離れたのはいいが、その弟をはじめ教団にあってそれ相応の地位に居た親族一同がその生活の糧を失うこととなってしまった。祖父に付いていた多くの家族の迷惑もただならぬものだったに違いない。祖父には父を長男として一四人の子供が居て、その多くがそこに寄り添って暮らしていたのだ。

学者にして岳人

学問の世界では、その仕事のひとつとして『羅典語の研究』という著書を残している。これは昭和二年に郁文堂から発行された。慈恵医大でラテン語を講義していた関係もあり、それまでラテン語の教科書には輸入された英語版とかが使われていたが、日本語による教科書を著したのである。医学はもとより学問を志す者にとって、当時においてラテン語は必修のものであった。よってこの本は貴重なものとなった。戦後のことだけれど、わたしが月給五千円で働いていた当時、神田の古書店で三千円で売られていた。定時制高校に通っていた頃、一時東大の駒場校舎の門を入ってすぐのところに在った学生寮の売店でアルバイトをしたことがあった。そのとき東大生たちはこの本を欲しがっている者が多いことを知った。その高価ゆえに手を出せないことを嘆く声をしきりに聞いた。何かのきっかけでわたしがその著者の息子であることを知った東大生たちが、わざわざわたしを見に来る者さえあり、いろいろ近付いてきた。「高校卒業後は東大へ来いよな」と口々に言われ、「入れるわけがない」と答えると、「みんな入ってきているのに君が入れないわけがない」と信じて疑わないのだった。「流れている血が違う」のだから、と言われると恥ずかしさと悔しさとが入り混じり複雑な気持ちになる。俺もこの親が生きていて、兄たちのように育てられていれば……？という思い、そしていくらかの誇りも感じられるのだった。

その後三〇年余りも過ぎて、ネット検索すると六千円で売買されていることを知った。さすがに今ではそれは消えている。以前はネット検索すると父に関する情報がいろいろあって、そこで知ったことは少なくない。その一つにこんなこともあった。父が亡くなったとき数多くあった洋書を中心とした蔵書が明治大学に寄贈され、それが「神宮文庫」として生田校舎で今なお管理されている。慈恵医大に入学すれば皆ドイツ語、ラテン語を学ぶ。ということは医者に父の教え子が多いことになり、わたしは町の開業医でも偶然ながら何人かの教え子と遭遇している。近隣で皮膚科を開業していた医師も教え子の一人で、とくに父を尊敬していた。父が教えていたラテン語の教科書である『羅典語の研究』を大切に所持しておられた。この本に卒業のとき同級生たちのサインを貰い、さらに父のサインも貰っていた。戦争中にいろいろな本を処分したけれど、これだけは大切に持っていたという。その本をなんとわたしに下さった。晩年も近付いて恩師の子息に巡り会えるというのも有難い縁として下さったのだ。その純粋な心に感動したし、話題にされていた本を実際に手に取ることが出来た。われわれの親族でこの本を持っているのは、おそらくわたし一人だろう。

この本には父のラテン語のサインがある。そして動詞の活用表が付いている。さらに試験の問題も入っていた。その試験の問題は活版印刷されたものだった。当時はまだ謄写版印刷もなかったのだろう。解答は別の用紙に書くようになっていた。この開業医はドイツ語も受講していて、その授業は楽しかったという。この医師が父を尊敬していた理由はもう一つあって、父が山岳部の部長であり、彼も山岳部の一員で一緒に山に登った経験があった。この経験が大きい。苗場山にも登ったという。そのときのこともよく覚えておられ、楽しそうに語ってくださった。

父は日本山岳会会員であり、山登りを指導できる知識と技術をもっていた。慈恵医大・明治大学の両校で山岳部長を務め、それも初代の山岳部長で、かなり長い間山岳部長であったらしい。ゆえに明治の山岳部のOB達は卒業後も付き合いを続ける者が多く、その人間関係は浅からぬものがあったようだ。彼らは「炉辺通信」という定期出版物も出していて、これがその後ネットにも載っていた。また父の死後も数十年も経っているのに、わたしの家に連絡が来て、時々情報交換するのだった。その後はもっぱらこのわたしがそのお相手を務めていた。ここで父に関する情報はずいぶんと入手することが出来た。父の死後四〇年以上経っているのに、このように定期刊行物を出して、父のことを書きその遺族にも連絡を取ってくるというのも稀有なことに違いない。それだけ永く尊敬され続けた父の人徳を改めて思い知らされる。

このように父のことを書いてくると、肉親のことを書いているような気がしない。まったく赤の他人のことを書いているとしか思えなくなってくる。自分の生涯と較べてあまりに落差が大きすぎるのだ。学問と宗教の世界で、ほぼ最高位に近いところで過ごした父の子であるわたしといえば、物心ついたときはすでに極貧であり、ロクに食べるものもなく、飢え死にしかかったことさえあり、学校教育もほとんどまともに受けることもなかった。長じてからも評価されるようなこともなく、一介のしがない庶民の一人として老いつつある。思うに生まれたときが一番出世していたのだ。「生涯淪落の人」と自嘲したのは白楽天だが、こんな気取った言い方もならず、ただ祖父から父の代まで続いた明治以来の名家の落ちぶれた子孫という情けない実態だけはじゅうぶんに味わったと思う。

落ちた偶像

父については「エライひと」だったとのみ教えられて育った。わたしもまともにそれを信じて毫《ごう》も疑うこともなかった。ところがある日、父の偶像がガタガタと崩れ落ちる日がやってきた。それは長兄が亡くなったその葬儀の日だった。長兄は暁星中学校から東京高等学校にすすみ、東京外国語学校のフランス語科を卒業していた。しかし戦時下のことゆえ兵隊に取られ、南方に行って終戦となり、そこで捕虜生活をしてから復員した。はじめ新聞社に就職したが、何故かインテリの世界を嫌い横山町の繊維問屋の世界に飛び込んで、糸へん景気にぶつかり大いに稼いだ。「センミツヤ」の異名をとり、話すと面白い人物でわたしとはよく付き合ってくれた。この兄が四八歳で父と同じ心臓弁膜症で亡くなったことは書いたとおりである。

その葬儀には多くの親族が集まった。こんなにたくさん居たのかと驚くほどの人数が二つの部屋を埋め尽くした。わたしにとって全く知らない人ばかりで、彼らもわたしのことなど知る由もなく、わたしの存在さえほとんど知られていなかった。わたしは末っ子であり、父の死後隠れるようにひっそり暮らしていたので、親戚付き合いも全くなかった。その場で父の悪口が何かのきっかけで出ると、次々と悪口雑言が飛び出して果てるともなく続くのだった。わたしは驚くよりも呆然としてしまった。

このときはじめて知った、父が四回も結婚していたという事実を。それまで誰も教えてくれなかったし、こちらも迂闊だったかもしれない。それ以後分かったことは、意外性に満ちた父の私生活だった。と言って具体的なことは何も分からない。最初の妻との間に長男と長女を残して離婚し、次に二人目の妻、三人目の妻を娶り、それぞれ離婚し、四人目の妻がわたしの母である。分かっていることはこれだけである。二番目三番目の妻にも子どもが居たけれど、それぞれ連れ子で去っており、その後のことは不明である。よってわたしの兄弟は全部で何人居るのか分からないし、ましてその名前も分かっていない。しかしこういうことは当事者であるわたしよりも、親戚のほうが知っていて、その後相模原に住んだとき、わたしと血を分けた兄弟が近くに住んでいたようなことを教えてくれたことがあった。しかしそのことを教えてくれたのは相模原から引っ越した後のことで、言ってはいけないことを言ってしまったといって、その後何を訊いても教えてくれなかった。末っ子には何も教えることはないということになっていたようだが、何故だか分からない。関係者のほとんどが亡くなっている現在では調べようもないし、特に調べる必要もないと思っている。

わたしの母は四番目の妻であり、離婚した三人の妻が去っている理由として伝えられているところでは、子供を迷子にしたからとか、取るに足らないような話が多い。どうやら父は家庭内においてはとんでもない我が儘の暴君であったようだ。これではいい評価がされるわけもなく、死後何十年経っても悪口雑言の限りを浴びるのもやむを得ないだろう。後年わたしの母がそっと語ってくれた。「いつも複数の女たちとの関係があった。けれども自分はただ我慢したから一番長くもった」と。

四番目の妻ともなると、親戚筋からはともすれば軽蔑の対象であり、対等の関係よりはるかに低いものであった。母もただ隠れるようにひっそりと孤立して暮らさざるを得なかった。縫い物と内職では子供を養うにはあまりにも不足であった。父は資産らしきものは何も残さなかったし、多少残された預金その他はすべて親戚の当然の権利とばかり持っていってしまった。それに抗議することも出来ないのが母の弱い立場だった。

ましてその息子であり末っ子のわたしなどまともな扱いをされるどころか、ほとんど邪魔者扱いだった。わたしが家庭をもった頃のある日、親戚筋の一人が亡くなった知らせが夜遅くに電話で来た。行かねばなるまいと急遽勤め先を休んで出掛けて行った。そのとき最寄りの駅に着いたとき、親類の一人がわたしを見つけて大きな声で言い放った。「あんたなんか呼んでないわよ！」またあるときは上高地の徳本峠に宿泊したことを話していると、同じ人からいきなりヒステリックに怒鳴られた。「何故そんなところに行くのよ！」後で分かったことは、徳本峠にその親族の骨の一部が埋めてあって、そこはその家族にとって大切な場所だったのである。そこへお前など近付く資格などないと言いたかったらしい。

父の生前においては、母は長兄と長女の継母という立場にあった。世の多くの継母がそうであるように、その子供たちにはとかく恨まれる存在となりがちである。わたしのような実子と共に暮らしていれば、いろいろと摩擦もあったであろうことは容易に想像がつく。わたしの母が後に語ったところによれば、自分はそうでもなくとも周りがそのように見てしまうので、上手くゆかなくなるという。長男にしても長女にしても、わたしにとっては良い兄であり姉であった。長兄も長姉も母に対してそれほどの恨みをもっているようには思えなかったが、その周辺部では母への憎悪は只ならぬものがあった。ましてその末っ子など忌避する存在でしかなかった。

母は苦難に満ちた生涯を終えて、葬儀も済んだばかりなのに、母の悪口をさんざん聞かされた挙句に「あんたなんか何も知らないのよ！」と罵倒された。母は苦労の生涯でひたすら我慢の日々であった。それがこれほどに罵られようとは思いも寄らなかった。継母への恨みと憎しみが増幅されて伝聞されていたのだ。彼らはそれを直接見ているわけではない。すべて周辺部から憎しみを込めて流された伝聞であって、有ること無いことそれに尾が付きヒレが付いて、さらに興味本位という調味料まで加わったものだ。目の前に居るその末っ子に投げつけられる言葉には、残酷と軽蔑があり、愚かしさに彩られたものだった。

結婚・離婚を何度も繰り返すのは性格破綻者、浮気に次ぐ浮気をするのは女の敵にして不良、と言われるが、だとすれば父は性格破綻者にして不良ということになる。時代ということもあるだろう。男中心の時代であり、そうしたことに寛大な社会であったし、カネの稼ぎが尋常ではなかった。こうした条件が父の下半身を開放する結果となった。とはいえ人間として許されることではないことは父も十分に承知していたはずだ。残されているエッセイを読むとどれも暗いのだ。なんともやりきれないような憂鬱な気分に満ちている。そのペンネームが「苦素」という。たぶん「くそ」と読ませるのだろうが、ある種の心理状態を見ることが出来るような気がする。

このような父の実像を知ると、かえってわたしは嬉しくなった。急に親しみさえ覚えてきたのだ。あの悪口を言った人たちには申し訳ないが、所詮口さがないだけではないかと思えてしまう。いかに言われようと、父の残した業績はいささかも傷つくものでもない。死後数十年経っても、その著書が多くの人の欲するものであり、岳人としてはその人徳を慕って文章化され配布されるということ。これは紛れもない事実であり、正直言ってその稀有な異能ぶりに驚かされるばかりである。

父が晩年に近い頃に書いたエッセイでこんな内容の文がある。「インドに地面に掘られた三つの穴があって、そこに入ると水だけが小さな管を通して与えられる。死んだことを知るのはこの水をとらなくなることによって判る。この三つの穴に入る希望者が多く居てなかなか入れない。自分もぜひ入りたい。」こんな内容である。初めて読んだとき父の心の深い闇を覗いたような気がして、その真意を計りかねた。八十路を越えた今でもその心境は理解の外にある。父のもっていた学問の峯の高さも計りかねるが、心の谷の深さも底まで見えない。けっきょく父はわたしにとってあまりに遠い人である。

幼年時代

物心ついたときは世田谷区八幡山に住んでいた。近くに蘆花公園、松沢病院、明大のラグビーグラウンドがあった。その後大きく変貌したこの地でも、この位置関係は往時のままである。ラグビー場は畑をはさんで庭先に見えた。この地は以前は千歳村字八幡山となっていた。当時はこの呼び名のほうが相応しいような田舎だった。畑と雑木林が広がり、徳富蘆花の『みみずのたわこと』に描かれた状況とほとんど同じである。

そこに来る前は隣町の廻沢に住んでいた。父が四八歳で急死して、それまでの恵まれた暮らしは、一朝の夢と終わった。二つの大学で教鞭をとって経済的に恵まれていた父にとって、四八歳で死ぬ予定はなかったはずだ。そのころの流行であった貸家に住み、資産らしきものはなかった。父の死とともに貧困に陥った我が家は、八幡山の二軒長屋に引越した。

母の話によると、昭和一四年（一九三九年）に父が死んだとき一万円弱の預金があった。父は明治、慈恵両校で初代山岳部長だった関係で、山岳部の学生が一〇〇円位集めてくれた。

残された本を売ったお金が二〇〇円ほどになった。現代ならこれらの遺産は、すべて未亡人のものになるのが当然である。ところが、この半分をある事情から親類の者が持って行った。残りは鈴木さんという管理人が預かり、信託から利息相当の二〇円を毎月送ってきた。それも飲み食いに使ってはならぬ、子供の教育費に使うようにという、人を踏みつけにしたものだった。

当時の女性の立場がいかに弱いものだったか、よく分かる話である。しかしそれだけではすまないものもあったようだ。わたしの母は、父が離婚再婚を繰り返した最後の妻で、父が死んで未亡人になったときまだ三一歳という若さだった。おまけに教養もない田舎娘で、複雑な大家族のなかにあって、ほとんど発言権もなかった。

生計を支えるために母はもっぱら針仕事に精を出し、八幡山の家では部屋にこもって朝から晩まで着物を縫っていた。母といえば働く姿しか見ることはなかった。その頃から戦争は拡大の一途をたどり、本格的な極貧に陥ってゆくことになる。

わたしの物心ついた生活は、八幡山からはじまる。以後追われるように一〇回以上も引っ越したが、八幡山には小学校二年の七歳まで暮らした。ここでの生活はなんといっても幼年期で、記憶は断片的である。しかし一つ思い出すと次から次とたくさん出てくる。

はっきりと覚えているのは、紀元二六〇〇年の提灯行列を母の背に負われて見たことである。家の外に出ると紅白の提灯を持った人々が、次から次と通り過ぎていった。ほら見てごらん、と三歳のわたしを背負った母は、横に放り出すようにした。みな歌を歌っていて、いかにも弾んだ気分に満ちていた印象である。

これも三歳当時のことらしい。夕方風呂から上がるとき、母が風呂桶から抱き上げてくれる。わたしは足を縮めて風呂桶を越えようとしたとき、近くの大木でカナカナがひときわ大きく鳴いた。あたりに響き渡るその鳴き声と、裸で足を縮めている感覚を思い出す。夏の末、なんとも心細い虚無的な気分だった。

やがてその風呂桶が壊れてしまい、夏になると小判型のたらいで行水をつかった。秋以後は銭湯に行った。上北沢駅近くまで行かないと銭湯はない。松沢病院の中を通り抜けて行くと近道なのでよくそこを歩いた。病院の敷地は広く、大きな池があり、その周りに木々が植えてあって公園のようになっていた。帰りが夜に差し掛かると、月が雑木林のすぐ上に出て、あたりを煌煌と照らした。畑中の小道を歩いてゆくと、月は後をついて来るように、木々の上を移動していった。「キヨちゃんが歩くとお月さんも歩く」と繰り返しながら歩いていった。

明るい日差しの中、庭一面にシンシバリをした長い布が風に舞い、見上げるとまぶしい。洗い張りをした板が立てかけてあるのもよく見かけた。この布を板からはがすとき、チリチリと音がして独特の手ごたえがある、その感覚が好きで手伝うのが楽しかった。

外を玉子屋のおじさんが歩いてゆく。いつもニコニコして笊《ざる》に卵を山盛りに入れていた。いつか食べてみたいなと思ったその白い卵が、どんなに素晴らしく見えたことか。よそのうちに牛乳が配達されているのを見ると、分厚いガラス瓶に詰まった白い牛乳が美味しさのかたまりのように見えた。

乳歯というものはどうしてこんなに弱いのだろうか。まだ小さいのに歯の痛みに泣くなんて、神はとんだ試練を与えるものだ。母が冷たい水で絞った手拭いを、頬に当ててくれるといくらか楽になれた。夜になると戸を締め切るので、気温が上がり痛さに耐えがたくなる。するると母はわたしを負ぶって、外を歩いてくれた。蘆花公園のほうへ狭い道を行くと、取り入れの済んだ田んぼが広がっていた。前方にはこんもりとお宮の森、そして蘆花公園の雑木林が黒々と続いていた。小川があって、素朴な橋を渡ると、もう蘆花公園は目の前、その辺から引き返していった。

八幡山の家は二軒長屋の東側で、縁側のある六畳、四畳半、二畳に風呂場、玄関がついていた。家賃は一二円だったとのちに母に教えてもらった。

近所に竹垣に囲まれた大きな敷地の屋敷に威厳があった。ある冬の夜この家から火事が出て、ほとんど丸焼けになった。近所の人のすべてが消火活動に参加した。寒い北風が吹く中で紅蓮の焔が激しく燃え上がるのを恐ろしくも綺麗だと思った。その家の主は土地の有力者だった。当時はすでに物資が乏しくなり配給が行われていたときである。火事のさなかに隠匿物資の砂糖とか炭俵が多量に出てきて、ほとんど焼けてしまったことが伝えられ、大きな話題になった。その年の春、町の役員だった当主は首をつって自殺した。

この一帯は天理教徒の多いところである。近所に天理教の指導者的立場のおばあさんが居て皆から慕われていた。わたしもよくこのおばあさんのところへ遊びに行った。すると「およく来た」といって、千代紙のようなものとか、いろいろ貰った。私が熱を出すとお札《ふだ》を渡され、それをおでこに貼るとよくなるような気がした。

このおばあさんの息子で、タネオさんという青年が居た。この人がいい人なので皆に慕われ、わたしも大好きだった。子供たちはこの青年を尊敬して憧れの目をもっていた。ところがその後わたしが高校生くらいになったとき、タネオさんがタクシーの運転手になったと聞いた。その意外さにどうしても往時のタネオさんのイメージに結びつかなかった。

またその頃に懐かしさのあまり八幡山を訪ね、そっとあたりを歩いてみたことがあった。すると二軒長屋の北側にあったイチョウの並木があまりにみすぼらしいのに驚いた。もっと大きくて立派だと思っていたのに、こんなに小さくてうす汚かったのかと驚いたのであった。そこで子供には近くの青年が皆立派に見えたのかと気付いた。

明大のラグビーグラウンドにはよく遊びに行った。管理人のおばさんには可愛がられた。ときに畳の部屋に上がって、お菓子を貰って食べたこともある。ラグビーの観覧席は土を盛り上げた段段に芝生を植えたもので、子供には絶好の遊び場となっていた。目の前で毎日繰り広げられるラグビーの練習は厳しいものだったに違いない。しかし子供の目にはいかにも楽しそうに見えた。あるときここでグライダーを飛ばす訓練が行われ、それを一日飽かず見ていた。二本の太いゴムの綱を大勢で引き、じゅうぶん引いたところでグライダーを止めていた金具を放すと、空に舞い上がった。うまく舵を取ると綺麗に飛んだけれど、地面を滑走するだけで舞い上がらないものや、上がり過ぎて尾翼のほうから落ちてくるものもあった。しだいに戦争が激しくなると、このグラウンドも戦時訓練ばかりになっていった。歩兵の格好をした若者が剣突きの訓練をしていたのを、強い憧れの目で見とれていた。

わが一家が住んでいた二軒長屋の裏は、道を隔てて黒板塀が長く続いていた。大きな門の傍らに天水桶が置かれていた。けやきの大木があり、この一帯はよくいろいろな遊びをしたところだ。この天水桶の中で泳ぐ魚を見るのも楽しみだった。

この家にカイちゃんという青年がいて、僕ら子供にたいそう人気があった。いつもニコニコして、気のやさしい青年である。このカイちゃんの兄は、よっちゃんという背の高い青年で面白い人だった。やがて戦後になり、落ち着いてきた頃よっちゃんが肺病で死んだという話が伝わった。いろいろな人に会いたいと言って死んだと聞いて、可哀想な気がした。

戦争が日増しに激しくなり、カイちゃんは志願して出征した。霞ヶ浦に行ったと聞いて子供心に胸がときめいた。今では想像もつかないことだが、霞ヶ浦の航空隊とか、海軍の水兵とかいうのは子供の夢であり、憧れなのだ。あるときカイちゃんは休暇を貰って帰ってきた。子供たちはその周りを取り巻いて、わくわくしながらその姿に見とれ、話を聞いた。七つボタンの制服の格好よさがたまらなかった。こうやって後ろ宙返りをするんだよ、とニコニコしながら話してくれた。翌日もカイちゃんをひと目見たくて、門を通り抜け、恐る恐る母屋のほうへ行ってみた。すると案外簡単にカイちゃんが見つかった。明るい座敷の奥のほうで寝転んでいた。

わたしに気が付くと、人懐こい笑顔で「キヨ坊か」といった。やにわに立ち上がったかと思うと、座敷の床の間に立てかけてあった華やいだ模様の長い袋を取りあげた。紐を解いて中のものを取り出すと、それは軍刀だった。それをさっと引き抜いて見せた。それは日ごろ見慣れている木の刀ではない、本物なのだ。だんぜん光り輝き、ただあっけに取られて見とれていた。そのときのカイちゃんのなんと輝かしく凛々しい若者に見えたことか。完全に圧倒されていた。そのときを最期として、以後カイちゃんの姿を見ることはなかった。

カイちゃんの姉でタエちゃんというねえちゃんが居て、子供たちに人気があった。ちょっと太って丸顔で、明るく活発だった。防火訓練のとき、バケツを叩きながら近所に知らせる役を演じた。活発なタエちゃんに似合って頼もしかった。子供たちを大勢集めて戦意高揚の紙芝居をやってくれたのもタエちゃんである。おしまいのシーンで「海ゆかば水漬くかばね、山ゆかば草生すかばね……」といい声で唄った。

そのタエちゃんが気が狂ってしまったといううわさが広がった。学校の帰りに爆撃を受けて、命からがら逃げたショックからと聞いた。あのタエちゃんが〈きちがい〉になった、といううわさが駆け回ったとき、なんとも不吉な気分で、可哀想でならなかった。

天理教の集会が毎月一日に開かれ、偉い人が来て有り難いお話を聞かせたのち、食事会になった。子供にとってここでご馳走にありつくのが何よりの楽しみである。戦争がひどくなり、食糧事情が悪くなって、ある集会のとき代用食のかぼちゃが出た。「こんなものしかないのか」と半ばやけ気味に大人たちが言い合っていた。このとき母が「あそこにタエちゃんが居るよ」と教えてくれた。

母に付き添われ、「ホラ、これを食べなさい」といわれている女の人が見えた。しかしそれがあのタエちゃんその人だとはどうしても見えなかった。あまりに顔が変わってしまっていた。生き生きとしたところがなく、顔色も悪く、しまりのなくなった顔を見るのは子供心にも切なく、何か気味が悪かった。大好きだったカイちゃん、タエちゃん、そしてよっちゃんの三人兄弟に次々と襲った災難と不幸、ここには戦争の影が濃く投影していた。

六歳になってあがった学校は、上北沢国民学校である。まさに戦時色一色の昭和十八年の四月だ。国語の最初の授業で斉唱したのは「サイタ　サイタ　サクラガ　サイタ」ではなく「バンザイ　バンザイ　ヘイタイサン　バンザイ」だった。朝は一列縦隊になって行進していった。学校に上がってすぐのこと、甲州街道沿いの生徒はみな甲州街道の傍らに整列した。山本五十六元帥（一九四三年四月一八日戦死）の国葬があり、多磨墓地に葬られる霊柩車をお見送りするためである。引率者とか上級生たちは興奮し緊張していた。先頭をサイドカーが走ってきた。第一装の軍服を着て胸を張った勇姿が通り過ぎていった。

学校の行きかえりは、近所のグループが一緒に行動することになっていた。ほかのグループとよく喧嘩になった。剣鍔など持ち歩き、殺気立った雰囲気ではあったものの、実際には傷害事件など起こらなかった。当時は殴る殴られるは日常のこと、それだけに殴り方を知っており、それで大怪我になるということはなかった。

この当時は蛇がよく居て、学校の行き帰りにはしばしば蛇を捕まえて遊んだ。あるとき腹が二箇所異様に膨らんだ蛇をつかまえた。これは面白いと腹を棒でしごきにしごいて、最後に口から二羽の野鳥を吐き出させた。まことに残酷なことをしたものだ。子供らに捕まった蛇はまず生きて逃げることは出来なかった。それも残酷な殺し方をした。蜂に刺されるなど日常茶飯事、顔がはれている子供がよくいたものだ。アブなど飛んでくると素手で叩き殺した。

村の鎮守の神さまの今日は目出度いお祭り日
ドンドンヒャララ　ドンヒャララ

祭りというものは、子供にとって心うきうきするものだ。朝から太鼓の音が遠くから聞こえてくると、胸が高鳴り落ち着かない。お宮の境内に物売りの屋台が並び、アセチレンガスの匂いがツンツンと鼻を突く。夜になるとやぐらの上でライトを浴びた役者が芝居をする。それをむしろに座って、栗など食べながら見物する。府中の闇祭りというのが近在では名高い。暗闇の中で神輿を揉み、乱暴が毎年繰り返された。あるとき神輿を二階から見おろしていた者が、激昂した若い衆に半殺しの目にあったという話が伝わってきた。

同じお宮の境内で、盆踊りがあった。東京音頭がかかると、その踊りやすさと歌の文句に惹かれて、みな喜んで踊った。輪が大きくなり、それが二重になり、三重になり、さらに何重にもなり、どんどん広がっていった。しまいには境内にいた人のみんなが、踊りの輪に参加して、すべての人が輪になった。これが最後とばかりみな何もかも忘れて踊り、それはあたかも地面が揺れ動くように見えた。祖国がいよいよ重大な局面に進もうとしているとき、みなが一つになってすべてをその中にうねりとなって溶け込む勢いとなった。こんな風景と気分は、その後まったく経験することはなかったように思う。

戦争が日増しに激しくなりつつある頃、八幡山から船橋へ引っ越すことになった。その当日は三台の馬車が来て、荷物を積んでいった。引っ越す先の篠崎さんの一家が総出で、手伝ってくれた。三台の馬車を提供してくれたのも篠崎さんである。

篠崎家の当主であった竹ちゃんが陣頭指揮をとった。引っ越し荷物の中に兄が作った手作りの木刀が五本くらいあってそれを竹ちゃんが手にとってみていた。幌つきの黒い高級な乳母車があって、引っ越しの礼に篠崎さんのうちのものになった。戦争は日増しに激しくなりつつあったが、いまだ敵機が頭上に来るには至っていなかった。

敗戦の頃の日々

船橋に引っ越して

昭和一九年の春、母と兄とわたしの三人家族は東京都世田谷区の船橋に引っ越した。その辺は小田急線と京王線のちょうど中間点にあたり、駅には遠い。よって東京郊外に広がる農村という地帯だった。それまで住んでいた八幡山とはごく近かったが、学区域の関係で、経堂小学校（国民学校）に転校となった。

住んだ家は篠崎家の若夫婦のために作られた家だったが、ご主人の勇さんが兵隊に取られて、奥さんが母屋のほうで暮らすようになり、空家になったのでわれわれ三人家族がそこに住むことになったのである。篠崎家は近郷でも有数の農家で、母方の遠い親戚に当たってい て、間借りする代わりに母は百姓仕事を手伝うこととなった。母は毎日、手甲《てっこう》を巻いて野良仕事に出て行った。

この地区は農家が多く、言葉も田舎言葉である。すこぶるのんびりとして、人がよく親切な人たちであった。市街地に住んでいた学童のすべてが例外なく疎開した中で、どういうわけかこの地からはあまり行かなかった。おかげで、戦争のさなかとはいえ牧歌的で平和な一年半を過ごすことが出来た。焼夷弾とか爆弾は市街地ほど多く落とされなかった。よって近隣で罹災した家はなかった。

田んぼの向こうには小川があって、そこにはフナやドジョウのような小魚もいたし、エビガニが無数に捕れた。どこにでもいる蛙を捕まえて皮をむいて糸につけて川に垂れると、たちまちエビガニが食いついてきた。それを茹でて真っ赤になったのを、尻尾のところだけもぎって食べる。戦後しばらくして食糧事情がよくなってきた頃に、レストランで海老フライを食べたら、エビガニとまったく同じ味だった。途端に戦中のことどもを思い出して、食べられなくなった。今もって海老料理は避けている。

稲が実る頃に、田んぼに大量に発生するイナゴも格好の食糧になった。輪切りにした竹筒を口に結わえた袋を持って田んぼに行き、イナゴを竹の中に入れるとそのまま袋の中に入ってしまう。人が近付くとイナゴは本能的に稲の後ろ側にくるりと回って隠れる。そこを狙ってさっと捕まえるのが要領である。袋に入れたまましばらくつるしておいてから、炒って佃煮にして食べると香ばしい味がして美味かった。

うちのすぐ隣が小さな雑木林で、木の根元から太い蔓が出ているところを掘ると、山芋を掘り出すことが出来た。しかし山芋は奥へ行くほど太くなっており、これをすべて掘り出すのは容易なことではない。半日以上かけて、終いには大人たちも手伝いに来てようやく掘りあげることができた。

こんなに自然と慣れ親しんで生活出来たのはこの船橋時代だけで、わたしにとっては生涯の貴重な宝である。飢えに苦しむこともなかったし、周囲の人たちはみな親切だった。飢えに苦しみ、人々の冷たさに悩みを深めたのは戦後、町に引っ越してからのことである。戦争が厳しい状況にあったこのときほど、皮肉にも平和で長閑《のどか》なことはなかった。綺麗な青空はいつもわれわれの上で、力強くひろがっていた。

敵機来襲

昭和二〇年の冬の朝のこと、空襲警報が鳴ってみな防空頭巾をかぶって避難の態勢でいると、飛行機の爆音がけたたましいばかりに響いた。どんよりとした雲が低く垂れ込め、寒い空気がピリッと緊張を強いていた。その真っ黒い雲の間からいきなり敵機が姿を現した。二機の双発機が低空飛行してお互いに交差するように飛び交い、何度も行っては戻りして嘲笑うかのごとくに飛び回った。およそ一〇〇メートルくらいの高度で飛び、バリバリバリっという空気をつんざくようなプロペラの音の凄さに圧倒された。ビリビリとあたりの空気がゆれていた。黒いずんぐりした機体は逞しく、四人乗りくらいに見えた。これは後に分かったことだが、ノースアメリカンB25という五人乗りの軍用機である。こんなに低空飛行されては、近くの高射砲陣地も手の出しようがなかった。これが米軍との最初の遭遇である。というより圧倒的な軍事力のすごさを見せつけた瞬間でもあり、欧米文化というものの力強さを実感させた出会いだった。

そのあたりから毎日のように米軍機がやってくるようになった。「ポー」と鳴り響く警戒警報とともに、はるか西の空にB29の編隊が現れた。銀色に輝く大型飛行機の大編隊が、富士山の上空を通過すると右折して真っ直ぐ東京方面に向けて飛んできた。B29は一〇人乗りくらいで四発のプロペラを付けていた。「空飛ぶ要塞」といわれ、空襲の立役者だ。はるか一万メートルの上空を白い機体が青空に貼り付いたように見え、それがゆっくり移動してゆく。近くの高射砲陣地からしきりに撃つ音が鳴り、はるか上空の敵機の周辺に小さい白い煙の固まりが開くので、それが高射砲の外れだと分かった。こんな光景が昼夜を問わずに展開された。夜は東の空が燃え盛る火の海で真っ赤になり、火の壁が出来たように見えた。

空家になった家を、隣町まで解体しに行ったことがあった。立派な二階家に綱をつけてみなで引っ張り、壊してからその材木をリヤカーに積んで帰ってきた。延焼を防ぐ意味があったのかもしれないが、もったいないことをしたものである。壊すときはその一帯がすべて壊されていたから、あるいは強制立ち退きされたのかもしれない。

わたしは直接襲われたことはなかったが、Ｐ51という戦闘機が、しばしば人々の頭上に急降下して機銃掃射して飛び去った。その恐ろしさはたとえようもなく、その弾丸に当たって即死したり、重傷を負ったという話は毎日のように聞かされた。ほとんどが焼け野原になると、米軍機はところかまわず爆弾や焼夷弾を落としていった。焼け跡に爆弾・焼夷弾を落とす様は、積んできたごみを棄ててゆくようだった。

爆弾が落ちてくるときの音は、一キロくらい先だとゴォーっという飛行機の爆音に似ていた。至近距離だとヒュルヒュルヒュルっという空気を斬り裂くような音がして、その恐ろしさは言葉に表せないほどだ。すぐ裏の畑に落ちたときの地面のゆれの凄さと爆音のすさまじさときたら、本当に足がすくみ、全身総毛立った。落ちた跡は大きな穴がすり鉢型に広がっていた。ときどき不発弾が落ちて、こんもりと饅頭のように土が盛り上がっていた。するとその周辺に縄が張られ、立ち入り禁止にしてから決死隊と称する人たちが掘り出しに行った。

夏も近付いた頃のある夜、何百発とも知れぬ焼夷弾が空一面に花火のように広がり、頭上に降ってきた。風に流されながらゆっくりゆっくりと無数の火の玉が迫ってくる、その恐ろしさはたとえようのないものである。サワサワサワという夕立に似た音が無気味に圧倒していた。しだいに地上に近付くと、あたり一面が昼間のように明るくなり、ただそれに見とれているほかなかった。ところがその大半は風に流されてわれわれの頭上を通過して、町のほうへ行ってしまった。何発かが傍に落ちた。田んぼの中と、となりの農家の屋根に落ちたのは確認できた。幸い瓦屋根だったのですぐに消し止めることが出来た。

焼夷弾にも不発弾が多く、それらはいたるところに積み上げられていた。六角形をした筒型の焼夷弾が、戦後になっても何百本と放置されていた。それを玩具にして遊んでいるうちに、爆発して指が吹っ飛んだ子供も居た。

「寺子屋教育」始まる

昭和二〇年も春を過ぎる頃になると、全校生徒のほとんどが疎開してしまい、学校の校舎は陸軍の兵舎に早代わりした。われわれのように疎開に行かなかった生徒は、全校で一四〇名居たと「経堂小学校沿革史」に記録されている。その沿革史によれば、その生徒たちは世田谷三丁目町会事務所、船橋町天理教会堂などに集められて勉強を続けたとある。その「寺子屋教育」が始められたのは六月一五日からである。われわれ船橋に住む児童は近くの天理教の会堂に通った。一年生から六年生までの五〇人くらいの生徒を、一人の女の先生が面倒を見てくれた。この先生は土屋先生といって、献身的によく教育に尽くして下さった。戦争が終わって学校が再開されたとき、この先生の姿をみることは出来なかった。献身的な人から先に死んでいった印象が強く、この先生も亡くなられたのではないかと思った。

初夏の頃、陸軍の兵士三〇人くらいが隊列を組んでわれわれの家の近くへ行進してきた。みな鉄砲を担ぎ、なかの一人は機関銃を担いでいた。隊長と思しき兵士が大声で怒鳴ると、一人の若い兵士がなにか答えた。これも異様に大きい声だった。するといきなり隊長がその兵士を殴り始めた。側にいた子供達はその異様さと怖さに震え上がった。その場に居た三人くらいの子供達は、その日ほとんど言葉を交わすことなく、黙りこくっていた。その恐ろしさにみな一様に胸をふさがれていたのである。

来る日も来る日も空襲に追われていた頃、一軒に一本の手ぬぐいが配られた。真ん中に日の丸、その両脇に黒く「神風」と染められていた。これはいざというとき鉢巻を締めて戦うときのためものだ。神聖極まりないものとして、大切に扱うのが当然と信じられた。近隣に在日韓国朝鮮人が住んでいて、あまり近所との付き合いもなく、何をもって生計を立てていたのか謎めいていた。少し年上の女の子が居て、可愛い子だった。あるとき遊びに行くと、歓迎されてその頃ではご馳走の乾パンを皿に盛って出してくれた。あるときこの家の前を通りかかったとき、風呂場の中に「神風日の丸」の手ぬぐいが掛けられているのを、開いた窓越しに見た。神聖極まりないものを入浴に使っていたのである。憲兵にでも見とがめられたらどうなるのだろう。恐ろしくて足がすくむ思いだった。今から思うと、この家の人たちには、敗戦が見通されていたのかもしれない。

初夏の頃のある日、B29に高射砲の弾が当たり黒い煙を吐いてしだいに落ちて来た。すると落下傘が開いて一人の米兵が降りてくる模様である。われわれはそれっとばかりにそのほうへ走った。しかしこれがなかなか地上に達してこない。ばかりか風に吹かれてしだいに遠ざかり、けっきょく追いきれなかった。あとで聞くところによると、これは女性航空兵で目隠しをされてどこかへ連れ去られたという。そのとき、次のような話が伝わってきた。「日本上空へ三〇回出撃すると、本国へ帰ることが許される。自分は一九回目だった。本当に悔しい」と泣いていたと話してくれる母の調子には、どこか同情的なものがあった。取り返しのつかない運命を思いやると、果てしなく暗い気持ちになった。

その翌朝、近くの工場敷地内で、撃墜されたB29の搭乗員の遺体が公開された。近所の大人達に混じってわれわれも見に行った。遺体は全部で一〇体あった。そのうち初めのほうに寝かされていた遺体は、傷もなく綺麗だった。米軍は鬼畜米英と言われ、鬼のように恐ろしい奴らと教えられていたし、そう信じていた。しかし実際に見る米兵はすこぶる色白でか細いからだ、少年のように若く綺麗な顔立ちをしていた。この遺体に接して言い知れぬショックを受けた。地面に寝かされたアメリカ人の若者の遺体には、つい今しがたまで生きて陽気に振舞っていた雰囲気が感じられたばかりか、すこぶる親しいものさえ感じさせたのである。

異国の地面に転がされた、いたいけな少年とも見える若者達、細い金髪が額にまつわりつき、眠るように地面に横たわっていたのだ。このときの言葉にならない衝撃はあまりに強烈で、戦争という現実の生々しさに圧倒された。哀れとか、可哀想とかいうのはまだ甘い、涙も出ない、言葉に表しようのない衝撃的な現実、これはずっと後々まで、幾度も目の当たりによみがえってきた。

いつ自分の住まいが焼かれるか分からない。そこで身一つで逃げることが出来るように、準備しておくことが義務付けられた。まず寝るときは洋服を着たまま寝ることになった。慣れないうちはごろごろして寝にくいことおびただしかった。一番大切なものを身に付けて逃げられるように、一つの風呂敷包みが作られた。それを斜めに背負って逃げるようにいつも用意していた。それになにを選ぶべきか、母は苦心していた。けっきょく日ごろ使っている物だけでいっぱいになった。特別の宝物はないもので、日常使っているものが一番大切なのだということになった。

敗色濃厚になりつつあるころのある日、空から大量のビラが降ってきた。米軍が撒いたものので、パラパラと無数に舞い降りてきた。大きさはA5くらいで、稚拙なイラストが描かれ、一人の日本人と思しき人物が火に焼かれていた。早く戦争を止めろという意味のことが、妙にこなれない文章で書いてあった。「ナチスドイツは敗れたり」という一句だけ覚えている。

また別のビラには、魚の絵が描かれ、戦争を終えると魚が食べられると書いてあった。間もなくこれらのビラを絶対に見てはならないと言われ、近くの部隊の兵が来て拾い集めていった。持っているだけで罰せられることになり、誰も側にも寄らなくなった。

八月一五日

いよいよ戦争末期に広島・長崎に新型爆弾（原爆）が投下されると、全体がこの世ならぬ異様な感じになってきた。これから原爆が雨のように降る、それを避けるには赤飯とラッキョウを食べるとよいという。この言葉を信じた周辺の人たちは、みなその用意をして赤飯とラッキョウを食べた。わたしも久しぶりにこのご馳走にありついてその美味さを味わった。いわばこの世の別れの儀式みたいなものだった。

真夏のある日、隣のお屋敷から声がかかって、重大放送があるから聴きに来ないかと誘われた。母と兄とわたしの三人がお邪魔をした。広い庭を見渡すお座敷に通された。玉音放送を聞いたのである。わたしはなにがなんだか分からなかった。ふと気付くと正座した兄が嗚咽していた。母もやがて泣き伏した。

その日は朝から真夏の太陽が照り付けていたが、妙に森閑としていた。いつもやってくる米軍機がまったく来なかったのである。その数日間は空襲がほとんどなかった。下駄履きの米軍飛行機がのんびり飛んでいるのを見た。これは海軍の水上飛行機で、水上で滑走できるように船の形をしたものを付けたもので、「下駄履き」と呼んでいた。戦争は終わったのだということはすぐに分かった。今日からあの「ポー」を聞かなくてすむという思いが真っ先に浮かんだ。警戒警報の「ポー」を聞くのにうんざりしていたのである。夕方に、ザァーっとひとしきり雨が降った。夕立だったのだろうが、人々は「涙雨だ」と言い合っていた。「特攻隊で死んでいった人が可哀想だ」と母は夕方薄暗い台所でまた涙を浮かべた。

幾日か経って、篠崎さんの家の台所で一家が揃ったとき、話が大いに弾んでいた。「東条さんもちょっとやりそこなったんだよ」と、庇護するような発言が好意をもって迎えられていた。「天皇陛下も苦労されてしまって」という言葉も聞かれた。こうなっては仕方ない、という諦めに似た雰囲気の中には、ある種の明るさもあった。談論風発して尽きない賑やかさがあり、絶望的な雰囲気はなく、むしろ活気があふれていた。日本が負けるのは当然で、初めから分かっていたようなことを誰かが言い出すと、一様に同感の声が聞かれた。つい昨日まで日本は絶対に勝つと言って疑わなかった者が、数日にして現実を受け入れてしまうという姿に驚いた。上の者の責任は一切追及しない、目の前の現実をあっさりと受け入れる、という日本の庶民の典型がここにある。

それにしても戦中という非常時にこうした農家の人々と共に過ごせたことは、よかったとつくづく思う。何が起ころうとも、昨日に続く今日で百姓仕事を変わらず続けていた。戦争が終わってもなにも変わらずその日から野良に出て働いていたし、いつもと同じように青空に太陽はどっかりと居座っていたのだ。

敗戦直後の日々

学校が再開されて

早くも秋の風が肌に心地よい九月はじめに学校へ登校した。しかしそれまで陸軍が使用していた校舎はまだ荒れ放題、学校の体をなしていなかった。ある教室には木刀が山と積んであり、それを見つけた上級生が剣鍔を取って、ポケットにしまっていた。泥棒のし放題だったのだ。それとその頃のすさんだ空気には、剣鍔を集めることが好まれていた。

それから少し経ったある日、わたしたちは一つの教室に集められて、音楽の授業を受けた。生徒は一学年に三〇人も居ただろうか。どういうわけか机と椅子がまったくなかった。床の上に座って車座になり、先生を見上げていた。女の先生が黒板に歌詞を書いて、ピアノで曲を教えてくれた。みなは大きな声で合唱した。

土手のすかんぽジャワ更紗　昼は蛍がねんねする

僕ら小学尋常科　今朝も通ってまた戻る

この歌を先生の指導でなんとか覚えたわたしたちは、何度も繰り返し歌った。声を揃えて思い切り大きい声を出して歌った。このときの明るい気分を忘れない。いかにも平和になったという実感が充ち満ちた瞬間ではなかったかと思う。というより小学校へ行ってから、音楽の授業を受けたという記憶がなかった。みなで合唱するという楽しさは戦後にこそはじまったのだと思う。その最初の歌がこれだった。

少しずつ学校の授業が始まりつつあるころ、わたしたちの一家はまた引っ越すことになった。兵隊にとられていた若者が復員してくることになり、わたしたち一家が借りていた家を空けなければならなくなったのである。農家の親切にすがって暮らした牧歌的な日々が過ぎて、戦後の混乱からしだいに回復してゆくなかで、いよいよ極貧を余儀なくされた少年時代を迎えることになる。戦争中はみな命の危険を感じながら、同じ運命共同体の中で暮らしていた。そうした桎梏が取れて、しだいに貧富の差が現れ、屈辱に耐えて生きることになる。

船橋から宮坂二丁目に引っ越したのは敗戦の年の秋、わたしが小学校三年のときである。そこは小田急線「豪徳寺」と「経堂」の中間点のやや豪徳寺寄り、当時の我が家は崖の上にあり、その北に畑が広がり小川が流れていた。一台の馬車に荷物を積んで、この家に到着したときの母の暗い顔を覚えている。わたしもまた暗い気持ちになった。ひどいボロ家だったからだ。白いモルタルの外壁はあちこちで剝げ落ち、下見板が剝き出しになっていた。玄関の柱は腐って、ガラスの割れた引き戸を開けるのに苦労する状態、とても玄関といえるものではなかった。その家は八畳・六畳・三畳の三部屋があり、三世帯七人で住んだ。

経堂小学校には毎日のように疎開先から帰ってくる生徒が現れ、その都度机を入れたり落ち着かなかった。戦後最初に担任として登場したのが、山田義春先生という若い特攻隊がえりの熱血漢である。この先生にわたしは好かれなかった。体が弱くよく休んだのと、すこぶる意気地がなかったのがいけなかった。もっともこれでは誰にも好かれなくて当然だったかもしれない。しかし殊のほかわたしには厳しく、つらく当たるように感じた。

教科書が無くて、とりあえず先輩のお古で間に合わせることになった。しかしそれを手に入れるのが容易ではなかった。あの手この手を使ってなんとか入手したり、場合によっては書き写したりした。しかし戦争中の教科書は内容に問題があって、上からの指導で直す必要があった。とくに国語などが問題で、紙を貼るように指示されたページがたくさんあった。紙を貼るのが大変で、後には墨で塗りつぶしたりした。

秋も深まるにつれて生徒の数がますます増えてゆき、教室に入りきれないくらいになった。

一つの机を三人で使うようなことにさえなっていった。三学期になって、いよいよ教室にあふれるようになってくると、低学年については午前と午後の二部に分けて、四時限ずつの授業を行った。先生も大変な仕事だったにちがいない。

四年になると二クラスとなり、わたしたち二組には金川朝茂先生という静かで優しい先生が担任になられた。戦争が終わった翌年以後、先生方も少しずつ増えていった。教室も少しゆったりして、しだいに整えられた。クラスメートも大人しい目立たない生徒たちで埋まった感があり、わたしは学校が好きになっていった。

飢えに苦しむ

いっぽうこの三、四年のころがもっとも飢えに苦しんだときである。一日一食が普通で、それさえ満足に食えないことがあった。母は袋貼りの内職で細々と稼いでいた。この作業をわたしもよく手伝った。やがて栄養失調で鳥目になった。夕方遅くなって学校から帰るとき、あたりが真の闇のようになり、ほとんど見えなくなった。うちの近くは道がひどく悪くて、ただでさえ歩くのに困難なところである。ぬかるみを歩いていて、足元が見えないのだ。ここで挫けてはならないと自分に言い聞かせて、真剣にうちへたどり着いた。遠くに見える電灯と、うちの屋根に当たったわずかな光が頼りだった。

またあるとき、足に怪我を負った。膝のあたりから血が流れた。その血の薄いこと、水に赤の絵の具を溶かしたようだった。どくどくと流れるというのが普通だろうに、すーっと何の抵抗もなく痩せ細った脛《すね》を伝って流れ落ちた。これを見た大人がもう駄目だとささやきあっているのが聞こえた。子供が死ぬときは、昨日まで普通にしていたのが、あっという間に死んでしまうものだ。そうしたことが周辺にもあった。わたしは死のすぐ近くに居たことは間違いない。

ややや太った子供が居て、ときどき一緒に遊んだ。名前が定かではないが、あるいはイシバシ君といったような気がする。寡黙で大人しく目立たない少年だった。彼は力なく歩き、表情が乏しく生気がなかった。一緒にどこかへ行くことがあった。蓋の取れた陸軍の水筒を持っていて、その蓋の代りに親指を差し込んでぶら下げていた。唯一の宝物のように大事にしていた。その彼が死んだと聞いた。飢えて死んだのである。太っていると思っていたのは、むくんでいたのだ。あのだるそうな歩き方、光りのない目つきを思い出す。

そんな折、うちの庭に一匹のかえるが居た。それを捕まえると、腰のところから切って、脚を火にあぶって食べた。白身の肉が太い骨からぽろぽろととれて、くせのないいい味だと思った。そのかえるの脚一本で、わたしの命がつながったのかもしれない。翌朝、かえるのギャッギャッという鳴き声を聞いた。見ると昨夜食べたかえるの上半身が、前脚で一メートルくらい歩いて臓物を引きずっているのだ。わたしに命を与えてくれたかえるの凄絶な姿は、今でもはっきりとよみがえってくる。

あるとき金川先生がうちを訪れ、一合の米を差し出した。これは学校の困った生徒のために届けられたものだけれど、神宮君に食べてもらおうと思って持ってきた、という意味のことを言われた。その優しい目を忘れない。母は何度も深くお辞儀をした。この米は貴重品で、何度にも分けていろいろなものを混ぜて食べた。

配給制度があって、近所の数軒毎に班分けされ、食料品を分け合って受け取った。配給品の中には、家畜の飼料である「ふすま（小麦の皮の屑）」とか、大豆粉といったものがあった。大豆粉というのは、大豆油を絞ったあとの大豆粕を粉にひいたもので、ふすまと並んでもっとも食べにくいものである。とうもろこしの粉が比較的食べやすいほうで、フライパンで焼いて食べた。フライパンにひく油がないので、かぼちゃの葉を敷くとくっつかなかった。外米という代物も食べられたものではなかった。

米軍の放出品であるベーコンの缶詰は、上等品の中の上等品である。同じ放出品の中に、チョコレートがあったけれど、食べているうちに中から虫が出てきた。ベーコンも缶詰の缶が錆びていたし、とっくに期限の切れた不良品が回されたらしい。これが副食品とかお菓子として食べられるという状況ではなく、それだけで何日分の食糧配給品なのだ。配給はしばしば遅配になり、ときには欠配になることさえあった。

それを補うのは買出しと闇市の品々である。人々は大きなリュックに食料品を詰めてどこかから帰ってきた。うちの母も残り少ない着物を持って農家に何かしら食べ物を分けてもらいに行った。芽の出たサツマイモを貰ってきたこともあった。それで五日くらい食いつないだ。それが無くなるとなんとも心細かった。

小田急線豪徳寺駅と東急世田谷線（当時は玉川線）山下駅の間が闇市となり、もの凄い活況を呈していた。見ているだけで面白かったので、毎日のように闇市をうろついた。新鮮な魚とかこんにゃくあるいは偽の甘味品、あらゆるものがあふれていた。客を呼ぶ売り声が飛び交い、賑やかな光景が毎日繰り広げられた。

父親の居る家庭では、それらによって食卓が豊かになっていったようである。しだいにその差が出てくると、かえって空腹感がいや増すのだった。「赤いリンゴに口びるよせて」という唄が大流行したが、腹が減った身には、妙に心にしみるものがあった。

配給の粉食が次第に食卓に載るようになり、いかに不味いとはいえ栄養にはなる。ひどいものばかり食べているのに、またあるとき怪我をして出血したら、どくどくと濃い血が流れた。そのとき命が助かったのだという実感をもつことができた。本当にひどいものしか食べていないのに、とそのとき不思議な気がした。どんなものからでも滋養は取れるものなのだ、と今でも思う。ちなみに庭に生えてくる雑草で食べられないものはない。毒草でない限り、食料にはなる。ただし不味いばかりでなく、あくが強くて食べにくい。調味料とか、食用油があれば、結構食べられるところだが、塩しかないので調理のしようがなかった。塩といっても薄汚れた岩塩の塊が配給になり、それを水に溶かしたものを使っていた。

極貧の中で

三年のときは一学年に一クラスだったが、四年になると二クラスになり、五年になると三クラスに増えた。わたしは三組・島良一先生のクラスになった。島先生は絵の先生で、わたしは絵が得意だったので、それまでほどには劣等感を増幅しないで済んだようだ。「青葉展」という展覧会が毎年行われ、そこで「金賞」を得たことがあった。小学校時代を通じて一番嬉しかったことである。このとき、それを決めるために各教室を委員の先生方が回って歩いた。わたしは美術部だったので同行していた。このとき正善《しょうぜん》達三という先生が、わたしの絵を暖かみがあると賞賛してくれてすぐに金賞に選んでくれた。この言葉も本当に嬉しかったし、その後ずいぶん励みになったことは確かだ。絵の道具がほとんどなく、クレヨンとクレパスを教室の中で拾って使っていた。そのためクレヨンとクレパスを混ぜて使い、手元にある色だけで絵を描いていた。それでも充分に楽しかった。クラスの中にはすでに高級な水彩とかパステル画を描く者も現れていた。

母はうちでやる手内職をやめて、工場勤めに出るようになった。「同愛会」という袋とか造花を製造する会社で、うちからすぐ近いところにあった。忙しいと晩《おそ》くなることも多くなってきた。そこでうちの掃除とか夕食の支度などはわたしの仕事になった。

あの当時の一般の小学生には靴下に縁がなかった。上流階級のお坊ちゃまお嬢ちゃまが、もっぱら履いていた。わたしたちはひたすらつぎの当たったぼろ足袋を使っていた。しかしそれも途切れがちであり、一冬素足で過ごしたことがある。銭湯に行くことは稀で、年に数回であった。極貧とはそうしたものである。

そのころは今と違って、冬の寒さはより厳しく、朝起きたとき部屋の中で零下二度になった。霜は厚く降りて、それが融ける昼間は道がぬかって歩きにくかった。そんな中で素足で生活することのつらさは想像しがたいと思うが、案外慣れてしまえばそれほどでもないものだ。「人はどのようなことにでも慣れることの出来る存在である」とは、ドストエフスキーが『死の家の記録』の中で書いている。まったく同感である。

貧そのものは慣れることも耐えることもできる。しかし、問題は「貧ゆえの」というところだ。貧はしばしば人の軽侮の的になりがちである。これは耐えがたいし、慣れるということはなかった。心の傷は癒しようがないものがある。哀れな存在というものはときに苛めの対象になる。哀れなものを見ると人は苛めたくなるという、いけない習性がある。自分がその対象になってしまうことのつらさ、これは耐え難い。そればかりか深い心の傷がいつまでも残る。

素足で歩いていると、その姿に哀れさを感じて、ときに同情の言葉がかけられる。「まあ、可哀相に」といった近所の奥様の言葉にも、したたかに傷つくのだった。そうした言葉には一つの優越感が隠されており、そのことを敏感に感じると同時に、劣等感をいやがうえにも刺激されることになってしまう。

ノミ、シラミにはずいぶん悩まされた。ノミとシラミに食われた跡が皮膚一面に残り、人前で裸になれなかった。シラミにたかられると、たちまち下着の縫い目に卵を産みつけ、それが孵るといっせいに血を吸い出す。その痒さはたまらない。シラミ退治にはいくら時間があっても足りなかった。回虫にもこの当時はみなやられ、何十匹も出ることがあった。DDTもお馴染みだった。それを体中に吹きかけられ、真っ白になったこともある。

遠足、修学旅行、卒業写真といったものも縁が無かった。いつもわたしだけが欠席した。そのため記念写真というものがまったく残っていない。正月に小遣いを貰うことはなかった。正月のように子供達の喜ぶときが、もっともつらいときだった。

稼ぐ必要に迫られて、仕事をした。生まれてはじめてやった仕事は行商である。石鹸を売って歩いた。三〇円で仕入れて、四〇円で売った。これがいっこうに売れないのである。よそのうちに行って「石鹸を買ってください」というと、必ず断られた。いつまで歩いてもいっこうに買ってくれるうちはない。とうとうわたしは知り合いのおばさんのうちに行って、買ってもらった。

わたしが行商をしていることは、たちまち学校のクラスの一部に知れてしまった。それを揶揄軽蔑する生徒が現れたとき、断固阻止してくれたのが山下武雄君である。山下君はわたしの仲良しの一人ではあったが、クラスの中で強いほうでもなく、勉強ができるほうでもなく、リーダーシップの取れる位置には程遠い存在だった。にもかかわらず彼の真剣な説得で、わたしへの蔑みはぴたりと止んだ。あるとき乱暴な少年が汚いたびを履いた足を、転がったわたしの鼻先に突きつけてきた。そのとき塩井妙子さんという女の子が猛烈に非難し、言葉激しく詰め寄ってついにやめさせた。妙子さんは情熱的な大きい眸をもった子で、体も大きくドッジボールの選手に選ばれていた。

「あの頃は苛めも無くてよかったわね」その後同窓会などでこんな声を聞く。それは今のあまりに常軌を逸した苛めと比べての発言であることは言うまでもない。しかし苛めというものは、それを受けた者でなければ分からない。わたしは書いたように、クラスの中の味噌っかす的存在だったので、常に苛めの対象だったという強烈な思いが残っている。四年の担任だった金川先生も含め、だいたいの級友と先生はわたしが苛められていることは知っていた。子供の社会では苛めはある程度不可避のものであろう。自然なことだとさえ思う。では何故それが事件にまで至らなかったのか。大きな問題にならなかったのか。それは「やめろ」と声をかける生徒が居たからだと思う。山下武雄君とか塩井妙子さんのように知らぬふりをせずに堂々と立ち向かっていく生徒が居たということの意味は大きいはずだ。当時はそのような指導もなされていた。

現代の何が問題かといえば、知らぬふりをするクラスの大多数にあると思う。苛める者も苛められる者もごく少数でしかない。関わることを避け、見て見ぬふりをする大部分のクラスメートたち、これが事件にまで野放しにする温床を作っているとみる。

野球・映画・遊び

あるとき近所のおじさんがわたしをプロ野球の観戦に連れて行ってくれた。今になって思うと、これは貴重な思い出になっている。後楽園球場に夏の頃、ライトスタンドの最前列に席を取った。変則ダブルヘッダーで、四つの球団を見ることが出来た。

第一試合が南海ホークス対大映スターズ。この試合で大映のスタルヒン投手が完投勝利を飾り、その勇姿は今もはっきりとよみがえる。観客をひきつけるパフォーマンスもなかなかのものがあった。第二試合は阪神タイガース対東急フライヤーズ。阪神は梶岡が先発して、藤村のランニングホームランなどあって四対二で阪神の勝ちだった。フライヤーズの大下は絶不調でバントなど試み、やじられていた。阪神のライト後藤が、目の前で大飛球を捕球したときの「バシッ」という音も印象に残っている。

戦後の人々を夢中にさせたのは、野球と映画ではなかったか。少年達も大いに憧れ、夢を膨らませた。数々の名画が話題になり、その話をよく聞かされた。わたしは小学校時代を通じて三本の映画を見た。その最初は正月に、新宿に住んでいた長兄が連れて行ってくれた『海賊ブラッド』である。新宿新星館はひどく混んでいて、私は見ることが出来なかった。決闘場面だけ長兄が抱き上げて見せてくれた。それでもわたしは大興奮して、さっそく学校でその場面を絵に描いた。この絵は評判になり、皆に感心され教室の壁に貼り出された。『宝島』という小説に夢中になっていたわれわれは、帆前船とカトラスという西洋の長剣に憧れていたのである。エロール・フリンが、サーベルを振るって決闘するシーンは、夢中にさせるに十分だった。

勉強はすこぶる苦手だったし、遊びも得意ではなかった。しかし遊びのことばかり思い出す。とにかく外でよく遊んだ。ゴロベース、三角ベースなど野球はよくやった。担任の島先生は、学校から外に連れ出して、色々なところへわれわれを連れて行った。あるとき「登戸」

に行って丘の上を歩き回った。当時はまだ「向ヶ丘遊園」は出来ていなかった。一番高い枡形山に登ると、関東平野一円を見渡すことが出来た。国会議事堂の屋根が、真っ白い三角形にはっきりと見えた。さらに遠く筑波山の頂上も望見出来た。それだけ大気が澄んでいたということである。「筑波山は頂上付近しか見えないのは何故か」と島先生はわれわれに問い掛けた。誰にも答えられなかった。長くその答を伏せてからやがて言った。「地球が丸いからさ」。

商店街が活気付いてくると、子供向けの駄菓子屋も盛んになってきて、学校帰りに立ち寄る姿が見られるようになった。人気を集めたのは紅梅キャラメル、中に野球選手の写真が入っていて、同時にくじが入っていた。くじに当たると、大きな写真がもらえた。赤バットの川上、青バットの大下が憧れの的になった。「ぽんせんべい」が一時盛んになり、鉄の皿に米とかとうもろこしを入れて、火にかけるとポンと爆発してせんべいが出来る。その近くには、パチンコ屋があった。今と違ってパチンコは子供の遊びだったのだ。夕方になると紙芝居屋が自転車でやってきた。「黄金バット」が大人気だったようだが、わたしが見たのは、南洋冒険ものである。

あるとき一人の乞食のような老人が来て、マンドリンを取り出すと、「鐘の鳴る丘」の主題歌を歌いだした。われわれも周りに集まって大きな声で唄った。またシロホンを叩いて童謡など何曲も歌った。永井さんというこの人は有名になり、新聞でも取り上げられた。長い白髪と白い長い髭、瘦せたからだに幾つもの楽器を背負い、どこか仙人のようにみえた。不思議な人物が現れるのが戦後という混乱時代の楽しさかもしれない。当時は童謡も盛んで、海沼實が作り、川田正子・孝子の姉妹が歌う童謡は、たいへんな人気があった。

自分の家を思うと暗い気持ちになり、あまり帰りたくなかった。いつも学校帰りにはあちこちに寄って、まっすぐ帰ることはなかった。この商店街をいつもうろついていた。友達の家に行くと上がり込んでいつまでも帰らなかった。ずいぶん迷惑だったことだろう。

前進座の公演を学校で企画し、本格的な演劇を鑑賞させてくれた。「レ・ミゼラブル」が何度かに分けて上演され、感動を与えた。「ベニスの商人」も観た。わたしは怖くて、胸がドキドキして苦しかった。正善先生が生徒を一堂に集めて、解説をしてくれた。この人は演劇か何かの心得があったらしく、大勢の前で話すと独特のひきつけるものがあった。

近くの会社が楽団をもっていた。社長の趣味で、社員にやらせていたものらしい。「みずほ楽団」という名前だった。この楽団がわれわれの前で演奏を聴かせてくれた。「ドナウ川のさざなみ」などのポピュラー名曲の演奏は、たいへん楽しく大いに魅了された。弦楽器はヴァイオリンからコントラバスまで揃っており、本格的な楽団である。

小学校生活に別れを告げるときがきた。経堂小学校の生徒は居住区の違いによって、上北沢中学校と桜丘中学校とに分かれて進学した。わたしは桜丘中学校に進学し、桜丘小学校の卒業生達と一緒に学ぶことになった。小学校生活に別れを告げるのは、なんとも悲しいものだった。中学校生活には不安がいっぱいになっていた。

中学生のとき

新鮮なスタート

昭和二四年（一九四九年）、世田谷区立桜丘中学校へ進学した。経堂駅から農大通りを南下して住宅街を通り、畑が広がる小高いところに桜丘中学校があった。学校に着くと、石ころだらけの広い校庭に高低差があり、木造校舎は出来たてで、ペンキの色も鮮やかに照り映えていた。なんとなく校舎に近付くと、窓から一人の先生がこちらを見てニコニコしていた。すぐに分かった。この先生には見覚えがあった。終戦間際の頃経堂小学校に赴任してきて、すぐに入営された羽田《はた》先生だった。

羽田先生は中学校では杉浦先生と苗字が変わっていた。われわれが近付くと、以前見たあの笑顔で話し掛けてこられた。夏になると多摩川に泳ぎに行くとか、校庭が広いから思い切り運動が出来るといったことを話して下さった。クラス分けが決まって、運がいいことに杉浦先生がクラス担任となった。桜丘小学校出身者のほうが多かったが、たちまち同化して結構仲良くなった。しかし住むところが違うので、どうしても経堂小学校出身者は一緒に帰ることが多かった。

中学校に入って、なんといっても珍しかったのは、教科が変わるとその都度、別の先生が教室に来られることである。それまでなかった英語が教科の一つになり、重要な教科として習うことになった。英語の担当は鈴木和子先生という女の先生である。若く魅力的なひとで、ひそかに憧れた。かなり大勢の者が同じ思いだったことがたちまち判明した。とにかく素敵な先生だった。

数学が桐谷隆先生、この先生の授業は好きだった。話が面白かったし、数学も分かり易かった。なかなか正義漢で、怒ると怖かったが、そのあとのフォローになんともいえない暖かさがあった。大きな体に頼もしさがあり、いつでも安心してついてゆける感じがあった。

国語は教頭の千葉龍蔵先生、少し関西訛りがあって、文学的雰囲気があった。このとき教わった詩で「アイルランドのような田舎へ行こう」という一句がいつまでも忘れられなかった。一九九七年に『教科書でおぼえた名詩』という本が出版されて、これによると丸山薫の「汽車に乗って」という詩であることが分かった。この詩に再びめぐりあって、もういちど中学生に戻ったような気分を味わった。

千葉先生は金田一京助を尊敬しておられ、その国語辞典を高く評価されていた。『明解国語辞典』を大きな木箱に入れて、二人に一冊くらい行きわたるように教室に持ってきて、辞書を引かせてくれた。ちょうどその年、旧漢字から新漢字に変わり、その指導にも千葉先生は熱心に取り組まれていた。新しい時代の息吹のようなものを感じることが出来た。こうして国語は好きな学科になった。

社会科は担任の杉浦敬次先生で、日本史の授業が目が醒めるほど面白かった。自分達の先祖の生活というものが、いろいろな資料を通して解るのが新鮮だった。戦後になって許された日本史上の真実を教えることに、杉浦先生は解放感をもっておられたのではないかと思う。教えることとそのことが楽しそうだった。さまざまな資料を持って机の間を循環して歩かれた。その図とかが面白かったし、そうした資料を独自に用意されたのではなかったか。新しい時代の到来を実感させる、楽しい授業だった。

理科の授業は教科書はあったものの実験のようなことが出来ず、先生はいろいろ工夫されていた。最初の理科の先生は東京農大の出身者だったらしく、すぐ隣にあった東京農大へよく見学に連れて行ってくれた。すると東京農大のおそらく助手クラスとおぼしき人が現れて、面白おかしくいろいろ説明してくれた。

温室を「グリーンハウスという」と教えてくれたのもこのときである。そのなかに入ると、世界ではじめて造ることに成功した黒バラが花開いていた。世界初だぞ、と自慢してから知らぬ顔をして言った。「実は濃い紫なんだ。ほんとうの黒はまだ出来ない」みな真剣に見直してみると紫色だった。

農大構内にはいろいろな施設があって、あるところへ行くと、肉を大きなソーセージに作ったりして、いかにも楽しそうに見えた。鶏小屋に行くと、鶏と起居をともにしている学生が居て、餌をやるときの大騒動を楽しんでいた。農大には放課後も遊びに行ったし、秋にグラウンドで行われる収穫祭がとくに面白かった。

NHKの技術研究所に見学に連れて行ってくれたのも理科の時間である。上級生になってからだったと思うが、ここで初めてテレビというものを見た。円い小さなブラウン管に、すぐその隣にあるものが写っていた。カメラとブラウン管をつないだだけのものだが、みな大いに興奮した。

うちには父が残したドイツ製の蓄音機があり、名曲レコードの数々があった。「未完成交響曲」の三枚組があって何度となく聴いた。「波涛を越えて」とか「軽騎兵序曲」のようなポピュラー名曲も大好きだった。ときたま学校でレコード鑑賞をすると、多くの生徒達は退屈で騒がしくなる。先生の怒りがその都度高まり、気難しさがますます嵩じた。わたしはその曲名を当てることの出来る数少ない生徒の一人だったので、覚えめでたかったようである。

ラジオの音楽番組に「音楽の泉」という番組があって、毎週日曜日の朝八時からの放送を楽しみにしていた。テーマ音楽のシューベルトの「楽興のとき」とともに始まるこの番組を毎週必ず聴いた。「音楽の泉」はクラシック専門の番組で、堀内敬三が独特の調子で解説して、いつも引き込まれた。これでどのくらいクラシックに親しんだか計り知れない。あるときべートーヴェンの「運命」を聴いたときの感激は忘れがたい。体が震えるほどの感銘を受けた。「セビリアの理髪師」序曲も大好きな曲の一つとなった。その他に、いろいろな曲に親しむようになり、これは生涯の宝になった。オペラの全曲も解説付きで聞くとよく分かり、大いに楽しめた。

ここまで書いて気付くことは、戦後から昭和二四年（一九四九年）のこの当時まで、民主化は確実に根付く方向にあったのではないかと思う。民主化されたという明るさ、解放感に満ちていたように思えるのである。しかしわれわれの明るく始まった中学校生活に暗い兆しが見え始めるのはすぐ目の前だった。

一年の終わりごろに、教室に一人の先生がやってきて受験のことを説明し始めた。都立高校は戸山高校以下順位の異なる高校があって、それぞれ試験の成績で仕分けられる。そのために受験勉強をいまからしないと間に合わない。二年になってからやってもおそい、三年になってからなどは論外である。……といった話だった。

みな深刻な顔をして聴いていた。胸に感ずるところそれぞれにあったようだ。わたしはひどい反発を覚えた。なんというばかな話だろう、勉強はもっと楽しくのびのびと、その人の資質にあったようにやるのがいいはずだと思った。受験勉強など無味乾燥で無意味なことを何故しなければならないのだろう、とすこぶる暗い気持ちになった。紙一枚の結果だけでどうして人間が仕分けられてしまうのだろうか、この疑問を何故みな考えないのだろうか。このときもった受験というものに対する反発は、その後も長くもち続けることになる。受験勉強などとてもする気にはなれなかった。

将来に対する暗い予感、この重い課題が頭から離れなくなり、落ち着かない日々を過ごすようになった。ただでさえ手につかなかった勉強がますます手につかなくなった。貧困というもの、これが輪を掛けた。しかしこの点についてはいささか内心忸怩《じくじ》たるものがある。自分が勉強をしなかったのは、多分に怠け心なのだ。それをともすれば貧困のせいにして、正当化しようとした。誰に対してではなく、自分に対して言い訳をしていたようだ。いわば貧困の中に逃げ込んでいたのだ。卑怯なことだと思う。この便利な逃げ口上は後々まであらゆる場合に利用して、自分自身をずいぶん低くしていったように思える。

二年になると、上品な和装の福本先生の国語で、はじめて古典を習った。「春はあけぼの。やうやう白くなりゆく山ぎは」にはじまる枕草子に接して、なんともいえない心地よさを味わった。古文というもののもっている美しさ、優雅な感じがそれまでにない不思議な感動を与えてくれた。また日常生活を描写したところでは、意外と今の自分達と変わらぬ感覚があることが分かり新鮮に感じた。古典の名作のもつ優雅さが福本先生の優雅さと重なって、一段と際立って思えた。

佐々木龍高先生という職業技術の先生がおられ、片目が不自由の様子で恐い印象があった。その教科にはそろばん・商業簿記などもあった。佐々木先生は怖い先生ではあったが、あるときレコード鑑賞をするから放課後希望の者は集まれと言われ、喜んで行った。するとまだ買ったばかりのＬＰレコードを掛けてくださった。それがどこかで聴いたことがあるようないい曲だった。「これはなんですか」と思い切って訊いてみると、「チャイコフスキーだよ」とにこにこしながら教えてくれた。「白鳥の湖」の悲しくも美しい曲想に心躍った。

佐々木先生は卒業間近の頃、就職組の生徒を連れてある演芸会のような会に連れて行って下さった。このとき「一番楽しいのは、額に汗して働くときだ」と教えてくれた。働くことはただひたすらつらいことであって、それを忍ぶだけだというのがそれまでの実感だった。それが楽しいことだという観念は、教えられて初めて分かることなのだ。この観念に接して、急に明るく世界が開けてゆく感じがした。ありがたい教えだったと思う。その後この言葉を幾度となく反芻した。

「昭和そろばん塾」という塾が玉川線（現東急世田谷線）「宮の坂」駅の近くに出来て、さっそくそこに通った。かなり多くの生徒達が通ってなかなか繁盛した。宮間先生という先生が、独特の調子で数字を読み上げてゆく。みな一所懸命にそろばんをはじいて、「では」と声が掛かるといっせいに手を上げた。指された者が答えると「ごめいさん！」と声を揃えて叫んだ。九級からスタートしてしだいに上って行くのを、皆競い合った。

学校の勉強はしだいについてゆけなくなり、学校へ行くことを何日も休んだことがあった。誰も叱る者は居なかった。家には誰も居ない。掃除と炊事がわたしの仕事で、それを無事にこなしていれば何も文句はいわれない。裏の畑の小道に座り込んで、ただじっと時の経つのをやり過ごした。学校という組織社会から逃げて、独りの自由を味わったのだろうか。学校から逃げて城跡に行き「空に吸われし十五の心」と歌った啄木の歌に接したとき、このときのことを思い出した。

母子家庭というと、母親と子供が寄り添って生活するというほのぼのとしたイメージがありそうだ。しかし実際にはそんな実感はなかった。母親は毎日仕事に出かけてゆく。帰ってくると忙しく働く。機嫌のいいときなどなかった。母親は父親の役目を負っており、母としての顔をしている暇などないのだ。確かに母は居るけれど、一般の家庭における母は居ない。片親というのは、二分の一以下になってしまう、というのが現実である。

わたしは三人家族で暮らしており、兄が居た。ところが、これも普通の兄弟とはずいぶん違ったものだった。まず年齢が六歳も違って相手にならない。おまけに幼年時代に、別々に育てられた時期があり、距離が開きがちだった。兄弟は助け合う関係のはずが、一緒に同居している邪魔者という存在になってしまう、これも貧ゆえの悲劇といえるかもしれない。さらに長じてから決定的に仲違いするようになり、この兄のことは思い出したくないばかりか、この記録にも登場させ難い。とんでもない方向へ行ってしまいそうで自信がない。

一家揃って団欒といったことも記憶にないし、一緒に遊びに行くなど出来る状況ではなかった。結果として放任主義になり、母はなにひとつ構うこともなかった。「そんなみっともない恰好をして他所に行くんじゃない」というのが、母の口癖だった。つぎだらけの汚い恰好で他所に行くな、というのは考えてみると母の狭量だったと思う。ぼろを着ていても堂々と生きてゆけと、教育すべきではなかったか。

かくて自分だけで過ごす時間が多くなるのは自然の成り行きとなった。そんな時、本を読むことは確かにいい遊びである。『ハックルベリー・フィンの冒険』を読んでその世界に憧れた。ハックが父親に自分が死んだように見せかけて、家を出てゆく場面。それに続くミシシッピー河をいかだに乗って下ってゆくところに、なんともいえない夢を膨らませた。ヨハンナ・スピリの『アルプスの山の娘』も夢中になって読んだ。この中の一章がたしか国語の教科書に載っていたのだ。それで学校の図書室で借りて読むようになった。ハイジがアルプスの山に行ってそこの少年と仲良く暮らす場面など、どんなに夢をかきたてられたか分からない。

図書館で借りたエーリヒ・ケストナーの『エーミールと探偵たち』も繰り返し読んだ。しまいには、そこにあったイラストを描き写した。絵を描くのは中学校に入ると、とたんに駄目になった。描けなくなってしまった。こうしてイラストを描くのは久しぶりで、以後似顔絵など描いたりしたこともあった。

うちには戦前発行の小学生全集の何冊かが残っていた。そのなかの童謡集はとくによく読んだ。

　　みぞれ降る夜に
　　カルタを取れば
　　可愛いジャックの札がない

この詩などに心惹かれ、別世界に遊ぶことが出来た。この言葉の巧みさもさることながら、そこに描いてあった挿絵がエキゾチックで夢誘われた。この「霙ふる夜」は西條八十の作品である。西條八十といえば、「トンコ節」のような低劣な流行歌の作詩家と思いのほか、いい童謡がたくさんあることを知った。ずっと後に『西條八十童謡全集』を買って読んでみると、いかに少年の頃、その作によって慰められていたかを知って驚いた。

きょう片岡にひとり居て
夢のようにもおもいだす

といった詩の一節にいたく心奪われて、その片岡に行ってみたくなり、地図で探したけれどいっこうに見つからなかった。地図を見るのも孤独を慰めるいい方法である。世界地図、日本地図を何度も繰り返し見て、いろいろ夢を膨らませた。よって地理は成績がよかった。何も見ないで世界地図を書くことが出来た。

大人に近づく

二年のとき、初めて射精を体験した。銭湯に行くとき、陰茎の皮がしだいに後退してゆくのが嫌でならなかった。先っぽが露わになるのが気になり、いつもなるべくかぶせるようにした。なんとなく手先が股間に行くのはいつものことだった。あるとき突如として、白い液体が出てきた。だらだらと流れ出てきて、べつに気持ちいいという感覚はなかった。まず驚き、つぎにこれは病気に罹ったのだと思った。奥から膿が出てきたと即断した。汚い手で弄っているので、なにか悪い病気に感染したのだと思った。そのことが気になって、翌日もしげしげと見ているうちに、いつの間にか手で弄んでいると、白い液体が出た。これは膿なのだから、どんどん出したほうがいい、そう思うと翌日も同じことを繰り返した。しかしどういう経過か不明だが、その意味が分かるのに時間は要さなかった。

そうなると、悩みが深刻になった。自分の手で自分を汚すということの罪深さに、ただ脅えるのだった。脅えながらもその誘惑に勝てない自分が、ひどく情けなかった。うちに独りで居るとどうしてもそんなことになってしまいがちである。隣の六畳の部屋は政治ゴロの中年男の部屋で、「内外タイムス」という夕刊紙とか「リベラル」といったカストリ雑誌がいつも散らばっていた。刺戟的な写真とかイラスト、また猥褻な記事を盗み見ていると、膝頭がわなわなと震え、異様に興奮して掻きたてられる。気も狂わんばかりになった。この押し寄せてくる欲望の激しさを思うと、よく無事で居られたものと首をすくめたい気持ちになる。

近頃頻発する中学生による異常な凶悪犯罪をみると、この気持ちが判るような気がする。彼らと自分との差は紙一重でしかなかったのではないか。その頃の環境は、かなり自分に不利だったとはいえるが、いまの少年達の環境はさらに不利なのではないかと思う。刺激はあり過ぎる、自由がある、自分だけの隠れ場が与えられている。社会全体を見るという発想がなく、自分ひとりに集中しがちである。これで暴発しないほうが難しいとさえ思う。

それでも多くの者はなんとか日常生活をやり過ごしていくものだ。勉強が出来ようが出来まいが、学校で集団生活するというのは一つの救いでもある。悪ガキがいろいろと教えてくれて、そのことの意味をかなり正確に知ることが出来たし、オレだけではないと分かっただけでも、気楽になることが出来た。その場だけでも、笑い飛ばすことが出来るということはいいことだ。


ある日授業が終って廊下に出ると、一年のとき英語を習った魅力あふれる鈴木先生が歩いてゆかれるのに出会った。その憧れの後姿をなんとなく見詰めていると、いきなり鈴木先生が振り返って、目が合った。わたしの視線を感じ取ったようなそのときの大きな瞳が、ある光りをもっていて、強く射すくめられた。

また期末試験のとき、その監督に鈴木先生が姿を現した。教室で見るのは久しぶりである。何の試験だったか覚えていないが、懸命に試験問題と取り組んで、時間がかなり経過した。一段落して全体を見直して、ふと顔を上げるとじっとこちらを見ている鈴木先生と目が合った。その熱い視線に体が熱くなった。その焼きつくように見えた眸の印象はその後永く脳裏を去らなかった。

それは恋心とか、好きというのとも違う、独特の感情である。女性の女性たるものを意識した最初だったのかもしれない。鈴木先生のほうでも、このわたしにある種の感情を抱いておられると直感したことも事実である。このインパクトの強さは、その後ある種の力を与えてくれた。その目を思い出すと、なにか大きなエネルギーが湧いてくるのだった。自信のようなものさえもつことが出来た。手が股間に行こうとしているとき、その情熱的な眸を思い出すと弾かれるように姿勢を正し、手が引っ込む。なにか大きな力で包まれているようで心暖まる思い、そこにはなにものにも替え難い独特の感覚があった。

二年の夏休みに、近くの町工場に働きに行った。母が勤めていた「同愛会」という会社だった。この社名からして福祉関係の会社だったのかもしれない。紙袋とか、造花を主に製造していた。近所に内職を大量に出したりしていた。ここで造花のプレス工になった。朝八時から夕方五時まで働いて、日給八〇円だった。夏のことだ、当然暑い。火を使うから尚更である。特殊の厚紙を型に入れて、熱した重い鉄の圧力で花の形にプレスする。これを日がな一日繰り返した。体力はよく続き、いくらでも力が湧いてくる感じがした。

酷暑のなかでの重労働、それは想像を絶する苦しさである。級友たちは泳ぎに行ったりして夏休みを楽しんでいるのに、この苦しい労働に明け暮れるということもその苦しさを倍化させる。しかしそんなことを思ってばかりいられるものではない。苦しさのなかに救いを見つけていた。こうした肉体労働の心地よさのひとつは、贖罪の意味があった。日ごろ学校をさぼり、勉強をしないで怠けている自分を罰して、少しずつ許されてゆくような感覚があった。もうひとつは労働をしているという安心感である。野原に逃げているときのどうしようもない不安感、そしていつも追いかけてくる将来に対する不安感は、労働している間だけは払拭されていた。

この工場での労働は、休みのたびに行くようになった。夏休み春休みの多くはこうして過ごした。得た給金はそのまますべて母に渡していた。小遣いというものは貰ったことはなかったし、学校の参考書を買うような余裕さえなかった。そればかりか中学校を通じて遠足に行ったことは一度もなく、卒業の記念写真も買っていない。卒業に近いときにクラスメートのひとりが写真機を学校に持ってきて、みなを写してくれたことがあった。その一枚を貰った。中学校を通じて残っている写真はそれ一枚である。すでにカメラを持つことができる中学生が居るほどに、豊かになりつつあったのだ。

いつ頃からだろうか。社会の矛盾について考え始めていた。社会主義の思想に共鳴するのはすぐだった。一足飛びにそこまで行ってしまった。小学校時代の仲間のひとりだった中野暁雄君と、そういう話をするようになっていた。さらに中野君が岡倉徹志君という男を紹介してくれた。彼の父は岡倉古志朗、祖父は岡倉天心だった。岡倉君、中野君らと数人が集まって、講師を呼んで話を聞く会をもったりした。

中学校二年くらいから、社会は急速に暗い方向へ進んでいった。まず身近にはレッドパージがあった。このとき理科の先生でみなの尊敬を集めていた九鬼先生がその対象になった。もうひとり図工の松尾先生が退職させられた。九鬼先生は農大通りで書店を始められたが、生活の苦しさははっきりと見て取ることが出来た。先生は気の毒なくらい痩せてゆかれた。

またその前年の夏に、下山事件・三鷹事件・松川事件が相次いで起こり、レッドパージと同じ頃に朝鮮戦争が勃発した。同じ年の警察予備隊の創設、これぞ再軍備そのものに見えてならなかった。あの頃の緊迫した雰囲気は、現代では想像しがたいものがある。われわれが集まって話し合うにも、秘密結社のような緊張感があり、いつも警察に追われているような怖さがあった。再軍備という問題が何よりも目前に迫った一大事なのだ。徴兵されるということが、現実感をもって迫ってきていた。

三年のときにエンゲルスの『共産党宣言』を読んだ。このときの読後感として、社会主義は特別なものではないということがあった。当然のことだと思った。強度の累進課税をする、最低生活を保障する、貧富の差を少なくするといった施策は、この日本でもただちに実行できるものであり、社会を根底から覆さなくとも可能ではないかと思った。

それは今でもそう思う。というより今となると、あのエンゲルスが提唱したことのかなりの部分を取り入れて、戦後の政治がなされてきたのではないかと思うことがある。社会主義の美味しいところを取り入れて、発展を続けたのではないか。まず農地解放がなされ、地主と小作人がなくなった。かなり徹底した累進課税も行われ、その結果一億総中産階級といった現象が起こったのだと思う。

いずれにしろ、この日本を変えようという考えは、わたしを興奮させ新しい世界を発見させた。自分のことより、この社会全体をよくしようという考えは、ある種の誇りにつながり、それはまた自信のようなものにもつながっていった。自分ひとりの幸せなど小さなことだ、それより世界全体をよくしよう。この考えはものの見方のスケールを大きくし、目の前がぱっと開かれるような爽快さがあった。多くの仲間につながっているという意識も力強く感じた。

学校内でも、数人の友人とこうしたことを語る機会をもったことがあった。講和条約のことが大きな話題になっていた。単独講和か全面講和かが論争になっていた。あるとき学校の帰りに、友達にどちらがいいかと聞いてみた。すると「もちろん全面講和がいい」と答えた。

案外これが多数の意見だったようだ。この答えに意を強くした。同時進行していた「安全保障条約」についても、その友は「あんなものはやめたほうがいい」と明快に答えた。これも一つの常識に近い感覚だったと思う。ただそれをすでに言い出しにくい状況があった。それくらい暗い時代に進みつつあった。

三年になっても、受験勉強はしなかった。というより手につかなかった。受験制度というものが社会の矛盾を象徴していると思うと、どうしても妥協する気になれなかった。多くの生徒が受験参考書を持ち、ある生徒はそのための塾のようなところへ通っていた。自分にそのような経済的余裕がなかったのは確かだ。それでも受験勉強を怠らず、やり遂げる者も居た。本来それが正しい生き方にちがいない。それが出来なかった、というよりやろうとしなかったのは、今でもいけなかったと思う。中野君とか岡倉君などは、社会の矛盾であることは承知しながら、受験勉強も怠らずクリアーして、後には東大入学を決めているのだ。

もう一つ言えることは、日ごろ成績のよい者は受験勉強がそれほど苦にならない。成績のよい者はその差をはっきり見せたいという意識もあり、より受験勉強に励むことのエネルギーになる。よりよい上級に進めるということの快さが、相当に困難な受験勉強も耐えさせる。これに対して日ごろ成績が悪い者は、受験制度の矛盾をより大きく感じて、それを理由に受験勉強そのものを回避してしまう。そんな傾向があった。

中学生活もしだいに終わりに近付いていた。一階にあったわれわれの教室から、富士山がよく見えた。雪を被った富士の姿を卒業間近の雰囲気とともにかなり鮮明に思い出す。アチーブメントテストがあり、わたしは三一〇点、四〇〇点満点だったので予想以上の成績と言えた。みなはいろいろな思惑をもって高校の志望校を決めていた。戦前の六中である新宿高校、同じく十二中である千歳高校などあった。わたしは千歳ヶ丘高校に志願した。

結果は不合格となった。日ごろ勉強しなかったので、内申書がいけなかったのだろうと思った。二次志望で、一番格下の松原高校に志望して合格した。

あの頃はまだ物資が不足していた。本なども入手難で、読みたいのになかなか手に入らない。このことはある意味では悪いことではない。なぜなら苦労して入手した本を、全身全霊で読むことになるからである。読みたいのに読めないという飢餓感をもつことが出来ないのは、かえって不幸ではないかとさえ思う。

うちにあった小学生全集は貴重な一冊で、だからあれだけ影響を受けたのだ。これが童謡ではなく、算術だったらずいぶん違った方向に進んだ可能性が高いと思うと、どこか怖いような感じがしてくる。小中学校同窓で東大に進んだ森田君は、小学生全集の「算術の話」という本に強烈に影響され、数学でなければ勉強ではないと思ったほどだったと、述べている。

自分も後に数学に夢中になった時期があっただけに、この中学校時代に数学の魅力に取り付かれていたら、と思わずにはいられない。

高校生活

入学

昭和二七年（一九五二年）に、桜丘中学校を卒業して、都立松原高校へ進学した。女子学生が三三名、男子学生が三〇名、計六三名というクラスだった。担任は宗内照春先生という数学の教師で、広島高等師範の出身である。まだ二五歳の若さの張り切り先生だった。「解析」のはじめのほうは、好調なスタートが切れた。サイン、コサイン、因数分解あたりは、元気いっぱいの教え方に乗って、なんとかついてゆくことが出来た。英語、国語、社会、大体順調な出だしだったと思う。

しかし春はとかく体調を崩しやすい。熱を出して寝込んだ。それにやはり貧困は重くのしかかってきた。中学校では問題にならなかった服装が厳しく規定されて、その服装を整えなければならなかった。学生服、靴下、学帽、黒革の靴などを揃えるのに家計を相当圧迫していた。クラスメートたちが真新しいかばんを提げていたのに、自分だけがひどくみすぼらしい古かばんを使っていた。春の遠足に参加出来なかった。担任の宗内先生は、皆が参加する遠足を経済的な理由で休むことを、なかなか承知してくれなかった。熱を出して休むと、どうしても勉強が後れる。とくに数学のような、あるいは理科のような科目は、一つ分からなくなると次も分からなくなる。しだいについてゆけなくなりだした。

六月に衣替えがあった。この学校は服装にはとりわけうるさかった。厳しく白のワイシャツを着てくるように命じられた。六月一日の朝、全校生徒を校庭に集め、服装検査をされた。このときわたしは、母の手作りのワイシャツを着ていったのだ。なにかの裏地を主体に縫ったもので、べろべろした生地の所々に妙な色がついていた。ワイシャツの襟をつけるのが難しかったので、けっきょく襟無しということになった。何とも恰好の悪い代物である。われながら間の抜けたこの恰好が恥ずかしかった。検査に回ってきた教員からさっそく槍玉に挙げられた。このみっともない恰好は何だ、と皆の前で恥をかかされたのである。それでもほかに着るものがなければ、この服装で通うしかなかった。この屈辱の思い出は今でも苦々しく胸によみがえってくる。

体を鍛えようと、バスケット部に入った。毎日放課後にコートに出て日が暮れるまで練習した。この効果は絶大だった。それまでクラスで一番背が低いほうだったのに、たちまち背が伸びてクラスでも背の高いほうになってしまった。この年約一〇センチ伸びたのである。

いずれにしろ連日のバスケットの練習は、いい果実をもたらしたと思う。高校生活一年生の唯一といっていい、楽しい充実した体験である。

いろいろと悩みも大きくなり、これも勉強から遠ざかる要因になったと思う。夏休みはやはり、町工場で重労働をした。二学期の終わりごろに、かねて頼んでおいた新聞配達の仕事が出来るようになった。朝四時半に起床して、店に行った。数種類の新聞を決められた通りに組み上げ、それを一本の襷《たすき》で肩から担いで配達した。この仕事の報酬は月額一五〇〇円、間もなく一八〇〇円になった。朝の運動は健康には上々だった。店を辞めるまでの約一年間、風邪ひとつ引かず、いちども病気で休んだことはなかった。「牛乳を飲む人よりそれを配達する人のほうが健康である」というけれどまったくその通りである。

新聞配達が終わって、帰途に就いたある日のことだった。小田急線の線路際の広場に差し掛かると、そこにひとりの青年が体操のようなことをしていて、いきなり話し掛けてきた。長身で体格は抜群、長髪が波打っていた。何よりも明るい瞳が光っていた。たちまち話が深い方向へ行き、毎日のように会って話すようになった。宇治一彦という二七歳の男で、中央大学法学部の出身、シナリオを書いて入選したのがきっかけで松竹映画に入社、助監督となっていた。

近かった彼の下宿先へも行くようになり、その話を聞くのが大きな楽しみになった。「君は」

とあるとき言った「劣等感というより劣敗感が支配している」。この「劣敗感」という言葉が、当時のわたしの精神状況をよく表していたようだ。「しかし」とフォローすることも忘れていなかった「君の皮膚のすぐ内側では、やってやるぞという血が激しく沸いている」……むろんこれは勇気付けるために言った言葉にちがいなかった。しかしわたしは嬉しかった。わたしを一番理解してくれる人だと思うと、抱きついて泣きたい衝動に駆られ、いつまでも傍に居たかった。

多分忙しかったのであろう、あるとき彼の下宿を訪ねると、不機嫌に挨拶した。言葉のやり取りがちぐはぐになって、喧嘩別れのようになってしまった。もう一度訪ねるのは躊躇され、そのまま時が過ぎて、行かなくなってしまった。

定時制へ

三学期が終わる頃に、わたしは限界を強く感じた。これ以上続けられないと思った。担任との関係も悪くなり、経済事情、学校の成績、すべてが行き詰まり状態になっていた。定時制に転部することを考えて少し調べた。すると、定時制の学生はみな真面目で静かだという話を聞いた。これが決め手になった。二年になるとすぐ、定時制への課程変更の手続きをとった。

この選択は正解だったと強く感じた。夜学に行ってみると、みな大人の雰囲気で働く者たちの貫禄のようなものがあった。年齢も取っている者が多く、二十歳を過ぎている者も少なくなかった。旧制の中学校を途中退学して、その続きを受けに来ている者も居た。苦労人の集まりのようで、いわばようやく自分の場を得た安心感をもつことが出来た。引け目ばかり感じてきたそれまでと違って、ようやく皆と同列に立つことが出来たという実感をもった。

夜学は五時半始業、九時終業である。その間四時限あり、真ん中に二〇分の中休みがあった。その時間に軽食を摂る者が多かった。パンと牛乳を売る臨時の売店が出来た。夕食は帰ってからになり、胃を悪くしがちである。わたしはしばらく新聞配達を続け、朝早いのと夜遅いのを補うために、昼寝を少しした。午前中に家の仕事を片付け、午後は昼寝と自分の時間となり、余裕が出来た。この頃から近眼と乱視が進み、夜学の暗い照明のもとでの勉強がそれに輪をかける結果となり、眼鏡をかけるようになった。

後藤耕作君という男とすぐ友達になった。後藤君は学校でも目立った存在で、大きな声で吼えたり、暴れたりすることがよくあった。学年は一年先輩だったが、年齢はすでに成人に近かった。たちまち仲良くなり一緒にあちこちに出掛けた。金回りがよく、どこへ行っても奢ってくれた。仲良くなるにつれてしだいに分かったことは、彼は韓国籍の男だった。全羅南道の木浦《モッポ》出身の朴姓、父親が韓国人、母親が日本人と教えてくれた。

折しも朝鮮動乱の真っ最中、彼の父親はよほど地位の高い人だったにちがいない。徴兵を逃れて、母の故郷である日本に一人逃れてきていたのである。彼の故郷である木浦は、一度北朝鮮軍の支配下になり、米軍の仁川上陸作戦の後に再び韓国軍の支配下に戻った地である。彼がその経験を語ると、その生々しさと、あまりの怖さに膝の震えが止まらなかった。

後藤君はすでに完全に大人だった。すべてを知り尽くしているように見えた。同じ韓国籍の男で、金徹さんという青年と仲良かった。金さんは東大生で、駒場の寮に居た。彼は東大で常に一桁をキープしていたという。一桁とは成績順位が九番以内ということだ。金さんとはたちまち友達になり、東大の駒場にはよく遊びにいった。駒場には西寮、中寮、北寮の三つの寮があって、その売店でアルバイトの手伝いをしたりするうちに、だんだんと東大生達とも知り合うようになっていった。

井の頭線「東大前」の駅から正門を入ってすぐ右側にある三棟の寮は、中廊下をはさんで南北に部屋が並び、各室に一〇人くらいの学生が生活していた。その席に行ってよく話しこんだが、嫌な顔をされたことはなかった。東大生の勉強ぶりには驚かされた。一年に入学して、はじめてフランス語を教わった者が、その夏休みに『ジャン・クリストフ』を読み上げたというのだ。なぜそんなことが可能なのだろう。「いちいち字引なんか引いてられない。そのまま読んでしまうんだ」……このやりかたは、練習次第で可能なことが分かるような気がした。だんだんと自分でもそんなことが出来るような気がしてくるところが面白かった。

高校を卒業したら「ここへ来いよな」とよく言われた。「だってそんなこと言ったって」というと「みんな入ってくるじゃないか」と答えるのだった。すると気持ちが浮き立つようで限りなく楽しくなった。必ず東大に来るぞと信じ、東大生になったように錯覚した。


夜学は一学年一クラス、だいたい五〇人くらい居た。受け持ちは梅津正清先生といって、英語を担当されていた。慶応大学の出身で、いつも笑顔で接してきた。山登りを趣味として、高等遊民の風格をもった独特の雰囲気のある人だった。西脇順三郎の弟子と称し、文学的雰囲気とともに、どこか無頼派的で豪快なところのある人柄だった。卒業するまでこの担任は変わらず、わたしは少なからず影響を受けた。

自分の自由になるお金がわずかながら出来るようになって、まず牛乳を飲んでみた。分厚い牛乳瓶に詰まった真っ白い液体が、美味しさの固まりのように見えたのは、幼年の頃である。この飲み物にずっと憧れてきた。ついにそれを飲む日が来た。牛乳の瓶入りを買って来て、千枚通しのようなもので、厚紙の蓋を開け、ゆっくりと口に近づけて飲みはじめた。すると「あ」と思った。なんだいこれは、水と変わらないではないか。それは本当に不思議な感覚だった。ほとんど味というものが分からなかった。水とどこが違うのか、こんなに期待はずれとは思ってもみなかった。そのとき、ぼろぼろに磨り減って、薄汚れた畳のヘリが目に映り、その風景だけを妙に印象深く憶えている。

またコロッケにも似たような憧れがあって、それも買って来てひとりで食べた。これは気に入って、あるとき一二個買ってきた。それを食べだすと止まらなくなり、ついに一二個全部平らげてしまった。また食パンを一斤買って来て、それを一気に食べてしまったこともある。まるで復讐しているかのごとくである。

同じ頃のこと、後藤君が渋谷の「渋谷食堂」に連れて行ってくれた。本格的なレストランへ入るのも初めてなら、ナイフとフォークを使って食事をとるのも初めてのことである。なんとも場違いなところへ来たような緊張感にとらわれた。そこで出てきたのがエビフライだ。二匹の海老のころもをつけて油で揚げたものである。これを口に入れた瞬間、急に不快な気持ちがこみあげてきて、居たたまれない気分になった。戦争中に飽きるほど食べたエビガニとどこが違うのか、そのときのわたしにはまったく同じニオイと同じ味に感じたのだ。たしかに料理はしてあった。しかし噛めば噛むほど同じ味になってしまうのだ。しかも大きさも同じである。それ以後、海老というものはほとんど口にしていない。味が嫌なのではない、それにまつわるものがあまりに強烈で、一気にそれが思い出されてしまうからだ。

学徒援護会

二学期になって九段の学徒援護会に通ってアルバイトを探した。渋谷から都電須田町ゆきに乗って、「九段下」で降りる。内堀を通り抜けて、一番奥の小高いところに学徒援護会があった。そこでまず見つけたのは、玉電「上通り」駅近くにある「津村順天堂」である。勤務は朝八時から午後四時半まで、日給二八〇円だった。この会社の代表的な薬湯「中将湯」を作る工場である。二〇種類くらいの材料、それは主として植物だが、それを乾燥させて、粉末にして、混合して作る。その工程のひとつ、乾燥した植物を粉末にする仕事をした。「ちんぴ」というのは、みかんの皮のことである。乾燥されて硬くなったちんぴを臼のようなものに入れて、上から四枚の刃をつけた重石を落として、砕いて粉末にしてゆく。ほこりが出るので、マスクは必需品である。若い男女がたくさん居て明るい職場だった。この会社に約二か月居た。

次に学徒援護会を通じて行ったアルバイト先は、市ヶ谷の製本工場である。雑誌『主婦と生活』などの製本をする会社で、その仕事の厳しさは半端なものではなかった。とにかく工員の働きぶりのすごさは筆舌に尽くしがたいものがあった。日本の労働運動は印刷労働者から起こったとされる。さもありなんと思われるほどに、印刷労働は苦しいもので、その割に報われない仕事である。労働運動の発端となるのも当然と思わせるほどに過酷なものだ。ところが製本となるともっと酷いものだということを実感した。
まず忙しいことといったら、気も狂わんばかりに忙しい。これ以上ありえないほどの速さで手を動かし続けている。製本の仕事は結構技術的であると同時に、数をこなさなければならない。眼にもとまらない速さで紙を繰ってゆき、ページをあわせてゆく。しだいに本の形になり、最後に本の周りを化粧断ちする。そのとき使う裁断機の刃は、もの凄く切れる。この刃の下に本を三冊重ねて入れて、足でペダルを踏むと刃が落ちてきて、ザクっと切れる。切れた本を出して次の本を入れて切る。この繰り返しがとてつもない速さでいつまでも続くのだ。

裁断機の刃はいつも止まることなく上下して、その間手がその中にすごい速さで出たり入ったりしている。手を切らないのが不思議なほどだ。これが徹夜で続いたり、昼の休みもなく続けている。これで怪我しないほうが不思議だ。彼らの多くは、指がないくらい普通で、手首からそっくり落としてしまった者も居た。

では何故そんなに急ぐ必要があるのか。それは出版物というものの宿命的な因果によるのだ。雑誌など毎月作ってゆくのは、編集は忙しいという話は聞き及ぶところである。毎月企画を立て、原稿を取って、その原稿を編集して、印刷に回して最後に製本に回す。この場合、まず原稿が遅れがちだ。特に有名な著者の原稿が取れなければ、雑誌としても商品価値が低くなる関係もあって、おそくなっても我慢しなければならない。そのぶん印刷が急がされる。それでもいくら急いでも限界はある。最後に製本にすべてのしわ寄せが来る。その製本の中でも、最後の仕事である化粧断ちに最終的なしわ寄せが来るのだ。

裁断機は出入り口のすぐ近くに三台置いてある。化粧断ちというのは本の三方向を切るので、三台一組で仕事をこなしてゆく。そこに三人の工員が死に物狂いで取り掛かり、出来た物からどんどんクルマに積んでゆく。配本屋からクルマが来て夜中であろうとそこで待っている。でなければ本屋の店頭に並べられなくなってしまう。指を切ろうが、手を落とそうが、とてつもないスピードで裁断機を動かし続けなければならない。それでいて決して待遇はよくない。われわれ臨時に行った日給二八〇円の若者が羨ましがられるのだった。

ここの労働者は、若いのか年寄りなのかよく分からない者が多かった。一様に背が低くて痩せている。彼らは朝八時から夜は一〇時、一一時まで働き、日曜もないことが多かった。場合によると徹夜もしていたし、昼休み抜きでやる日もあった。新聞もラジオも彼らには無縁なのだ。表情が乏しく、ただ諦めきったようにも見え、見方によっては悟りきった仏のようでもあった。ちょっとした隙に、ある職工が『主婦の友』をそっと開けてみていたその表情を忘れられない。何か悪いことをしているような、恥じているような、見てはいけないものをそっと覗き込んでいるような、薄く笑ったような表情に見えた。なんという純真さであろうか。しかし実際に接する工員たちは、純真どころか意地悪でどうにもならなかった。意地悪するくらいしか、コミュニケーションを取る方法を知らなかったのかもしれない。

そんな製本屋が市ヶ谷から水道橋にかけて、たくさんある。印刷屋もその辺に集中している。ここに働く労働者によって、日本の出版会は支えられているのだが、そこの工員さんたちの哀れな現状を誰が知っているのだろうか。本を読む人たちの誰がそんなことを意識したことがあるだろうか。彼らの悲しい名人芸によって、インテリの必需品がつくられていることを、その後幾度も思い出し、その都度ぞっとしないことはなかった。

レンズ研磨工

学徒援護会に通ってアルバイトを探し、次々とやるのも精神的に苦しいものがある。そんな折近くで工員を募集していることを知り、そこへ行くことになった。

それは三軒茶屋の「明光社」というレンズ工場だった。職人を数人置いた町工場である。そこの主人は藤井昇さんといって、「昭和光機」というレンズ会社から独立して、その下請け工場を始めたのである。勤務は八時から四時半まで、日給は二〇〇円、やがて二四〇円になった。

そこでやったのはレンズ研磨の最初の荒磨りである。当時は写真機も機種が多く、箱型の二眼レフであるフレックスの全盛期だった。「アイレスフレックス」と「マミヤフレックス」のレンズを研磨した。労働はきつかったが、こうした技術的な仕事には、モノが出来て行くという面白さもあったし、自分には向いていると思った。成績は悪いほうではなかったと思う。今でもこの仕事は面白い仕事だったばかりでなく、いい勉強になったと思う。

光学ガラスを固めたレンズの材料を、研磨剤の金剛砂で磨いてゆく。モーターで回転している鉄の皿があって、そこに金剛砂を水に溶いたものをつけて、レンズを動かしながら磨く。両手を同時に使いながら進め、二個ずつ出来上がる。右手の人差し指と中指でレンズを抑え、左手では親指でレンズを抑え、常に動かしながら磨ってゆくのである。金剛砂は最初は粗いものを使い、八〇〇番が二番目に、最後は一五〇〇番で仕上げる。

仕上げられたレンズは合せレンズと合せて、アールが合っていれば合格である。検査にパスしたものは、仕上げの研磨にかけられる。そのとき使われる研磨剤はベンガラであった。レンズのアールは鉄の皿のアールになる。この鉄皿のアールは常に変化する。それを職人がヤスリで削ってゆく。この精密な仕事のもっとも肝心なところは手作業であった。この段階の仕事はいつも藤井さんがやってくれた。これが出来て、一日に一〇〇個のレンズが出来れば一人前である。荒磨りが一人前になるには二年くらいである。仕上げの研磨となると、これははるかに難しく一〇年を要して一人前になれる。この研磨を一人の熟練工が担当し、われわれに教えてくれた。胃が悪い人らしくひどく痩せていた。ごく静かで大人しい性格、仕事の指導は優しく穏やかで怒ることはなかった。

研磨工は体は楽だけれど、神経を使うのでどうしても胃をやられる。荒磨りの仕上がったレンズは、厚みと大きさとアールは規定どおりに出来ている。ただ表面が曇りガラスの状態で、これを一点の曇りなく磨き、かつアールが合わせレンズとぴたりと合うようにしなければならない。合わせレンズと合わせて光を当てると、ニュートンリングという七色の虹が出てくる。これは美しいものだ。このニュートンリングが一本出るのが最高で、二本くらい出るのがよしとされる。ときには一本どころか全体が赤く染まって出ることもある。これは完全に合わせレンズと合っている状態で、いわば奇跡的にできる最高の状態と言える。

しかしこの状態のニュートンリングが出ることを職人は好まない。何故なら、これが出ると研磨しているレンズの台となっている「皿」が壊れる寸前だからだ。つまりレンズのアールは、皿のアールによって決まる。皿のアールは、研磨されることによって少しずつ変化してゆき、頂点に達すると、壊れて使えなくなってしまう。むしろその手前のニュートンリングが二本ないし一本出ているほうがまだまだ皿は使えるし理想的な状態といえるのである。狂ってしまった皿はもう使えない。いったん固まりにして最初から作り直さなければならない。

皿はピッチで出来ている。ピッチとは黒い柔らかな粘土状の固まりで、その主体はコールタールとか石油を精製した後に出る残りかすである。そのピッチの調合にも秘伝があったらしいし、なかなか教えてもらえないもののひとつであった。ピッチの固まりを職人が剃刀で削ってしだいに整えてゆき、アールがぴたりと合ってニュートンリングが出るまでもってゆくのである。

機械が回っていくつもの皿が回転している。そこへレンズを松脂で貼り付けた鉄板を乗せて、水で薄く延ばしたベンガラ液を研磨剤としてつける。水がベンガラの色でほんの少し赤くなっている程度に薄く延ばしていた。しだいにベンガラが細かくつぶれていって、レンズの表面がピカピカに透き通ってくると、出来上がりが近い。研磨剤のベンガラ液が摩擦熱で乾いて、キュッという音を出す。キュッキュッと二回くらい鳴るとその瞬間に出来上がっている。この瞬間を逃がすと、レンズに傷がついてしまう。そのタイミングが難しい。

一つ間違うと次々と失敗作が出来てしまう。まことに神経を使うし、精神的な要素が大きい。体調が悪いときも成績がよくない。この仕事の名人は京都に居る僧だと聞いたとき、なるほどと納得できた。こんなに難しく、精神的な要素によって左右される仕事は、なにか精神的修業が必要なのではないかと誰でも思うだろう。部屋のその日の温度湿度も微妙に関係しているらしい。レンズは大きいほど難しく、天体望遠鏡のレンズがもっとも難しいと聞いた。その大きな天体望遠鏡のレンズを磨かせて、京都の僧の右に出る者が居ないという話である。

あるとき熟練工がわたしに言った言葉が印象深い。

「この仕事をやってつくづく思うのは、教育って大事だなということだ。中卒者は初めは結構よくできるけれど、高卒者は初め失敗ばかりして要領を得ない。ところが数年するとこれが逆転してくる。しだいに分かってくるとどんどん伸びる。本社では理科系の大学を出た人が入社したとき、研修としてこの現場に来て一緒にやることになっている。なかには研修が終わってもそのまま残って続けたがる人が居る。こういう人はこの専門になってしまう人が居て、もの凄く上手くなることがあるんだね。教育って大事なんだとつくづく思うよ」。

滋味掬《きく》すべき言葉ではないだろうか。この言葉は後々までよく思い出して反芻したものだ。しかしここで学んだものは、それだけではなかった。レンズといえば日頃いつも使っているのは眼鏡である。わたしは近視と乱視が人一倍強く、それも進み方が早いのが悩みだった。ところがここで意外なことを聞いた。藤井社長と熟練工から、いろいろな話を聞いたなかで、驚くべき事実があった。

眼鏡レンズを作る職人は落ちこぼれで、どうにも使いようのない職工がやっているというのだ。写真機のレンズは競争も激しいし、輸出もされているので検査が厳しい。それに対し眼鏡のレンズはどうでもいいように扱われている。しかしドイツでは眼鏡レンズは写真機のレンズと同等かそれ以上に厳しいという。ナニシロ人間工学の国だからねえ、と聞き慣れない言葉を聞いた。

わたしはドイツ製のレンズに憧れ、一度ドイツ製のレンズで眼鏡を作ってみたかった。数年後にその願いが叶うときが来た。学芸大学の駅近くで評判のいい眼科医が居て、そこで眼鏡の処方を作ってもらい、ドイツ製のレンズを扱う眼鏡店を紹介してもらった。東京駅前の丸ビルの中の眼鏡店で作ってもらった眼鏡は、かけた瞬間からその違いがはっきりと分かり感激した。

普通のところで眼鏡を作ると、かけた瞬間違和感があり、慣れるのに一週間くらいかかる。眼科医で処方してもらったときと、少し違うものだしどこか見難い。ときには頭が痛くなることさえある。慣れるのを我慢するほかない。ところがこのドイツ製のレンズは、かけた瞬間から違和感がなく、明るく軽いのだ。処方してもらうときの感じと変わらないどころか、それよりよく見える感じがした。日本製のレンズをはじめて掛けたときの、こめかみが苦しいような感じがまったくない。ぱっと視野が開ける感じがあって、その感じはずっと続いた。しかもそのレンズを使っている間はほとんど度が進まないのだ。惜しいことに十数年使った後に海水浴場で失ってしまった。その後こんな素晴らしいレンズには二度とめぐり会うことはなかった。

レンズ研磨について書いた本を読んでいて次のような記事にぶつかって、わたしは慨嘆することと甚だしかった。その本には次のようなことが書かれていた。

ドイツではレンズ研磨工は社会的地位が高く、レンズ研磨工であることに誇りをもっており、人々は文句無しに尊敬する。代々レンズ研磨工になる家が多く、その人々でひとつの地域社会を作っていて、世界中に優れたレンズを送り出している。カール・ツァイスなどの優秀性は日本でもよく知られている。

この記事にぶつかってショックを受けた。日本の職人達はなんと哀れなのだろう。社会的地位はほとんどなく、職人同士の競争は汚い人間関係を作り出している。ピッチの調合など教えてくれないので、そっと盗んだり、人の仕事を結果悪くなるように仕組んだりと、そんななかで生きているのだ。たまたま優れた職人が出ると、それを寄ってたかって潰してしまう。会社としても、一人飛びぬけた職人が居ても採算が合わない。平均的な製品がコンスタントに出来ることを望むのである。

日本でも優れた職人を優遇して、いい製品を作らせれば、世界をリードするような製品が出来る筈だし、そのような名人集団を形成することも可能なのだと思う。しかし現実はあまりに程度が低く、下らないことが多すぎる。なんて日本は悲しい国なのだろうと思った。眼鏡のレンズひとつとっても、人間が大切にされない社会なのだ。組織が優先される中で、多くの職人達は諦めて唯々諾々と従ってゆくしかない。

それでも気概ある者は、比較的少ない資本で始められるので、小さな町工場を作って自分の納得のいくような仕事をしようとする。藤井昇氏もそんな一人だった。しかし所詮は下請けなのだ。そのシステムから抜け出すことは出来ない。そればかりか、より厳しい現実と戦わなければならない。

ある日銭湯に行って湯船に浸かっていると、番台に料金を払っている大きい男を見た。すぐに分かった、松竹助監督の宇治一彦氏だ。さっそく話し掛けると、すぐにわたしを認め、大きくうなずいた。「悪かった、悪かった」としきりに謝ってくれた。「いくら忙しくてもあんな態度をとってはいかん。また遊びに来てくれ」と言ったので、早速出かけていった。約一年ぶりの邂逅だった。

一年ぶりに会ってみると、どこか以前と違うと思ったら、長髪が短くなっていた。そして熱っぽく語りだした。

「映画人というのは、自分が芸術家だなんて思ってはいかんのだ。人に芸術家とみられてもいけない。どこにでも居るような人に見られるようでなくてはいい映画はできない。この小田急線にはよく黒澤明監督も木下恵介監督も乗っているが、誰も気付かない。電車の中が彼らの大切な観察場所なんだ。特別な人に見られたら、観察はおろかそばに寄ることも出来なくなってしまう。ごく普通の人に近付くということが大切なことだ。だから深夜に喫茶店でベレー帽をかぶって『カミュは……』とか言っているのは芸術家を気取ったニセモノなんだ」。

「木下監督と『二十四の瞳』を撮りに小豆島に行って来た。木下監督はほんとうに素晴らしい人だ。ぼく達にもやってみろといってある場面を撮らせてくれた。それを見てから自分のやりかたをやって見せた。それがまったく違うのだ。もう発想からして違う。ぼくらは今ただシナリオを書けるように勉強する、これしかない。そのためには読め読めだ。特にドストエフスキーが一番といわれて読んでいるが、これがたいへんなんだ。吉村公三郎監督は、監督としては一流だけれどシナリオを書く力が少し落ちて七分くらいなんだね。そのことを本人もよく分かっていて、だからしきりにぼく達に書くことを勧めるのだ」。

こんな話が延々と続いて飽くことがなかった。わたしは目を輝かせて聞いていたと思う。とにかく彼と会って話していると、目の前がぱっと大きく開ける思いがするのだった。こんな話もしてくれた。

「いい芸術家というのは、まずいい人でなければならない。いい友人であり、いい夫であり、いいパパでなければならない。日常生活を正しくしている人、それでなくては人を感動させるものは作れない。立派な私生活、その私生活を通して生まれる作品でなければ、大衆を動かすことは出来ない」。

しかし程なく彼は京都撮影所に行くといって、わたしの前から去ってしまった。「健康になれ」という言葉を残して、すぐ戻るような雰囲気だったが、それが最後でその後まったく音信はない。

受け持ちの梅津先生の下宿には、よく遊びに行った。梅津さんはすこぶるのんきな生活をしていて、山に登り、酒をよくのみ、スケールの大きい人だった。西荻窪の下宿の壁に、西脇順三郎の自筆の詩がかけてあった。梅津先生は慶応大学文学部の出身で、西脇順三郎の弟子と称していた。

三寸程の土のパイプをくはえた
どら声の抒情詩人
「夕暮れのやうな宝石」
と云ってラムネの玉を女にくれた

という『旅人かえらず』の中の一節である。この詩の面白さが何故急にのみこめたのか、よく説明出来ない。しかし梅津先生のもっている独特の雰囲気に半日浸かっているうちに、この詩のもつ高貴な雰囲気、音楽的な面白さ、言葉のもつ色彩、その組み合せの妙、そういったものがよく解る気になったのだから不思議といえば不思議だ。

わたしは西脇順三郎の詩集をさっそく入手して、読み始めると、その魅力に取り付かれて夢中になった。それまで読んできた多くの詩人の詩が、ほとんど詩でないようにさえ見えて来た。さすがに萩原朔太郎とか中原中也とか北原白秋は心から離れることはなかったが。

寺野智先生という人とちょっとしたことから、遊びに行くようになった。寺野先生は、愛媛県出身の師範学校出で、都立光明学校の教師だったが、校長と対立したのがきっかけで学校を辞めていた。学校をくびになってよかったようなことを言い、自由奔放に生きることを是としていた。一教員でおさまるには、ややスケールが大きすぎたようだ。永福町で印刷屋を営んでいて、名刺とか葉書、チラシなどの印刷を細々とやって暮らしていた。奥さんと二人暮らしで、遊びに行くと昼間から酒盛りになった。焼酎を出して「今から練習しておけば間違いないよ」とわたしにも勧めた。自然の成行きで酒を飲み、昼間からいい気分になることが出来た。

いったん酒が入ると談論風発して、切りなく展開してなにやら世界が大きくなるような気分になった。無頼派の詩人・文学者に近いところがあって、価値観が普通の常識とはかなり遠いところにあり、それが限りなく面白かった。常識を破ることをモットーとしているような生き方が頼もしかった。たちまちこの家に入り浸るようになり、大きく影響を受けたことは間違いない。竹林の七賢とでもいうべき雰囲気があった。付き合いは生涯続き、けっきょく寺野氏の死まで続いた。

明光社ではレンズ研磨の荒磨りをやり、夜は学校へ行く、という生活はかなりしんどいものだった。ときには残業せざるを得ないこともあって、こんな日は疲れて夜学に行かず、そのまま家に帰って体を休めることもあった。オーヴァーワークであることは間違いなく、この状態を脱しなければならないと思った。折しも東大生の金さんがしきりに勉強を生活の中心に据えるように説得してきた。

そのころ着ていた一張羅の学生服のボタンのひとつに目を留め、「これは東高のボタンではないか」といった。東京高等学校は長兄の出身校だったので、その旨伝えると「すごい秀才だなあ」といった。さらに父が一高から帝大の出身で、「ギリシャ語」「ラテン語」を専門としていたことが伝わると、「そんないい血が流れているのにもったいない」としきりに勉強を勧めてやまなかった。

あるとき「神田の古本屋で神宮徳壽という人が書いた『羅典語の研究』という本を見つけた。三〇〇〇円だったのでとても買えなかった。あれは君の父だろう」と言った。そうだとうなずくと、いよいよ真剣になって勉強をするように勧めだし、あれこれ指南した末に「レンズ工場を辞めるべきだ」と結論を下した。辞めたいと思い始めていたときだったので、この言葉に乗ってついに辞める決心をした。

しかし次の仕事を探さないわけにはゆかない。そこで寺野先生のところに行って、時間の余裕のあるやり方で仕事させて欲しいと頼んだら、案外あっさりと了承されて、こんどは「みどり印刷」に勤務ということになった。仕事の具合によって、半日勤務のこともあれば、年賀状の季節などには徹夜仕事もやった。

このように時間は出来たものの、金さんの期待のようにはいかなかった。すでに高校三年生になっていた。その学力は受験には程遠いところに居ることはあまりに歴然としていた。東大どころではなかった。といって私学に行くには、経済的裏づけが無かった。つまり学力からいっても経済力からいっても、わたしにとって大学は遠い存在だった。将来のことを考えると、大きな不安にとらわれ、絶望するほかなかった。

そんなことを寺野先生に打ち明けると、ナニ大学なんか行かなくたって、道はいくらでもある。くよくよすることはない、オレの知っている者が、「緑の会」というサークルをやっているから、そこでも行ってみたらどうだ、と言われた。

サークル緑の会

「葦・人生手帖読書会」というチラシを寺野先生は示して、出かけてゆくように勧めてくれた。若者が集まって話しあうサークルというものに憧れのようなものをもっていた。一つには女性と友達になりたいという欲求もあった。ある晩、若林に出かけその家にたどり着いた。二階に案内され六畳の部屋に入ると、そこに四人の青年が居て、すこぶる親しげに話しあっていた。

来意を告げて名乗ると、寝そべっていたなかの一人が起き上がり「よくおいでくださいました」と丁寧に挨拶した。この青年がこの会の代表の黒髪栄孝氏だった。「緑の会」という全国組織の会があり、その世田谷支部の支部長だった。この会は、のちに『ああ、野麦峠』を書く山本茂実氏がはじめた『葦』という雑誌の読者を母体としたものである。『葦』は読者の投稿を主体として、その読者たちが地域ごとに集まり、お互いに悩みを話し合うという会だった。

どういう経緯か分からないが、『葦』がにわかに行き詰まり、かわって『人生手帖』という雑誌が出てきた。地域ごとに組織された「葦会」はそのまま「緑の会」となって引き継がれた。黒髪氏は山本茂実の支持者で、『葦』の正当性を主張してやまず、『人生手帖』がともすると悪者にされそうな発言をしていた。

以後この会には定期的に参加するようになった。黒髪氏は、部屋をとなりの八畳に替わり、それまで使っていた六畳が空いた。その部屋を月額六〇〇〇円で貸すという話を聞いた。当時は一畳一〇〇〇円という相場だった。豪徳寺のボロ家がいよいよ末期的になり、引っ越す先を探していた。井戸が壊れたり、床が抜けそうになったり、もはや限界だった。緊急退避的にその部屋に移ることになった。

引っ越しは近くの炭屋に頼んだ。当日は炭屋の住み込みの使用人がオート三輪でやってきて働いてくれた。荷物を積んで、豪徳寺の家を後にした。終戦直後から九年間住んだ豪徳寺のボロ家から離れる日がきた。といってもただ慌しい現実があっただけで、特別の感慨はなかった。そのときわたしは夜間高校三年生（一七歳）、昭和二九（一九五四）年の暮れも押し詰まった一二月三〇日のことだった。

黒髪さんの家は、部屋数の多い大邸宅で、そこには何人もの間借り人が住んでいた。大谷石で造った大きな門構えがあり、その裏手に回ると潜り戸の通用門があった。そこから入ると、狭い裏庭に簡単な屋根をつけた井戸があった。勝手口から入った左側が使用人用のトイレ、すぐ目の前に二階に通ずる狭く暗い階段がある。階段を上って二階の部屋に入るところに、小さな踊り場のような半畳ほどの空間があり、そこを台所として使った。外の井戸から、バケツに水を汲んできてそこに置き、石油コンロを置いて煮炊きした。洗面その他の水仕事はすべて外の井戸端で行った。

六畳の部屋を母と兄とわたしの家族三人で使って、それほど狭いとも思わなかった。柱に洋服をかけて、それに埃よけの風呂敷がかけてあった。それがわたしの一年分の衣装のすべてだった。ハンガーひとつで、すべての洋服が事足りたのだから、これに過ぎたるシンプル生活はないと言える。このときすでに兄は学芸大学を卒業して、小学校教員となっていた。

わたしたちが住んだ六畳の部屋と、黒髪さんの八畳の部屋は襖が隔てているだけだったので、しょっちゅう遊びに行った。レコードを多数持っていて、とくにバッハが好きで、その影響を受けてわたしもバッハの魅力に取り付かれた。

緑の会の例会はとなりの部屋で行われていたので必ず出席した。それは冬のころで、五、六人がコタツに入って話し合っていた。すると突然黒髪氏が、支部長を誰かと交代したいと言い出した。公私共に忙しくなってきたというのがその理由だった。結婚も控えていたので、みな納得できた。それでは誰が後を継ぐかが問題になった。なんだかんだあった末に、駒沢の時計屋さんの息子の吉田君が後を引き継ぐことになった。中国音楽研究会に所属していたすこぶる人のいい青年である。

それから一か月くらい後に例会がもたれた。春の日差しが朝からいっぱいといった、いかにも幸福を予感させるような日曜日。例会の時間が近付くと、見たこともない若い男女が続々と集まってきた。八畳の部屋に入りきれず縁側にもあふれるほどになった。

まさに新支部長吉田英一君の面目躍如たるところだ。彼は『人生手帖』の発行所を尋ね、世田谷区在住の読者名簿を書き写し、その全員に案内状を送ったのである。「緑の会」は雑誌『人生手帖』の読者によって構成された全国組織で、その読者層は貧しい労働者層が多く居た。集団就職した地方出身者も多く、その日やってきたのもそうした人々が多かった。町工場の工員、お手伝いさん、住込み店員、住込みの大工さん、学生といった若い青年であふれかえり、みな喜々として笑いの渦が広がり、それまでの雰囲気と一変してしまった。だいたい自己紹介くらいで会が終わってしまったが、それでもみんな大満足だった。一言いうごとに笑いが広がるので、それだけで充分解放された気分になれた。

誰かが朝早くから仕事へ行くようなことをいうと「ケッパルなあ」という声があがり、大笑いになった。これは青森からきた青年が発した言葉で、「頑張るなあ」という意味である。青森から上京した人は彼を含めて三人来ていた。「うちらのほうじゃよう」とその青年がいった。「嫌いなんて言葉はねえんだ」それでは嫌いなときはなんというのかと訊かれると即座に答えた。「シキでねえ」これは「好きではない」という意味である。もう会場は爆笑の渦となった。

毎度そんな感じで楽しいひとときになった。集まっているだけで楽しかった。若い女性も多かったし、異性と同席するだけで心躍るものがあった。やがて会場が手狭で個人宅ではまずいということになって、吉田君が新町二丁目の公民館を借りることに成功し、そこを例会の場とするようになった。

会の名称を「緑伸会」と改め、役員などの整備をして、一つのサークルとしての着実な歩みが始まった。その頃の人たちが後々までの会の中心となってゆくことになる。野に出てソフトボールを楽しんだり、合唱したり、ハイキングに行ったり、若者らしい楽しい集いとなって発展していった。「種と芽」という会報を発行して、随想とか詩とかを書きお互い批評しあうこともあった。

その当時の労働者は、第一第三の日曜日が休みで、月二回の休みが普通だった。就職した最初の一か月は休みなしというのが多かった。週休二日の時代が来るなど思いもよらなかった。大工さんは毎月一五日と月末が給料日、その翌日が休みになった。その休みの日が日曜日になると例会に出席出来るので、日曜日に当たるように願っていた。例会に出ることを唯一の楽しみにしている人も多かった。

町の印刷屋

わたしが勤めていた「みどり印刷」は、のんきに商売している寺野氏の店なので、毎週日曜日に休むことが出来たし、時間的余裕はあった。町の印刷屋さんの仕事は、名刺、はがき、チラシ、といったものが主な仕事である。わたしの主な仕事はテキンという手作業でする印刷である。それとなんといっても多かったのは、外回りである。自転車で永福町から新宿へ、活字とか封筒とか名刺の台紙を仕入れに行った。活字は毎日のように仕入れる必要があった。花園神社の近くにそれらの店があって、紙型を作る専門店、さらにその紙型から鉛版を作る専門店もあった。

ひとの名前には思いも寄らぬ名前があって、活字屋にも無い字があった。そんなことはしばしばあって、それほど珍しいことではない。そういう時どうするかというと、ハンコ屋に行って彫ってもらうのである。ハンコ屋は活字の大きさの印材を持っていて、待っている間に彫ってくれる。印刷屋はゴム印も扱っていて、社印なども印刷のついでに頼まれたりした。ハンコ屋とは仕事仲間として懇意になっていて、いつも行き来していた。

印刷屋のお得意の一つに不動産屋がある。下高井戸、下北沢、高円寺とか、あちこちにお得意があってよく行った。不動産屋は名刺、チラシ、ゴム印各種、契約書など印刷の仕事が多かった。不動産屋の紹介で、店の新たな開店の時なども、いろいろそれに付随した印刷の仕事を貰うことが出来た。新宿のビルの中には、群小の商社がいろいろあって、小さな部屋で五、六人の人が何を商うのか、軒並みやっていた。それが出来ては消え、消えては出来、慌しいながら凄い活気があった。そんな時いつも真っ先に印刷の仕事が回ってくることになる。

そんなことで、印刷の仕事は結構いろいろあった。仕事を取るのは難しくない。なんといっても問題は集金なのだ。出来た印刷物を届ける、その代金を貰う、これが殊のほか難しかった。とにかく払ってくれないのである。宣伝チラシを作る、それを使って商品を売り、儲かったらその印刷代を払うといった感覚の商売人が多かった。とりわけ新宿のビルの中にあった群小の商社がその典型で、おおかた関西の商売人だったが、とにかく払ってくれなかった。

支払いは後回しにして、注文だけはどんどん出してくる。この前の支払いは？といってやっと払ってもらう。そんなことをしているうちに、だんだん遅れていって、けっきょく貰い損なうことになる。向こうはそれが狙いで、まず支払いを徹底的に遅らせる、つぎにまけさせる、そして半金だけ支払う。このやり方に遭うと、黒字の筈が資金が回転せず苦しくなる。半金だけでも欲しいというとしぶしぶ払って、残りの半金は金輪際払ってくれなかった。この前払ったじゃないかの一点張りだった。

不況のときほど印刷の仕事は増えて、支払いが渋るので、仕事ばかりが忙しく、カネが回転しない。不動産屋は、カネのあるときは支払いはよかったが、無いときはさっぱりいけなかった。しかしさすがに地元に店を構えている不動産屋は、遅れても踏み倒すことはなかった。
支払いが確実だったのはなんといっても店にくるサラリーマン、値切ることもなく、その場で払ってくれた。文房具屋が近くにあって、かなり手広く学校と取引していて、そこから仕事がよく来た。学校関係と役所の仕事は、支払いは確実で、一度仕事を取るといつまでも注文が来て、こんなに美味い相手はなかった。葬儀屋から回ってくる仕事も取りはぐれはなかった。ただしとんでもない急ぎ仕事で、しかも固有名詞に活字がなかったりすると大忙しになった。

印刷の仕事は難しく大変で、その割にカネにならなかった。印刷の職人の腕の見せ所のひとつに、美的感覚がある。名刺ひとつ作っても、その活字の選び方、配置の仕方、全体のバランスにその人のもっている美的感覚がものをいう。デザイン感覚といってもいい。出来上がった印刷物の美しさ、すっきりした味わい、それはまさに職人のもっている感覚によって大きな開きになるのである。

いっぽう印刷の仕事くらい報われないものもない。とにかくケチをつけようと思ったら、いくらでもつけられるのが印刷なのだ。まず校正ミス、このくらい恐ろしいものもない。校正ミスというものは、防げるものではない。こればかりは完璧はないのである。ところが世間ではそれを許そうとしない。あるいは活字が気に入らないから全部取り替えろといったことになると、すべての仕事が初めからやり直しになってしまう。活字にちょっと汚れがあっても、たちまち文句を言われた。

のちのことになるが、本を読んでいると、職業柄どうしても校正ミスが目に付く。どんな本にも校正ミスはあるものだ。あるとき出版社にそのことを伝えると、丁寧に応対してくれて、後でノートを送ってきた。それからはいろいろと出版社に電話して校正ミスを指摘するようになった。研究社の大英和辞典でも見つけたし、岩波文庫でも見つけた。こうした老舗の出版社では応対は丁寧で、大体ノートを送ってきた。ところがある文庫本に一〇か所以上のミスを見つけ、これはひどいと思ってすぐに電話した。するとその応対がすこぶる悪く、のれんに腕押し状態だった。それ以後この出版社のものは読む気がしなくなった。

印刷物でときに校正刷り（これをゲラ刷りという）を持っていって、校正してもらうことがある。このやり方に個人差が多かった。一番困らされたのは校正するはずが、原稿そのものを直してしまうことである。つまり自分が作った原稿の不備を校正のときに訂正しようとする、校正と推敲をいっしょにしているのが困る。折角校正刷りを作っても初めからやり直さなければならない。これは学校の先生に顕著だった。先生といわれる人は活字になった文章を見るとやたら直したくなるらしい。これほど印刷屋泣かせのこともない。ひとつの言葉を挿入しただけで、あとの文章をすべて組替えなければならないこともある。こんな校正が戻ってくるとぞっとした。のちに自分が校正する立場になったとき、どうしても印刷工の手元が目に浮かんでしまうので、明らかな印刷ミスのところ以外は直さなかった。

高校四年

夜学は四年生になっていた。演劇の練習をした。二年生のときたまたま出た演劇で評判がよく、それ以後毎年出るようになった。四年生のとき学年を超えて選ばれて劇をすることになり、その練習に打ち込んだ。放課後または休日に学校へ集まって練習した。そのメンバーのひとり、下級生の女子生徒のTに思いを寄せるようになった。すると体調もよくなり、勉強も仕事も上手く行くのだった。しかしこの思いはいつもどおり片思いに終わった。

好きな異性はいつもあった。一年のときは、Hという色白の子が好きだったし、二年以後にもいつも意中の人はあった。しかしいつも意中に居るだけで、現実行動としてはなにもない。劣敗感いっぱいの極貧育ちには、異性に近付くことも容易ではなかった。普通に話し掛けることの出来る者が羨ましかった。女の兄弟も居なかったことが、ますます女性をはるか遠い未知の存在にしていたようだ。貧民窟で生れたブラームスは、良家の子女に近寄ることが出来ず悩んだと知ったとき、他人事と思えなかった。女性の前に出ると、ただ堅苦しくなるばかりなので、女性は逃げ出すほかなかったと思う。

しかしあるとき一年先輩の後藤耕作君が思いも寄らぬことを言った。「キミはメッチェンにもてるな」わたしはピンと来なかった。「オレの彼女はキミのほうがいいようだから、ゆずるよ。この前行ったパン屋の娘はキミのことが好きなんだ。それからうちの隣のメッチェンも絶対キミに一目惚れしている」そんなふうに次々と具体的に例をあげて指摘した。あまりに意外でなにやら狐につままれているみたいになった。だが嬉しさもあった。その見方を心のどこかで肯定するようになった部分もあった。しかし現実にはなにも起こらず、相変わらず飢えているほかなかった。譲るといわれた彼女は好みのタイプではなかった。メッチェンという言葉は、よく遊びに行った東大構内で聞き慣れた言葉で、その影響を受けていた。ゲルピン（カネがないこと）もそのひとつである。


ある夕方、家族で夕食を囲んで箸を取ろうとしたとき、豪徳寺のぼろ家の主がひょっこり部屋に入ってきた。彼がどうしてこの場所を嗅ぎつけたのか分からない。しかし以前と同じ調子で、同じ食卓につくと当然のように一緒に食事を始めた。態度は相変わらずでかく、すべて命令調だった。

「映画に行くとなあ」と彼は言った。「すっと気分が変えられる。風呂に行ってもすっと気分を変えることが出来るな」。

映画に行って来い、とポケットから財布を出しかけた。兄がそれを手で制した。わたしもすでに子供ではなかったので一緒に酒を飲み、けっきょくその晩はそこへ泊まっていった。政治ゴロという根無し草的な生活の一場面を見せ付けたような感じがした。母の作る家庭料理が食べたかったのかもしれない。翌朝母も兄も出かけたあとに起きてきた。外の井戸端に案内してポンプを押すと、両手で水を受けて顔を洗い、ズボンのポケットからハンケチを取り出すと、それで拭いてさっと引き上げた。

このときの態度に少し感心した。他人のうちに泊まったときは、このようにするものなのかと思った。とかく他所のうちに泊まったときの翌朝というのは、虚しいものである。そうしたやるせなさが、背中ににじみ出ていたように見えた。そのようなときの態度として、なかなか立派だなと思えたのである。そのときを最後として彼の姿を見ることはなかった。

その頃、「働く青少年のための音楽会」という催しが毎月日比谷公会堂で開かれた。村田武雄の解説、上田仁指揮東京交響楽団の演奏で、ラジオ放送された。この会に参加する会員になって、毎月聴きに行った。たしか入場料一〇〇円だった。村田武雄の解説の巧みさもあって、このときいろいろ好きな曲を広げることが出来た。フランクの交響曲ニ短調とか、チャイコフスキーの四番など印象深い。「ヤーネフェルトの子守唄」という小曲もどういうわけか忘れがたい。

　都電に乗って帰ろうとしたとき、東京交響楽団の楽団員が乗り込んできて話かけてきた。ヴァイオリンを抱えていたので、ヴァイオリン奏者だとすぐに分かった。音楽家と話しをするのは初めてだったし、珍しかったので話に聞き入った。この音楽会は放送されるので、練習に力を入れている、普通の演奏会では二、三回合わせるだけだ、といったことを話してくれた。

　そのほかアサヒビールコンサート、略称ＡＢＣという、これも一〇〇円のコンサートが夏に開かれて、何度か聴きに行った。上田仁指揮東京交響楽団の演奏、ポピュラー名曲を多く演奏した。木琴の平岡養一が細い体を一杯《いっぱい》に使って熱演したときは感激した。

　あるときソプラノの笹田和子が出てきて、ドイツの学生歌「乾杯の歌」を歌った。そのとき「なにしろわたしは太っているので、ビールの宣伝にはなります」と冗談を言ったのを憶えている。がっちりとした体から頼もしさと明るさが振りまかれ、好感がもてた。夏の夜の日比谷野外コンサート、楽しいうきうきするようなひととき、会場内に提灯がたくさん下げてあったのも忘れがたい。

四年になってから肺浸潤を宣告された。わたしの父の兄弟は、そのほとんどが肺結核で若くして亡くなっている。肺を冒されやすい体質をもっていたので、それを恐れていたのだ。ついに来たかと思うとかなり絶望的になっていた。色白で痩せている、どこか腺病質に見える外見、いかにも肺病病みに相応しかった。

ただそれをこの世の終わりのようには受け止めていなかった。こうなるのは分かっていたような気分で、仕事を休めるのを内心喜んでいる気持ちがあった。わたしはこのときとばかりに、読書にどっぷり浸かった。ロシア文学をかなり徹底的に読んだ。プーシキンに始まり、レールモントフ、ゴーゴリ、ツルゲーネフと古い順にすべて読み尽くすように読んでいった。この読書指導は、寺野氏によるものである。

このときにやった系統的読書というものが、どれほど大きな意味があったか計り知れない。なんといってもその充実感が素晴らしかった。ロシア文学に登場する人たちのなんという正直さであろう。どこまでも続く会話の面白さ、相手を傷つけまいとして却ってお互いが傷ついてしまう。いよいよその頂点であるトルストイ、ドストイェフスキーに差し掛かると一頓挫した。この量的な大きさ、エネルギーの厚みについてゆけなかった。トルストイでは「幼年時代」「少年時代」「青年時代」あたりは面白く読めた。「アンナ・カレーニナ」「戦争と平和」となると、こちらの体力が続かなかった。ドストイェフスキーの「死の家の記録」は大いに感激したが、「罪と罰」「カラマーゾフの兄弟」とくると手におえなかった。この両大家を通り越して、ゴンチャロフの「オブローモフ」を読んだときの面白さは例えようがなかった。

四年の三学期になり、夜学もいよいよもう少しというところにきた。数学で、順列・組合せ・確率を習った。桜井恒太郎という数学の教師は言った。「これはこれまでの数学とはちがう。これまでの積み重ねがなくても、一つの問題を考えて解くことができる。数学の才能を要するもので、いままで出来なくとも、力を発揮できる可能性がある」。

この言葉に発奮する気になった。たちまち確率が好きになって、参考書を買って来て、毎日確率ばかりやった。試験の結果、九五点取って一番になった。それまで数学は出来なかったので、数学の教師は驚いていた。これもしてやったりと思い得意だった。のちに数学を趣味のように楽しみ、『零の発見』（吉田洋一著）など読み耽ることになる、そのきっかけになったことは間違いない。

とはいえ、このことは自慢できることでもなかった。熱しやすく冷めやすい、いかにもちゃらんぽらんな性格と、日頃の一貫しない言動を象徴していたように思えてならない。これを続けることが出来れば、まったく違った人生を歩むことも出来たのだろうが、一回限りのことに過ぎず、ただ異様な感じを与えただけに終わった。持続力と集中力のなさ、これが問題なのだ。この根本的な原因は、健康に恵まれなかったことにあった。いつも風邪を引き、

鳥影社出版案内

2021

イラスト／奥村かよ

choeisha

文藝・学術出版　鳥影社

〒160-0023 東京都新宿区西新宿 3-5-12 トーカン新宿 7F

TEL 03-5948-6470　FAX 0120-586-771（東京営業所）

〒392-0012 長野県諏訪市四賀 229-1（本社・編集室）

TEL 0266-53-2903　FAX 0266-58-6771　郵便振替 00190-6-88230

ホームページ www.choeisha.com　メール order@choeisha.com

お求めはお近くの書店または弊社（03-5948-6470）へ

弊社への注文は 1 冊から送料無料にてお届けいたします

＊新刊・話題作

永田キング
澤田隆治（朝日新聞ほかで紹介）

今では誰も知らない幻の芸人の人物像に、放送界の名プロデューサーが長年の資料収集と関係者への取材を元に迫る。　3080円

空白の絵本 —語り部の少年たち—
司　修（東京新聞、週刊新潮ほかで紹介）

広島への原爆投下による孤児、そして「幽霊戸籍」。NHKドラマとして放映された作品を小説として新たに描く。　1870円

そして、ニューヨーク【私が愛した文学の街】
鈴木ふさ子（産経新聞で紹介）

この街を愛した者たちだけに与えられる特権それは〝魅力の秘密〟を語ること。文学、映画ほか、その魅力を語る。　2090円

出　来　事
吉村萬壱（朝日新聞・時事通信ほかで紹介）

季刊文科62～77号連載「転落」の単行本化芥川賞作家・吉村萬壱が放つ、不穏なるホンモノとニセモノの世界。　1870円

有吉佐和子論 —小説『紀ノ川』の謎—
半田美永

小説『紀ノ川』に秘められた謎とは何か。有吉佐和子と同郷であり、紀ノ川周辺にも詳しい著者により封印された真実が明らかに。　2200円

魚食から文化を知る —ユダヤ教、キリスト教、イスラム文化と日本
平川敬治（読売新聞ほかで紹介）

日本人に馴染み深い魚食から世界を知ろう！魚と、人の宗教・文化形成との関係という全く新しい観点から世界を考察する。　1980円

オートバイ地球ひとり旅　アフリカ編（全七巻予定）
松尾清晴

19年をかけ140ヵ国、39万キロをたったひとりで冒険・走破したライダーの記録。本書では命懸けのサハラ砂漠突破に挑む。　1760円

親子の手帖
鳥羽和久（四刷出来）

現代の「寺子屋」を運営する著者による、親と子の幸せの探し方。現代の頼りない親達が幸せを見つけるための教科書。　1320円

5Gストップ！　古庄弘枝
電磁波過敏症患者たちの訴え&彼らに学ぶ電磁放射線から身を守る方法　550円

5G（第5世代移動通信システム）から身を守る　古庄弘枝
商用サービスが始まった5G。その実態を検証し、危険性に警鐘を鳴らす。　550円

香害から身を守る　古庄弘枝
よかれと思ってつけるその香りが隣人を苦しめ大気を汚染している。「香害」です。　550円

愛知ふるさと素描　河村アキラ
『名古屋ふるさと素描』に、新たに40枚を追加。愛知県内各地に残されたニッポンの消えゆく庶民の原風景を描く。1980円

純文学宣言　季刊文科25～86（61より各1650円）
〈編集委員〉伊藤氏貴、勝又浩、佐藤洋二郎
富岡幸一郎、中沢けい、松本徹、津村節子

【文学の本質を次世代に伝え、かつ純文学の孤塁を守りつつ、文学の復権を目指す文芸誌】

新訳金瓶梅（全三巻予定）

田中智行訳（朝日・中日新聞他で紹介）

三国志などと並び四大奇書の一つとされる金瓶梅。そのイメージを刷新する翻訳に挑んだ意欲作。詳細な訳註も。　3850円

小竜の国
―亭林鎮は大騒ぎ

韓寒著　柏葉海人訳

中国のベストセラー作家にしてマルチに活躍する韓寒の第6作。上海・亭林鎮を舞台にカワサキゼファーが疾走する！　1980円

スモッグの雲

イタロ・カルヴィーノ著　柘植由紀美訳

樹上を軽やかに渡り歩く「ペンのリス」、カルヴィーノの一九五〇年代の模索がここにも。他に掌篇四篇併載。　1980円

キングオブハート

G・ワイン・ミラー著　田中裕史訳

心臓外科の黎明期を描いた、ノンフィクション。彼らは憎悪と恐怖の中、未知の領域へ挑んでいった。　1980円

藤本卓教育論集
〈教育〉〈学習〉〈生活指導〉

藤本　卓

子どもは、大人に教育されるだけでは育たない。筆者の遺した長年の研究による教育哲学の結晶がここにある。　3960円

アナイス・ニンとの対話
―インタビュー集―

アナイス・ニン研究会 訳

男性をまきこむ解放、男性と戦わない解放、男性を愛して共闘する解放を強調したアメリカ作家のインタビュー集。　1980円

日本の臨床現場で専門医が創る
図解 精神療法

広岡清伸

心の病の発症過程から回復過程、最新の精神療法を、医師自らが手がけたイラストとともに解説する。A4カラー・460頁。　13200円

アルザスワイン街道
―お気に入りの蔵をめぐる旅―

森本育子（2刷）

アルザスを知らないなんて！　フランスの魅力はなんといっても豊かな地方のバリエーションにつきる。　1980円

ヨーゼフ・ロート小説集　平田達治 佐藤康彦 訳

第一巻　優等生、バルバラ、立身出世
　サヴォイホテル、曇った鏡　他
第二巻　ヨブ・ある平凡な男のロマン
　タラバス・この世の客
第三巻　殺人者の告白、偽りの分銅・計量検査官の物語、美の勝利
第四巻　皇帝廟、千二夜物語、レヴィアタン（珊瑚商人譚）
別　巻　ラデツキー行進曲（2860円）
四六判・上製／平均480頁　4070円

ローベルト・ヴァルザー作品集

カフカ、ベンヤミン、ムージルから現代作家にいたるまで大きな影響をあたえる。

新本史斉／若林恵／F・ヒンターエーダー＝エムデ 訳

1　タンナー兄弟姉妹
2　助手
3　長編小説と散文集
4　散文小品集Ⅰ
5　盗賊／散文小品集Ⅱ
四六判、上製／各巻2860円

詩人の生　新本史斉訳（1870円）
絵画の前で　若林恵訳（1870円）
微笑む言葉、舞い落ちる散文　新本史斉著
ローベルト・ヴァルザー論　（2420円）

戦国史記 風塵記・抄
——本能寺から山崎、賤ヶ岳へ——
福地順一

本能寺の変に端を発し、山崎の戦い、清洲会議、賤ヶ岳の戦いと続く織田家の動乱を風塵（兵乱）を軸に描く。1650円

一五〇年前のIT革命
岩倉使節団のニューメディア体験
松田裕之

「一身にして二生」を体験する現代人必読の一冊。AI時代を生き抜くヒントがここにある！ 1705円

桃山の美濃古陶 古田織部の美
西村克也／久野 治

古田織部の指導で誕生した美濃古陶の未発表の伝世作品の逸品約90点をカラーで紹介。桃山茶陶歴史年表、茶人列伝も収録。3960円

五島列島沖合に海没処分された潜水艦24艦の全貌 浦 環 （二刷出来）

日本船舶海洋工学会賞受賞。実物から受けるオーラは、記念碑から受けるオーラとは違う。実物を見よう！ 3080円

大動乱の中国近現代史
対日欧米関係と愛国主義教育
松岡祥治郎

アヘン戦争から習近平体制に至るまで、大動乱を経て急成長した近代中国の正と負の歴史を克明に描く。3080円

幕末の長州藩 西洋兵学と近代化
郡司 健

海防・藩経営及び会計的側面を活写。西洋の産業革命に対し伝統技術で立向った長州藩の歴史。2420円

天皇の秘宝
——さまよえる三種神器・神璽の秘密——
深田浩市

二千年の時を超えて初めて明かされる「三種神器の勾玉」衝撃の事実！ 日本国家の祖、真の皇祖の姿とは!! 1650円

西行 わが心の行方
松本 徹 （二刷出来）（毎日新聞で紹介）

季刊文科で「物語のトポス西行随歩」として十五回にわたり連載された西行ゆかりの地を巡り論じた評論的随筆作品。1760円

浦賀与力中島三郎助伝 木村紀八郎
幕末という岐路に先見と至誠をもって生き抜いた最後の武士の初の本格評伝。2420円

軍艦奉行木村摂津守伝 木村紀八郎
若くして名利を求めず隠居、福沢諭吉が終生敬愛したというサムライの生涯。2420円

南の悪魔フェリッペ二世 伊東 章
スペインの世紀といわれる百年が世界のすべてを変えた。黄金世紀の虚実1 2090円

フランク人の事蹟 第一回十字軍年代記
丑田弘忍訳 第一次十字軍に実際に参加した三人の年代記作家による異なる視点の記録。3080円

大村益次郎伝 木村紀八郎
長州征討、戊辰戦争で長州軍を率いて幕府軍を撃破した天才軍略家の生涯を描く。2420円

新版 日蓮の思想と生涯 須田晴夫
日蓮が生きた時代状況と、思想の展開を総合的に考察。日蓮仏法の案内書！ 3850円

天皇家の卑弥呼 （三刷）深田浩市
倭国大乱は皇位継承戦争だった!! 文献や科学調査から卑弥呼擁立の理由が明らかに。1650円

古事記新解釈 南九州方言で読み解く神代
飯野武夫／飯野布志夫 編 『古事記』上巻は南九州の方言で読み解ける。5280円

地蔵千年、花百年

柴田 翔（読売新聞・サンデー毎日で紹介）

芥川賞受賞『されどわれらが日々』から約半世紀。約30年ぶりの新作長編小説。戦後からの時空と永遠を描く。 1980円

頂上の一夜

丸山修身（クロワッサンほかで紹介）

季刊文科、文学2018などに掲載された表題作ほか四作品を収録した作品集。勝又浩氏推薦。 1760円

夏目漱石の中国紀行

原武 哲（西日本新聞ほか各紙で紹介）

漱石は英国留学途中に寄港した上海・香港、後年の満韓旅行で中国に何を見たのか？ 現地を踏査し漱石に与えた影響を探る。 3080円

夕陽ヶ丘 ―昭和の残光―

徳岡孝夫／土井荘平

十五歳にて太平洋戦争の終戦を見た「昭和の子」は何を語り伝えるか。旧制中学の同級生だった二人による最後のメッセージ。 1980円

中上健次論（全三巻）

（第一巻 死者の声から、声なき死者へ）（第二巻 父の名の否〈ノン〉、あるいは資本の到来）（第三巻 幻想の村から）

戦死者の声が支配する戦後民主主義を描く大江健三郎に対し声なき死者と格闘し自己の世界を確立していった初期作品を読む。 各3520円

小説木戸孝允 上・下 ―愛と憂国の生涯―

中尾實信（2刷）

西郷、大久保が躊躇した文明開化と封建制打破を成就し、四民平等の近代国家を目指した木戸孝允の生涯を描く大作。 3850円

漱石と熊楠 同時代を生きた二人の巨人

三田村信行（二刷出来）（東京新聞他で紹介）

いま二人の巨人の生涯を辿る。同年生まれイギリス体験、猫との深い因縁。並列して見えてくる〈風景〉とは。 1980円

エロイ、エロイ、ラマ、サバクタニ

大鐘稔彦

信じていた神に裏切られた男は、神の化身かと見紛うプリマドンナを追い求めてロシアの大地をさ迷い続けるが…… 1540円

「へうげもの」で話題の

“古田織部三部作”

久野 治（NHK、BS11など歴史番組に出演）

新訂 古田織部の世界 3080円

千利休から古田織部へ 2420円

改訂 古田織部とその周辺 3080円

ドイツ詩を読む愉しみ 森泉朋子編訳

ゲーテからブレヒトまで 時代を経てなお輝き続ける珠玉の五〇編とエッセイ。 1760円

ドイツ文化を担った女性たち

その活躍の軌跡 ゲルマニスティネンの会編

（光末紀子、奈倉洋子、宮本絢子） 3080円

芸術に関する幻想 W・H・ヴァッケンローダー

毛利真実 訳 デューラーに対する敬虔、ラファエロ、ミケランジェロ、そして音楽。 1650円

＊ドイツ語圏関係他

詩に映るゲーテの生涯〈改訂増補版〉
柴田 翔

小説を書きつつ、半世紀を越えてゲーテを読みつづけてきた著者が描く、彼の詩の魅惑と謎。その生涯の豊かさ。 1650円

ペーター・フーヘルの世界—その人生と作品
斉藤寿雄（週刊読書人で紹介）

旧東ドイツの代表的詩人の困難に満ちたその生涯を紹介し、作品解釈をつけ、主要な詩の翻訳をまとめた画期的書。 3080円

ヘーゲルのイエナ時代 理論編
松村健吾

概略的解釈に流されることなくあくまでもテキストを一文字ずつ辿りヘーゲル哲学の発酵と誕生を描く。 5280円

生きられた言葉—ラインホルト・シュナイダーの生涯と作品—
下村喜八

シュヴァイツァーと共に20世紀の良心と称えられた、その生涯と思想をはじめて本格的に紹介する。 2750円

ヘルダーのビルドゥング思想
濱田 真

ドイツ語のビルドゥングは「教養」「教育」という訳語を超えた奥行きを持つ。これを手がかりに思想の核心に迫る。 3960円

ニーベルンゲンの歌
岡﨑忠弘 訳（週刊読書人で紹介）

『ファウスト』とともにドイツ文学の双璧をなす英雄叙事詩を綿密な翻訳により待望の完全新訳。詳細な訳註と解説付。 6380円

改訂 二〇一八 **黄金の星**（ツァラトゥストラ）**はこう語った**
ニーチェ／小山修一 訳

詩人ニーチェの真意、健やかな喜びを伝える画期的全訳。ニーチェの真意に最も近い渾身の全訳。 3080円

『ドイツ伝説集』のコスモロジー
植 朗子

ドイツ民俗学の基底であり民間伝承蒐集の先がけとなったグリム兄弟『ドイツ伝説集』の内面的実像を明らかにする。 1980円

ゲーテ『悲劇ファウスト』を読みなおす 新妻 篤
ゲーテが約六〇年をかけて完成。著者が明かすファウスト論。 3080円

ギュンター・グラスの世界 依岡隆児
つねに実験的方法に挑み、政治と社会から関心を失わなかったノーベル賞作家を正面から論ずる。 3080円

グリムにおける魔女とユダヤ人 奈倉洋子
—メルヒェン・伝説・神話—
グリムのメルヒェン集と伝説集を中心にその変化の実態と意味を探る。 1650円

フリードリヒ・シラー美学＝倫理学用語辞典 序説
ヴェルンリ／馬上 徳 訳 難解なシラーの基本的用語を網羅し体系化をはかり明快な解釈をほどこし全思想を概観。 2640円

新ロビンソン物語 カンペ／田尻三千夫 訳
18世紀後半、教育の世紀に生まれた「ロビンソン・クルーソー」を上回るベストセラー。 2640円

東方ユダヤ人の歴史 ハウマン／平田達治・荒島浩雅 訳
その実態と成立の歴史的背景をこれほど見事に解き明かしている本はこれまでになかった。 2860円

ポーランド旅行 デーブリーン／岸本雅之 訳
長年にわたる他国の支配を脱し、独立国家の夢を果たしたポーランドのありのままの姿を探る。 2640円

東ドイツ文学小史 W・エメリヒ／津村正樹 監訳
神話化から歴史へ。一つの国家の終焉はその文学の終りを意味しない。 7590円

モリエール傑作戯曲選集 1〜3
柴田耕太郎訳

現代の読者に分かりやすく、また上演用の台本としても考え抜かれた、画期的新訳の完成。 各3080円

イタリア映画史入門 1950〜2003
J・P・ブルネッタ／川本英明訳（読売新聞書評）

映画の誕生からヴィスコンティ、フェリーニ等の巨匠、それ以降の動向まで世界映画史をふまえた決定版。 6380円

オットー・クレンペラー 中島 仁
最晩年の芸術と魂の解放
―1967〜69年の音楽活動の検証を通じて―

20世紀の大指揮者クレンペラーの最晩年の姿を通して人間における音楽のもつ意味を浮かびあがらせる好著。 2365円

フランスの子どもの歌50選
三木原浩史

フランスに何百曲あるかわからない子どもの歌から50曲を収録。うたう・聴く楽しみとは、ひと味違う読んで楽しむ一冊。 2200円

魂の詩人 パゾリーニ
ニコ・ナルディーニ／川本英明訳（朝日新聞書評）

常にセンセーショナルとゴシップを巻きおこした異端の天才の生涯と、詩人としての素顔に迫る決定版！ 2090円

映画で楽しむ宇宙開発史
日達佳嗣（二刷出来）

映画から読み解く人類の宇宙への挑戦！宇宙好き×映画好きが必ず楽しめる宇宙の映画を集めた一冊。 1980円

それとは違う小津安二郎
高橋行徳

『東京の合唱』と『生れてはみたけれど―大人の見る絵本』のおもしろさを徹底解明。 1980円

雪が降るまえに
A・タルコフスキー／坂庭淳史訳（二刷出来）

詩人アルセニーの言葉の延長線上に拡がっていた世界こそ、息子アンドレイの映像作品の原風景そのものだった。 2090円

宮崎駿の時代 1941〜2008 久美 薫
宮崎アニメの物語構造と主題分析、マンガ史からアニメ技術史まで宮崎駿論一千枚。 1760円

ヴィスコンティ 若菜 薫
「郵便配達は二度ベルを鳴らす」から「イノセント」まで巨匠の映像美学に迫る。 2420円

ヴィスコンティⅡ 若菜 薫
高貴なる錯乱のイマージュ。「ベリッシマ」「白夜」「前金」「熊座の淡き星影」 2420円

アンゲロプロスの瞳 若菜 薫
『旅芸人の記録』の巨匠への壮麗なるオマージュ。（二刷出来） 3080円

ジャン・ルノワールの誘惑 若菜 薫
多彩多様な映像表現とその官能的で豊饒な映像世界を踏破する。 2420円

聖タルコフスキー 若菜 薫
「映像の詩人」アンドレイ・タルコフスキー。その全容に迫る。 2200円

銀座並木座 日本映画とともに歩んだ四十五歩
嵩元友子 ようこそ並木座へ、ちいさな映画館をめぐるとっておきの物語 1980円

つげ義春を読め 清水 正
つげマンガ完全読本！ 五〇編の謎をコマごとに解き明かす鮮烈批評。 5170円

＊実用・ビジネス

Pythonで学ぶ 回路シミュレーションとモデリング 盛 健次 松澤 昭

Pythonを学ぶ人々へ向けて書かれたテキスト。学生および企業／法人の学習に最適なオールカラー588頁。 6160円

MATLABで学ぶ 回路シミュレーションとモデリング 盛 健次 松澤 昭

MATLAB/SIMULINKを学ぶ人々へ向けて書かれたテキスト。学生および企業／法人の学習に最適なオールカラー546頁。 6160円

AutoCAD LT 標準教科書 2019／2020／2021 2022対応（オールカラー） 中森隆道

25年にわたる企業講習と職業訓練校での実績に基づく決定版。初心者から実務者まで無料動画による学習対応の524頁。 3300円

ICCP国際認定CAATs技術者 **1冊で学べる！ICCP試験対策テキスト** 弓場啓司・上野哲司 監修 弓場多恵子 著

データアナリティクス時代の注目の資格！日本で唯一のICCP試験対策テキスト！基礎確認問題・試験対策問題付。 3520円

「血液型と性格」の新事実 AIと30万人のデータが出した驚きの結論（二刷出来） 金澤正由樹

スポーツ、政治、カルチャー、恋愛など、様々なシーンのデータを分析。血液型と性格の真新しい事実が、徐々に明らかに！ 1650円

誰でもわかる **和音のしくみ** 末松 登 編著／橘 知子 監修

自ら音楽を楽しむ人々、音楽を学ぶ人々のため、和音の成り立ちと進行を誰にでもわかるよう解説する。 1600円

自律神経を整える食事 胃腸にやさしいディフェンシブフード松原秀樹

40年悩まされたアレルギーが治った！重度の冷え・だるさも消失した！ディフェンシブフードとは？ 1650円

現代アラビア語辞典 ――アラビア語日本語 田中博一／スバイハット レイス 監修

本邦初1000頁を超える本格的かつ、実用的アラビア語日本語辞典。見出し語1万語以上で例文・熟語多数。 11000円

心に触れるホームページをつくる 秋山典丈
従来のHP作成・SEO本とは一線を画しコンテンツの書き方に焦点を当てる。 1760円

開運虎の巻 街頭易者の独り言 天童春樹
三十余年六万人の鑑定実績。あなたと身内の運命と開運法をお話しします 1650円

成果主義人事制度をつくる 松本順市
30日でつくれる人事制度だから、業績向上が実現できる。（第11刷出来） 1760円

腹話術入門（第4刷出来） 花丘奈果
発声方法、台本づくり、手軽な人形作りまで一人で楽しく習得。台本も満載。 1980円

南京玉すだれ入門（2刷）花丘奈果
いつでも、どこでも、誰にでも、見て楽しく演じて楽しい元祖・大道芸を解説。 1760円

初心者のための蒸気タービン 山岡勝己
原理から応用、保守点検、今後へのヒントなどベテランにも役立つ。技術者必携。 3080円

〝できる人〟がやっている〝質の高い〟仕事の進め方 糸藤正士
秘訣はトリプルスリー 1760円

現代日本語アラビア語辞典
田中博一／スバイハット レイス 監修
見出語約1万語、例文1万2千収録。 8800円

高熱を発して休む、これが問題の根源にあったと思う。

人形作家

正月明けに、そろそろ仕事をしようと思った。肺浸潤はなんとかなると思い始めていた。それよりカネがないのがどうにもならなかった。そこでまた学徒援護会に行ってアルバイト先を探した。今度見つかったのは、こけし人形制作の手伝いである。田園調布の高級住宅街の一角にその製作所はあった。といっても普通のシモタヤでかなり大きな屋敷である。主人は佐藤淑夫といって、シベリヤ帰りの人だった。室内でもベレー帽を被り、芸術家肌の雰囲気をもっていた。本人も意識的にそのように見せたがっていた。

こけしの木工は、木工場で刳《く》ってもらい、地塗りといって胡粉を塗ってつるつるに磨くのは近所の下請けにやらせていた。胡粉を塗って下地の出来たこけしに水彩絵の具で彩色してゆく。そのこけし人形の小道具と背景を描き、ひとつの場面を作って、それを店頭または応接間・玄関などに飾るようにしていた。それをあちこちと契約して、貸し出したり、売ったりするのである。月ぎめの会員も一定数居て、毎月結構忙しくやっていた。「世界こけし」として、いろいろな人種をこけし人形にしたり、「季節こけし」として一月から十二月まで、彩ったりしていた。すべてはオリジナルであり、なかなかのやり手といえる。

わたしは刷毛で白の絵の具を塗ったり、簡単な色塗りとか、外回りをした。この制作には近所の子供達が来てやっていた。いつも学校帰りの子供達が五、六人来て、彩色をしていた。子供達はなかなか上手く、それを使いこなすのも佐藤氏は堂に入ったものだった。子供達には先生と呼ばせて、猫なで声も板についていた。子供達は時々安い小遣いを貰っていた。子供達の持っている漫画とか、本の挿絵を佐藤氏はいつも熱心に見ていた。そこからこけし人形作りの重要なヒントを得ていたことは間違いない。さらに子供の持っている絵の感覚を上手く引き出して、制作に活かしていた。

近所に一人の男やもめが住んでいて、彼にこけし人形の木地に胡粉を塗リ重ねて、ペーパーで磨く仕事を依頼していた。その傾きかけた家の玄関を入ると、すぐに居室兼仕事場になっていて、全体にニカワの腐った匂いが強烈に立ち込めていた。さらに胡粉を磨いた白い粉が畳と壁を白く染めて、薄汚れた暗い雰囲気に息も詰まりそうになった。胡粉を塗ったあと、それをサンドペーパーで磨くのがとりわけ大変な仕事で、そのため手が荒れに荒れ、指先が変形していた。

その家の息子もこけしの色塗りに来ていた。あくまでも遊びに来るというたてまえではあったが、五円一〇円といった報酬をあてにしていた。あるとき子供同士がなにか言い争いになった。あいつはこの仕事にいくら貰ったのに、俺はこれだけかといったことが、その原因だった。佐藤氏は自分ほどいい人は居ないのだよ、だから君たちが遊びに来ても、こうしていつもお相手をして、お小遣いまで上げているのに、喧嘩なんかしてはいけないよ、と諭した。その猫なで声が可笑しくなって、思わず笑ってしまった。その笑いを捉えて、佐藤氏は会話をそらそうとして、映画のことなどを話し出した。そのときわたしは、あなたは詐欺師だと言ってしまった。自分は詐欺師だなどと言われたことは一度もない、と柔らかくかわした。余裕のある態度だった。しかし結局わたしは体よく追い出された。

いろいろな職場でその後、幾たびも起こす舌禍事件のそれが始まりだったような気がする。とにかくわたしはあちこちで、言葉が災いしてとんでもないことになること再三に及んだ。佐藤氏は、あれだけのことをやってゆくのはかなり大変だったにちがいないと思う。それほど儲かることでもなかっただろう。よって下請けにもろくに支払えなかったし、子供たちの働きにもほんとうに小遣い銭程度しか出せなかったのだろう。それがあのときのわたしには、どこか不潔に見えてならなかった。とくにあの胡粉の粉にまみれ、ニカワの腐った匂いにみちた貧屋には心打たれるものがあった。ひとり芸術家ぶって、いい人を演じているのが偽善と見えてしまうのだった。

そのころ、渋谷道玄坂にある「北京亭」という高級中華料理店にひとりで入ったことがある。佐藤氏がそこがお気に入りらしいことを話してくれたからだ。田園調布の邸宅に一日居ると、なにか知らねど上流階級になったような気分が不思議にも湧いてくる。ある種の錯覚かもしれないが、貧乏人特有の劣等感が一時的に消滅するという効用があったことは確かだ。ラーメン一杯でも入る人は居ると佐藤氏が言ったので、入ってみる気になった。

ほぼ中央のテーブルに席を取り、ラーメンを取って食べた。高級レストランにひとりで入って食事をした、それが最初の経験である。値は高かったが、上品でいい味を堪能することが出来た。優雅な気分に浸れたこともさることながら、なにか一人前になったような、世界が広くなったような気分になれた。

その後いつの間にか「北京亭」は消滅してしまった。「渋谷食堂」も消えている。その後の生涯において、高級レストランに入ることに慣れるということはついになかった。誰かと一緒なら気が大きくなって入ることも出来たが、ひとりでは気後れしてしまう。ポケットにじゅうぶんカネがあっても同じことなのだ。旅先でひとりで食事をするとなると、場末の安食堂だと安心して入れるというところから抜け出ることが、いまもって出来ないでいる。

野坂昭如がエッセイの中で書いている。どこかの町に行って飲み食いしようとすると、どうしても高級店を敬遠してしまう。みすぼらしい店を見つけて「ここは昔の外食券食堂のにおいがする」と思うと安心して入ることができる。そんなことを書いていたと思う。なるほど浮浪児育ちの身は、そんなものかと共感した。

渋谷では恋文横丁によく行った。そこで白乾《パイカル》という中国酒を飲むとたちまち酔うことが出来た。また新宿では西口のガードの近くにある横丁によく行った。「水仙屋」という店があって、四〇円出すと焼酎一杯に豆腐のお通しがついて、これで酔っ払うことができた。

あるとき佐藤氏は言った。「この世の中では、ある程度冒険をしないとだめだね。内心くよくよしていないで、進んで世の中へ突っ込んでゆくといい。成功と失敗が五分五分くらいだったら、思い切ってやってしまうんだな。石橋を叩いて渡るなんて男のやることじゃない」。

若い者を励ますために言った言葉ではあるが、彼自身の生き方を示唆しているようにも思える。彼があまり前例のない独立営業を築くには、冒険心が必要だったにちがいない。しかし彼の場合、なんといっても上流の雰囲気をもっていたのが成功の秘訣だったように思える。こけし人形を納めに行くとそのことを痛感した。上流の奥様方に信頼され、多くのファンを獲得していた。よほど育ちのいい人だったのだろう。一時的とはいえ、わたしにも上流の気分に浸らせてくれたのだから、なかなかの人物ではあった。


そうこうするうちに、四年間の夜学生活を終えて卒業してしまった。高卒とはなったものの、何も変わらなかった。求人も来ないし、就職運動もほとんど意味ないものだった。夜学の卒業で片親の者など、世間はまともに相手にしてくれないことを確認する結果になってしまった。すべてが八方ふさがりで、将来に対する不安がさらにつのるばかりだった。何とかいいところに就職して、早く社会人として一人前になりたかった。

母があるとき溜め息混じりに「お前も就職しないとなあ」といったのが妙に身に沁みた。もはや猶予は無かった。何でもやらなければならない。行き着くところそれは水商売ということよりなかった。キャバレー「カサブランカ」に勤めることとなった。一九五七（昭和三十二）年の年明け早々一月五日からの出勤ということになった。二十歳の誕生日を迎える直前のことである。

キャバレー・ナイトクラブというところ

はじめに

わたしは幼いときに父を失った関係で、小学校時代から働き、高校は定時制高校を卒業した。片親で定時制高校の卒業生に世間は冷たく、就職先にまともなところがなかった。職探しにうろうろしていた時「それじゃ黒のズボンをはいて、白いワイシャツを着て明日来いよ」と言ってくれた友人が居た。行った先は五反田にある昼間はダンスホール、夜はキャバレーの「カサブランカ」だった。そこでそのままボーイになった。

それからこうした店を何軒か渡り歩いて、数年後に渋谷のナイトクラブ「クラブ・ラミ」に勤めた。思えばキャバレーとしてのカサブランカは本格的なものであり、クラブ・ラミは一流のクラブだった。そのころ、つまり一九六〇年から七〇年にかけてこの形が定着していて、その後このスタイルが廃るとキャバクラといったものが出てくる。キャバレーというのは、ホステスが客をもてなし、楽団が生演奏をして、ダンスと酒と会話を楽しみ、ショータイムにはヌードショーなどのフロアショーが行われるというところだ。いっぽうナイトクラブは、ホステスが居なくて同伴客が楽しむところである。生演奏もありダンスもできるが、フロアショーはない。こうした違いがあった。キャバレーはお祭り騒ぎを盛り上げて、賑やかな気分にするのに対し、ナイトクラブはしっとりとした雰囲気で、都会的で静かな夜を演出するといったところだった。

カサブランカを振り出しにキャバレー業界で働いているうちに、金銭的余裕も出来て、昼間の大学へ行った。大学生となってからも夜の仕事は続けていた。大学卒業後は堅気社会に戻って、お堅い学校の事務職員になった。水商売に居て、いわば裏社会に居たことを、回り道したものだと思っていたが、やがてこの世界を知っているということの大きさに気付いてきた。世の中の人たちのものの見方の狭さを感ずることがしばしばあったが、こうした裏社会を知っている者からするなら、そうでもないよと思うことが多かったと思う。水商売に対する世間の視線は冷たい。侮蔑と誤解に満ちている。しかしわたしはそうした見方を当然ながらしていない。水商売に入ってくる人たちは基本的に貧困であって、彼らに親しみを感じこそすれ、軽蔑の感情は少しもない。この世界の女たちには親しみをもっている。同じ仲間と思っている。その一方堅気社会のご令嬢には近寄りにくい。善意と純情を表看板とする女たちには、劣等感を感じこそすれ、親しみはもてない。

1、キャバレー「カサブランカ」

自然の成り行きで

履歴書もたくさん書いたし、あれこれ就職運動はした。しかしいっこうに思わしくなかった。相手にされていないことを確認するばかりだった。片親というものが、また夜学出ということが、これほど不利とは思っていなかった。けっきょく水商売の世界に食い扶持を求めることになり、キャバレーのボーイになった。もはや猶予はなかった。何でもやらなければならない。

五反田の駅に五階建てのビルがあって、国鉄（現ＪＲ）と池上線に直結していた。その四階までがデパート「白木屋」、五階が「カサブランカ」という昼間はダンスホール、夜はキャバレーになる店になっていた。戦後ダンスが大流行して、各地にダンスホールが出現した。その中でもカサブランカは有名なダンスホールである。

就職試験もなければ、面接もなかった。黒のズボン、白いワイシャツ、黒の蝶ネクタイを揃えろと言われただけだった。白のワイシャツと黒のズボンはいつもの姿で、これだけが就職の条件なら、片親夜学出の自分に相応しいかなと思った。蝶ネクタイは渋谷の街頭の夜店で買った。それは一九五六年の暮れの頃だった。

出社して先輩に紹介され、一番のボーイの木村さんという人から、仕事を教わり指示を受けた。客の前に出るときは眼鏡使用禁止だといわれた。眼鏡越しに人を見るのは失礼になるからだという。これは慣れてしまえばいくらかいいようだが、やはり見えないということはかなりのハンディキャップになった。

キャバレー・ダンスホール「カサブランカ」は、映画「カサブランカ」をイメージした店内の内装になっていた。われわれボーイもまたそのようにコーディネートされ、金色の房のついた赤いトルコ帽、白いダブルのモンキーコートというスタイルである。白い上着はごく短く二列の金ボタンがついていた。黒の蝶ネクタイ、黒のズボン、黒の靴というういでたちである。中東付近のオリエンタルエキゾチズムを連想するように狙っていたようだ。近代興業株式会社というのが正式の社名で、都内に同じような店を五店舗もっていた。月給七五〇〇円である。のちに八五〇〇円になった。

ボーイは全部で一八人、夕方勢ぞろいするといっせいに掃除をする。床を磨き、テーブルを並べ、各テーブルにクロスを敷き、キャンドルを置いて、灰皿を置く。テーブルナンバーの札も置く。キャンドルのローソクが点火され、玄関に盛り塩をして、ステージで楽団員が勢ぞろいすると、店が開けられる。天井から吊り下げられたミラーボールが四方から来るスポットライトを受けて回転し、ほの暗い店内のあちこちに小さな光の踊り子を降らせて幻想的な雰囲気を演出する。

ホステスと世間でいう女性達は、われわれは社交さんと呼んでいた。社交係というのが社内での正式役名である。社交さんもテーブルに出てくる。社交さんの控え室がステージの裏手の中二階の広間にあって、そこで普段着から、思い思いのドレスに着替え、化粧してホールに下りて来る。彼女達は全部で一五〇人くらい居た。すべて源氏名を名乗り、本名で勤める者はいない。

われわれボーイも皆偽名を使い、本名は使わないのが普通だ。このときのフルメンバーの一覧がある。

マネージャー　小島

ボーイ長　矢部　長谷川

リスト　原

ボーイ　一木村　二佐竹　三白坂　四小沢　五佐藤　六藤田　七田代　八矢沢　九村形

一〇金子　一一山本　一二佐々木　一三長砂　一四八巻　一五奥村　一六安藤　一七青山

一八大木

一七番のボーイ青山がわたしである。古い順に番号がついていて、このナンバープレートを胸につけていた。ボーイの上に居るリストというのは、社交さんの管理を引き受ける役目である。公正無比にして、あるときは冷徹に、あるときは上手くリードして、ホステス達を使ってゆく、難しい立場である。一番のボーイ木村さんは画家を志していて、昼間はそうした活動をしていた。彼は個人的に付き合った数少ないボーイの一人で、下宿に遊びに行ったこともあった。無口で真面目、仕事は確実、上層部の信頼は厚かった。

二番の佐竹さんは、少年院帰りという噂があった。悪いことにすぐに走ってしまう癖から抜け出せないという典型的な人物だった。ただし人はすこぶるいいし、わたしには親切にいろいろ教えてくれた。ある種の暖かさがあり、人懐こいところもあり、いつでも傍に居たいような雰囲気をもっていた。社会の裏のすべてを知り尽くしているように見えた。堅気社会にはとても居られない、裏社会にはよく居るタイプ、怒ると見境なくなる荒っぽさがあった。ある威厳をもっていて、彼はその後どうなったか知る由もないが、ひとかどの親分になったにちがいないと思う。といってキャバレー業界は無理である。キャバレー業界で生きるには、もう少し確実で恒常的な仕事が出来る人間でなければならない。けっきょく彼は犯罪社会に生きるしかなかったかもしれない。一番相応しいのは、刑務所の中の親分、いわば牢名主が相当だったと思う。

このように水商売に流れて来る人には、二つのタイプがあった。ひとつは木村さんのように、自由業を目指しながら食うためにやっている人。昼間大学へ通っている者もいたし、歌手を目指してレコード会社に属している者、写真家を目指している者などそれぞれである。

いっぽう佐竹さんに見られるような、社会人としてどうしようもないあぶれ者が居た。犯罪に手を染めて、一時凌ぎにこの社会に入ってくる者も居たし、いわゆる街の不良、アンちゃんの類、やくざに近い者、そうしたものに憧れている者などである。佐竹さんのように貫禄のある本格的な裏社会人はまれで、ほとんどはただのチンピラに過ぎなかった。

マネージャーの小島さんは、ほとんど語らず、温厚な紳士に見えた。と同時に凄みと貫禄もそなえ、どこか謎めいた雰囲気をもっていた。キャバレー業界は横のつながりがあって、この世界の人脈はお互いの助け合いで成り立っている。マネージャー同士の連絡は密で、マネージャーが別の店に移るときなど、この連絡会の承認で決めているらしかった。小島氏はその中でも人事担当という要職にある人物で、地位は高い。彼に認められるということは、この世界での出世を意味する。すべてのマネージャーはボーイ出身で、皆ボーイからリスト、ボーイ長、サロン主任、マネージャーと上ってゆくのである。まさに実力社会で、情実的な泳ぎもあっただろうが、実力のない者が上にゆくことは出来ない。それだけ厳しいといえる。

たとえば床を磨くことひとつとっても、これはなかなかの高等技術で、それなりの経験と知識を要する。飲み物の知識、オードブルなどの食品のこと、店を動かしてゆく上で知らなければならないことは、数多くある。人の管理、とくに社交係の管理に優れていなければ店は繁盛しない。優秀な社交さんを集める、といっても初めから優秀な社交係はいない。そこで育てることが必要で、いかにいい社交係として育ててゆくかが問われる。それなりのキャラクターも必要だし、心得なければならないことは無数にある。

夕方社交さんが控え室に集まると、マネージャーは演説する。それも毎日で一日として欠かすことはなかった。小一時間も演説して、細かく指示を出していた。この時間はボーイ達はみな掃除に忙しく、わたしは演説を聞いたことはなかった。社交さんを教育するひとつの重要な時間だったことは言うまでもない。マネージャーが交代すると、社交さんもその後について代わってゆくということがあった。そのくらいマネージャーを信頼し、その腕前とキャラクターに惚れている社交係が居たということだ。マネージャーの近くにいるスタッフにいい人材を集めることも大切な要素になる。下っ端のボーイにも目を配って抜かりなかったようだ。

カサブランカはキャバレーの中では格の高い店のひとつで、出世した者の多くはカサブランカで働いた経験をもっていた。どんなところだろうとこの店に入ってくる経験者も居たが、だいたいは初心者を雇うのがこの店の方針らしかった。

当時一流の店といえば、銀座で「美松」、赤坂で「ニューラテンクォーター」あたりがとくに有名で、渋谷には「ダイアナ」、新宿には「リド」など名高かった。マネージャー以下この世界に生きる者たちは、店を次から次と替わってゆく。そうして経験をつみ、人間関係を広げてゆく。マネージャーもいろいろな店を渡ってゆき、ひとつの店に長くても二年、早ければ半年で替わることも珍しくなかった。

店で働く者たち

わたしがこの店に入って数か月経ったころ、小島マネージャーに呼ばれた。いつも通りの黒のドスキンの背広に身を包み、一緒に来いといって外に出ると、タクシーを呼び止めて乗り込んだ。どこへ行くのかと思っていると、まず酒屋へ行って一升瓶入りの酒を大量に買い込み、まず消防署に向かった。そこで酒二本を渡し、次に警察署に行って同じく酒二本を渡した。最後にこの五反田を仕切っているやくざ組織「青柳組」の事務所に行くと、酒一ダースを持ち込んだ。わたしはその酒の運搬係を仰せ付かったわけだ。青柳組の事務所でなにを話していたのか、他に比べれば一番長かった。といっても十分ほどだったと思う。外で待つように指示されていたので事務所の中には入らなかったが、聞くところによると事務所の中は警察の感謝状・表彰状の類がずらりと掛けてあるという。

やくざの事務所に警察の感謝状とは、と首をひねりたくなる。一般社会人には理解しがたいことながら、これは尤もなことなのだ。この当時は街の盛り場の治安というものは警察が維持していたかというとそうではない。実はその土地のやくざ組織が維持していたのだ。江戸時代に十手捕縄を博徒の親分が預かったのと同じ図式である。この当時の五反田の青柳組は、組織として揺るぎなくがっちりしていたので、警察は安心して任せていられた。感謝状のような紙切れひとつで、もっとも厄介な盛り場の秩序が守られるなら、こんな目出度いことはない。ところがいったん組織にひびが入って、内部抗争とかが起こったら警察は大変なことになる。のちに渋谷のナイトクラブに行ったとき、折しも安藤組の抗争の真っ最中で、やくざ映画そこのけの場面が連日繰り返された。が、これはのちの話。

カサブランカにも青柳組から用心棒が一人派遣されていた。彼が居るおかげで、飲み倒されるとか暴力沙汰とかはまったく起こらずに済んでいたのだから、まさに必要悪といえた。背の高い色白の男で、いつも黒い背広に身を固め、玄関の近くに立っていたり、ボックスに入ってビールを飲んだりしていた。知らない人が見たら店のマネージャー格に見えたかもしれない。

キャバレーには、ボーイのほかにも多種の人たちが働いていた。まずバーテンダーが居た。カウンターが二か所あって、バーテンダーは主任以下全部で五人居た。ビールのケースを担いだり、氷を運んだりする重労働も含め、地味な仕事もあった。

キッチンにはコックが二人居て、オードブルなどの酒のつまみを調理する。電気係が二名居て、電気室に控え、いろいろと仕事は多かったようだ。なにしろ照明器具がさまざまあって、それらはいつも管理を要したし、キャバレーには必ずあるフロアショーにも電気係の重要な仕事がある。電気室の主任は笑うことのない中年の男で、なかなか物知りだった。よくいろいろな話をしてくれたし、ボーイ達の味方になってくれることが多かった。「研究心のない奴はだめだ」というのが彼のお得意のセリフだった。

その他に従業員食堂があって、コックさんとおばさんが居た。だいたい皆が出勤してくるのが午後から夕方にかけてで、誰しも夕食はここで摂った。普通より安かったし、付けも利いたので便利だった。ラーメン二〇円、丼飯も二〇円、おかずの類はだいたい二〇円だったので、六〇円くらいで夕食が摂れた。食堂の一角に靴屋が夕方からやってきて、靴を磨いたり簡単な修理をしてくれた。大勢居た社交さんがその御得意さんだった。

お絞りのおばさんが居て、お絞りを洗ってそれを丁寧に丸めて、蒸気で温めて用意していた。この場所はホールの一番奥のステージの裏側に当たるところにあり、パントリーと呼ばれたり、デシャップと呼ばれていた。このおばさんは誰からも慕われて、よくこの場所にいろいろな人が集まって雑談を交わした。このすぐ横に下げてきた灰皿を洗うところがあって、ここで新入りのボーイはもっぱら灰皿を洗う。さらにその横にキッチンがあって、食べ物のオーダーを出す窓口があった。ホールから戻ってくると、ボーイ達はここでよく客の悪口をいったり、一服つけたりした。ホールに居るときはございます調で話し、ここへ来ると途端にとんでもない下品な言葉の連続になった。晩《おそ》くなってくると酔っ払ったホステスが、泣きながら愚痴を言いに来たり、フロアショーの出番を待つダンサーが立っていたりした。

キャバレー・ダンスホールには、楽団がつきものだ。スイングバンドとタンゴバンドが交互にステージに上がって演奏する。それぞれ三〇分ずつの出番になっていた。バンドはフル編成で八人から一〇人くらいの楽団員が居た。昼間のダンスホールが午後一時に始まると演奏し始め、夜の一一時半に店がはねるまで演奏を続ける。夕方ダンスホールが終わって、キャバレーが開店するまでの約二時間は休み時間である。バンドはよく交代した。だいたい三か月で別のバンドと入れ替わった。同じバンド内でも楽団員の入れ替えは頻繁に行われた。この世界も芸能界と同じで、まことに栄枯盛衰が激しい世界だったようだ。

一五〇人くらい居る社交さんのほかに、若い女性が八人ほど居た。この人たちは店が始まるとドアーの近くに整列して、入ってきた客を客席に案内する。客に指名のホステスがあるかどうか聞いて、そのホステスをテーブルにつける。メンバーと呼ばれて、上品な制服を着ていた。ごく真面目な雰囲気の女性達で、一見してホステスとは別人種のように見えるようになっていた。一番ボーイの木村さんが、メンバーの一人に恋していた。

経理を担当する中年女性が二人、いつも気難しい顔をして事務室の奥に控えていた。

こうして書いてみると、さまざまな人たちが居たものだと思う。ひとつの組織を動かしてゆくには、これだけの多種多様な人が寄り集まって動いてゆくものなのだろう。客として遊びに行けば、ホールに出ている人しか目に入らない。ごく単純なものにしか写らないにちがいない。しかしその水面下には、いろいろな人たちが関わっているし、誰一人として無駄な要員はいないのだ。

ボーイの仕事

新入りのボーイは、皆より早く出勤して準備の下仕事をするのが慣わしとなっていた。前の晩に使われたキャンドルの手入れが厄介な仕事のひとつである。燃え残ったローソクを熱湯で溶かして、金属部分を綺麗に磨き上げ、新しいローソクを入れておく。キャンドルのガラスの笠も綺麗に磨いておかなければならない。しばしばそれらが故障していることがあり、簡単な修理などもする。

初めてこの仕事をしたとき、わたしはえらい失敗をしてしまった。何十個というキャンドルの金具についたローソクを溶かすには、バケツ一杯の熱湯に漬ける。そのようにして溶かした後、湯から取り出して金具を磨く。そこまではよかった。そのとき余った湯の処理に困り、流しから棄ててしまったのだ。するとお湯に大量に含んだロウが、たちまち固まって下水管が詰まってしまった。本来のやり方は、お湯が冷めるまでそのまま放置しておいて、ロウが固まって上に浮いてくるのを待ってからそれを取り除いて水だけ棄てるのだ。浮いたロウを一塊にするとテニスボールくらいになる。

このときは、上から熱いお湯をどんどん流して何とか詰まるのを防ぐことが出来た。五階から流す下水管は、ビルの外壁を伝っている。下手をするとサーカスのような恰好で、この下水管を直さなければならないところだった。このときは一番の木村さんから、大目玉を食らった。

ボーイにはこのように裏仕事が多くある。ボックス席の椅子の脚ががたついていれば調整するし、ときには木材で補修するようなこともやった。木材で修理する仕事は意外と多く、裏のパントリーの板が剝がれたり、料理室の台が壊れたりすると、その都度なにやら工夫して直してしまう。ビールケースの箱など手近にあるものはなんでも利用して、釘とノコギリと金槌で作り上げてゆくのだ。初めのころはこのやり方に感心し、器用なことをするものだと舌を巻いた。大工仕事を覚えたのはこのときだったように思う。その後の生活の中で、この技術は大いに役立つことになり、木工に親しむのにそれほどの抵抗がなかったことにつながっていたのかもしれない。

夕方先輩のボーイたちが出勤してくると、グループに分かれて掃除に取り掛かる。床を磨くのはかなり専門的でしかも熟練を要する。デッキブラシで両足を上手く使って床をこする。油とドロが床に張り付いているのをこれで落としてゆくのである。水を含ませたオガクズを床に叩きつけてから、箒で丁寧に掃く。先の割れた竹竿に油脂をつけて、床を叩いてゆく。それをモップで磨くようにふき取り、さらにその上からブラシで軽く素早く磨き上げる。するとホールの床はピカピカになるばかりか重量感も出る。トイレとかステージなどもそれぞれにやり方があって、これはこれで立派な専門技術である。

店が始まると、書いたように裏のパントリーで灰皿を洗い、乾かし、布巾を洗いまた乾かしたりした。先輩のボーイがホールから戻ってくると「灰皿を洗っているのが一番楽でいいよ」という。新入りを励ます意味もあったが、これは本音に近いものがあった。

やがてホールに出るようになると、いくつかのテーブルをもたされる。どのテーブルが自分の持ち場かは掲示板に張り出される。そのテーブル配置は木村さんの役目だ。一人で八テーブルくらいもった。自分のテーブルに客が入ると、お絞りをもってオーダーを取りに行く。メンバーの女性はご指名の有無を聞いている。ご指名とはお気に入りのホステスのことで、客が指名すればそのホステスをテーブルにつける。指名が有る無しに関《かか》わらず本番というホステスをつける。これが気に入れば指名に替えることもできる。ホステスにとっては指名をいかに多く取ってもらえるかが勝負である。

オーダーはだいたいビールと決まっていた。一人の客が入れば、そこの席に本番とご指名の二人のホステスがつく。カウンターからビールを一本とグラスを三個テーブルに運び、キッチンに行ってオードブルを一人前貰って運ぶ。このときテーブルの上にある金券を切って、ビール一本ならB1と記入してテーブルナンバーと自分の番号も記入して、カウンターに持ってゆくと交換に出してくれる仕組みになっていた。

カウンターに行ってビールを出して貰うときは、「ワンビーア」と大きな声で叫ぶ。するとカウンターの中から「ワンビー」と威勢良く答えて冷えたビールをさっと拭いて出してくる。楽団が演奏している、ホステスは客と踊っている、華やかなライトが飛びかっている。キャバレーというところはお祭り騒ぎを演出するところである。とにかく威勢良く華やかに、また恰好よくやらなければいけない。ビールとか飲み物はもとより、すべて客席に運ぶときは銀盆の上に乗せて運ぶことになっている。箸一本でも銀盆に載せて運ぶ。ちなみに箸は「おてもと」、楊枝は「くろもじ」という。

銀盆は手の延長である。この銀盆の持ち方には人によって流儀があった。まず手のひらを一杯《いっぱい》に広げてその上に銀盆を載せるやり方、これが基本とされもっとも無難で確実な持ち方である。指をお椀を握るようにして持つ持ち方、これは恰好はいいがたくさん載せるのは無理があった。もうひとつは、親指・人差し指・小指を広げ、中指と薬指は折り曲げて持つ持ち方があった。これはなかなか粋な持ち方だが、さらに重いものを運ぶには不向きで危険でさえある。キャバレーは酔っ払いがふらふら歩いていたり、急に人が前に立ちはだかったりするので、最初の持ち方をすることがもっとも自然だったと思う。

飲み物とか食べ物を運ぶときは、いかにも美味しそうに運ぶのが大切な心得である。テーブルに置くときでも、いかにも美味しそうに置かなければならない。いったんテーブルのクロスに近付けてから静止し、そっと降ろすように置くのもひとつの方法。また静かに置いてからそれをクロスの上を滑らせるように押して勧める方法もある。カクテルのようにグラスに入った飲み物を持っていったときにはこのやり方が効果的とされた。ビールはもう少し簡単に置く。飲み物を置く前に、テーブルの上のキャンドルをステージ方向にずらせ、さらにテーブルナンバーを端のほうに置いてからグラスを並べるのが粋なやり方である。

飲み物を運ぶときの銀盆の持ち方として、椅子に座った客がちょうど見えるように、その目の高さに持つのも一つの心得である。いかにも美味しそうに運ぶその中身が見えることで、またオーダーが出るようにするわけだ。その逆に食べ終わったものを下げるときは、人が食べ散らかしたものが見えないように、胸のあたりまで捧げるように高く持つ。

こうしたボーイの心得はまだまだいろいろとあった。やはりカサブランカは一流のキャバレーだったとその後思うことがある。新人のときはもとより、よく先輩のボーイが注意してくれたし、ボーイ長とかマネージャーにも教わった。その教え方もすこぶる紳士的で、穏やかだった。客が小耳にはさんでもいい感じに聞こえるように、気配りをしていたのである。

そこで教わったやり方は基本的で、ごく当たり前のことだ。しかしその後いろいろな飲食店に入って給仕の仕方を見ると、その当たり前のことが出来ていないのが目に付く。普通の店ではやむをえないと思うが、一流のホテルの食堂に入ったとき、あまりになっていないのには腹が立った。軽井沢の某有名ホテルの食堂に入ったとき、最後にコーヒーを運んできた。その作法が出来ていないのに驚き呆れた。コーヒーは受け皿の上に置いたカップの手前にスプーンを置く。そしてカップの持ち手は左方向にして置くのが作法である。こんな簡単な初歩的な作法が分かっていないのだ。ここのマネージャーはなにをやっているのだろう、こんなことさえ出来ずに一流の店が勤まるのかと情けなかった。特別に高い料金を払う意味がどこにあるのだろう、ただ薄ら寒くなる思いだった。

しかもこんなことは簡単なことなのだ。ただ知っていさえすればいいことで、誰でもできる。ほとんどのことは難しいことではない、知っているかどうかだけの問題である。最低の常識といっていい。それがあの堂々とした建物の中の、豪華なシャンデリアが下がった食堂の、古風な調度で固めたところで、いかにも貫禄ある制服に身を整えたボーイがこんな最小限度のサービスの心得がないとはなんとしたことだろう。お客の側もそれをなんとも思わない。ひとつの文化の衰退をさえ感じたくなった。

ボーイはホールの一隅に立っているときの立ち方にも、ある種の心得があった。気をつけの姿勢で立つのとは違い、真っ直ぐに立っているけれど全身から力が抜けているような姿勢がいい。両足は揃えて立ち、つま先が開かないように揃える。膝はどちらかの膝が緩んでいて、やや腰を落とした感じになる。すぐに歩き出せる姿勢でもあるのだ。視線は一点に行ってはならない。視野を広くもって、あたり一面に拡散する。一番大切なことは、そこにボーイが居ると思わせてはならないことで、存在感がないのがいい。必要なときはどこからともなく現れて側に立っているといったあり方が望ましい。必要なとき以外はまったく存在を感じさせない、あたかも空気のような、そこの風景のような存在であること、これが心得である。

こうした姿勢というか構えは自然と身につくものだ。ある程度知っていれば自ずとそなわってくる。遠くから見ていても、木村さんとか佐竹さんはサマになっていた。いったん身についたこの構えはなかなか忘れないものだということを、ずっと後に分かって驚いたことがある。

水商売から足を洗って堅気社会の一員となって久しい中年のころ、渋谷の喫茶店に入ったときのことだ。かなり大きな店で客は全部で一〇〇人くらい居たと思う。一番奥がカウンターになっていて、その横の奥にトイレがある。トイレに行こうとしてカウンターの脇に立つと、トイレが満員だった。そこでそのまま席に戻らずにカウンターの脇に立って店全体を眺めた。するとその瞬間、例の構えが全身によみがえってきた。ああこの感覚だ、と久しぶりに蘇ってきた立ち姿勢を意識して、それを味わっていた。するとたちまち、ほぼ中央の席でこちらに合図しているのが目に入った。すぐにその側に行って、オーダーを聞いてそれをカウンターに伝え、戻ってきた店員にも伝えた。そのまま奥に行って用を足すと席に戻った。

驚くべきは、そのとき店の者には何の違和感ももたれなかったということだ。完全に店の一員になりきっていたのだ。店の者は日頃見かけない人だとは思っただろう。しかしこんなことはそう珍しいことではない。同じ系列の店の人が来ていることはよくあるし、経営者の一人が来ることも珍しくない。そうした関係者の一人に手伝ってもらったと思われたのだ。自分は内側の人間に見られたことに、満足した。面白い体験だと思った。

キャバレーのプロ

この世界は出入りが激しい。三月末には、矢部ボーイ長が新宿のキャバレー「シャンタン」に移り、木村、佐竹両氏が去り、わたしは早くも一二番になっていた。サブマネージャーに小林さんという人が就任したが、彼はそれまでカウンターを一時的に手伝っていた。社交さんに手を出したとかで、冷や飯を食っていたのがいきなりの抜擢だった。

さらに五月になると、わたしは一〇番以内となり後輩が続々入ってきた。その中には「この太陽」のマネージャーだった東郷さんとか、経験者も居た。東郷さんの年齢は見当がつかなかったが、三〇代後半に見えた。多くが自由業の腰掛けだったり、町のチンピラか遊び人がボーイをやっていたなかで本格的な職業人としてのキャバレーのボーイをはじめて見たような気がした。彼は仕事の仕方が普通のボーイと異なり、なにかあるとノートにつけたり、広くなんでも知りたがった。

キャバレーのマネージャーは、なんでも知っている必要があった。なぜなら高級店であればあるほど、それに相応しい客層が集まる。それなりの社会的地位の高い人が来る。するとそういう人たちと会話が出来ることが大切になる。よって経済から文化全般、芸術に至るまでだいたいの話題には乗ってゆくことが出来るように日常的に心掛ける必要があった。それは社交係を養成するときでも重要な要素になる。直接客と会話するのは社交さんたちで、その社交さんにいろいろと教えるのがマネージャーなので、知らないことはないといった状態でいなければならない。

東郷さんは知らぬ顔して、いろいろ研究していた。本も読んでいた。川端康成の「雪国」、エミリ・ブロンテの「嵐が丘」を読んでいた。その現場を見たわけではない。会話の中身からそのように想像できたのである。彼はわたしにはかなり積極的に接近してきた。わたしのもっているボキャブラリーから、しきりになにか吸収しようとしていた。楽団「シャルメーヌ」という新しい楽団がステージに登場すると、彼はさっそく近付いてきて「シャルメーヌってなんのことだ」と訊いた。たぶん女の名前だと思うと答えた。しかしわたしが何か教えるのはあまりないことで、ほとんどわたしが教えてもらっていた。マネージャーの世界が高級店ではつながっていて、小島マネージャーはその人事担当だということなど彼から教えてもらったことなのだ。

キャバレーのボーイ達は社会的には落ちこぼれ組が多く、ボキャブラリーが極端に貧しかった。会話はすこぶる貧弱で、直接的になる。それ故か、その後幾度も経験した舌禍事件は起こらなかった。相手に向かって激しい口調でなじるなどは普通のこと、それでいちいち事を起してはいられない。

東郷さんがわたしにしきりに接近してきたのは、ややましなボキャブラリーのもち主だったからだろう。もの凄い大入りで、超忙しくなったとき、パントリーで行き逢った東郷さんにわたしが言った。「これじゃ経営者は笑いが止まらないだろうな」この一言が大いに受けて、彼は高笑いしたのちに、この言葉を何かにつけて繰り返した。

キャバレーの商法のひとつに「パーティー」がある。クリスマスパーティーがその最大のもので、春の桜祭りがその次に大きい。パーティー券を売り、多くの客を集める。毎月パーティーはやっていたが、普通のパーティーでも普段の三割くらいお客は多かった。大きいパーティーになると、客の入りは二倍くらいに膨れ上がる。

パーティーっていったい何をやるのか。まず店内の飾りをそれらしくする。桜祭りなら、桜を飾り付けるし、クリスマスならそれらしい装飾を施す。客には付け髭とか、派手な紙の帽子とかを配って、気分を盛り上げる。フロアショーをいつもより充実させる。とそんなところだ。大いにお祭り気分を盛り上げて浮かれてもらうことになる。

フロアショーの時間は、九時と十時半の二回だった。普通はヌードダンサーが二人来て、それぞれソロを踊ったのち、二人でデュエットを踊って終わりとなる。出演する踊り子はだいたい決まっていて、この当時人気のあったダンサーに、新宿「フランス座」から来る西山陽子が居た。大柄な体、彫りの深い顔、妖艶な雰囲気を盛り上げるのが上手かった。使う曲は決まって「マカレナ・マンボ」である。その後この曲を聴くとどうしても西山陽子の妖艶な肢体を思い出してしまう。

パーティーのときはフロアショーに特別な演し物を用意する。軽業のようなものもあったし、女剣戟もあった。このフロアショーでゲストとして登場した歌手の田谷力三が忘れられない。ステージから身も軽く飛び降りて、フロアの真ん中に進んで、大きく両手を広げて「モン・パリ」を歌った。むろんマイクは使わない。豊かな声量が場内の隅々まで響き、凄い迫力だった。超満員の客席は酔い痴れたようになり、しばし拍手が鳴り止まなかった。このとき彼は、還暦近かったはずで、その身のこなしと声量の豊かさに、皆感激した。わたしは脚立に登って照明器具を操っていたのですべてをよく観ることが出来た。

照明はフロアの周囲に八機あって、それぞれにボーイが脚立に登って操作する。最初の慣れない時に一度脚立から落ちたことがある。ピンクとかブルーとかアンバーなどの色の中で、何を出すかの指示が中央から来る。それが一瞬で分からないことがあった。慣れてくればなんでもないことだが、初めはとまどったり慌てたりした。踊り子の体を半面からはピンクに照らし、もう半面からはブルーに照らすなどして、工夫していた。幻想的に綺麗に見えて、生々しい感じはあまりしなかった。

そうしたパーティーの最中のことだった。長谷川ボーイ長が近付いて来て耳元でささやいた。「あの客はカッペだからそのつもりで」見るとほぼ中央のテーブルに二人の男が居て、周りを珍しそうに見回していた。服装はごく普通、一見慣れていない感じがした。カッペとは田舎っぺの略で、この世界の初体験者のことをいう。誰だって初体験を過ぎて常連客になるのであって、初めから慣れている者は居ない。だいたいは友人か先輩に連れてこられるというのが多い。ところがパーティーの最中のようなときは、何も知らずに浮かれた気分で紛れ込んでくる客が居る。

たっぷり金を持っていれば何も問題はない。普通に扱って普通に帰せばいい。ところがキャバレー遊びをするには、懐具合がかなり足りない場合がある。この商売をしていると、不思議にひと目でこの客は幾らくらい持っているか分かるものだ。半年後にはわたしでも分かった。ドアーボーイなどやっていると特によく分かる。外の料金表に書いてある数字から、このくらいかと思って入って来ると大いに違ってしまう。あの当時、ビール二五〇円、オードブル二〇〇円と書いてあったけれど、席についたとたんに一〇〇〇円消える仕掛けになっていた。

こんなことは初めての客には分からない。こうした客が入ってきたときにはどうしていたか。そっと別メニューで彼等の懐の許すような料理と飲み物を出す。ベテランの社交係をつけて、それなりに遊ばせる。そしてこういう所での遊び方をなんとなく教える。恥をかかせないで、いい気持ちにして帰すことこそ肝要である。そしてまた遊びに来てくれるように仕向ける。また来てだんだんと遊び慣れてくれれば勿怪の幸いである。このやり方はなかなかのものではないだろうか。暴力で巻き上げるなどもってのほか、水商売の風上にもおけない。さすがカサブランカの商法は、納得させるものがあった。

いっぽう客の中にも剛の者が居た。ホステスが指名を欲しいばかりに、飲み代を負担することがある。それに付けこんで只飲みを目論む者が居たのだ。社交さんの上位の人は、世間でよく言われるように必ずしも美人とは限らない。容貌はほどほど、年齢もそれほど若くもないといった人がナンバーワンのクラスに多かった。客の接し方、会話の巧拙、雰囲気といったものが大きい要素になる。

年の暮れに食い詰めて、汚い恰好でやってきた女が、翌年の春過ぎにはナンバーワンの仲間入りをしたケースがあった。こればかりは何が決め手なのかなど誰にも分からない。人が一〇〇人居れば、一〇〇通りのキャラクターがあり、その相性はまたさらに複雑になる。まして男女の遊びともなれば尚更だろう。

その頃盛んだったジャズを聴きに新宿にオープンしたばかりのコマ劇場に行ったことがある。「ジャズは回る」というタイトルで、人気ジャズメンを一同に集めての演奏会である。山本紫朗構成演出による本格的なジャズ・コンサートだった。

ジョージ川口とビッグ・フォア、渡辺晋とシックス・ジョーンズ、小原重徳とブルーコーツ、鈴木章治とリズム・エース、堀威夫とスウィング・ウエストといった当時人気の楽団が勢揃いしていた。なかにまだ無名だったハナ肇とクレージーキャッツが出てきて、なんというへんてこりんなバンドが出てきたものだろうと思った。歌手達も豊富で、ビンボー・ダナオ、笈田敏夫、旗照夫、ペギー・葉山、宝とも子といった面々である。ピックアップメンバーによるオールスターズには、サックスの与田輝雄、松本英彦、トロンボーンには谷啓が選ばれていた。

街中を歩いていると、堅気だったときと水商売人となったときでは、気分に違いがあった。ある一線を越えてしまった心地よさのようなものがあった。世の中全体にザマアミロと言いたいような、何かに復讐したような気分である。この当時サングラスをして街中を歩くというのはやくざしかいない。街のチンピラがその真似をしても、だいたいは暴力の餌食になるのが関の山だった。そうならないで、堂々とサングラスで押し通すというのは勇気の要ることだ。よって野坂昭如、野末珍平にはそれなりの覚悟の勇気ある行動だったし、その意気や多とすべきものだったと思う。

センターベンツの背広もやくざの着るものであって、ボーイ達も着ていなかった。色のついたワイシャツも同様である。これらはその数年後にはたちまち多くの人が着るようになり、普通のファッションになってしまう。

しかしそんな状況のときに、街の中のどんな辻にも平気で行くことが出来る、昼間からぶらぶら出来るというのも悪いものではない。五反田ではどこへでも入り込むことが出来、やくざ達と顔なじみで目礼しながら通り過ぎることが出来るのを楽しんでいた。まして色つきのシャツ、サングラスでもして歩くときの気分は格別なものがあった。ある種の遣る瀬無さがニヒルな気分を醸し、無用者意識と相まって、複雑な心地よさを味わっていた。

やがて秋が深まるころ、わたしは以前カサブランカに居たボーイ仲間の一人からの誘いでほかの店に異動した。待遇のこともあったが、カサブランカでの人間関係に嫌気がさしていたこともある。「せめてクリスマスパーティーまで居てくれよ」と長谷川ボーイ長から言われた。また東郷さんからは「これからも一緒にやろうよ」と言われつつ退職していった。

2、クラブ・ラミにて

ナイトクラブというところ

あるときカサブランカで先輩のボーイだった木村さんから連絡が来た。渋谷のクラブに勤めているから、一緒に働かないかという誘いだ。さっそく渋谷の店を訪ねると、木村さんはぐっと落ち着いて大人の雰囲気になっていた。上京したばかりで泥臭かったカサブランカ時代からみると、どこか垢抜けて都会風になり、余裕すら感じさせた。それは店の雰囲気によるところも多分にあったようだ。

宮益坂から少し入ったところの、大邸宅が並ぶ住宅街の一角にその店はあった。広い道路にほとんど車は来ないし、人通りもない。ひっそりと静まり返ったお屋敷の並ぶ中に、「クラブ・ラミ」という青いネオンが出ている瀟洒な邸宅があった。門を過ぎて敷石の通りに折れ曲がって歩くと、玄関ドアーがあって近付くと中から開けてくれる。ほの暗いシャンデリアが下がる玄関ホールの奥にクローク、脇に応接間様式の控え室がある。そこには店の持ち主、出番を待つミュージシャンたちが寛いでいる。豪華なカーテンを押してホールに入ると、ボックス席が一五テーブルほど、右手にカウンター、正面にステージがあった。

木村さんがわたしのことを覚えてくれていて、推薦してくれたことがなんといっても嬉しかった。すぐにそこのメンバーに加わった。ボーイは木村さんと元カサブランカに居た斎藤さんとわたしの三人だけ、バーテンダーが一人、バーテンダー見習いが一人、マネージャーが一人、会計担当の女性が一人、それがスタッフのすべてである。ホステスは居ない。規模は小さいながらも本格的なナイトクラブを目指したものである。いわば経営者の趣味的な要素があったらしい。

客は基本的に男女のペアーで来て、ダンスと会話を楽しむ。高級な洋酒と一流の生演奏を提供するという主旨だ。高級住宅街にある高級クラブ、こんなところへ来るお客はごく少ない。一晩にせいぜい二〇組くらいのものだ。

夕方出勤すると、掃除をして店に客を迎えられるように整える。その後はみんなで夕食をとる。食事は朝も出たがすべて無料で出された。マネージャーが作ってくれたもので、内容は上等で味も最良といえた。マネージャーの大山さんは「日本バーテンダー協会（ＪＢＬ）」の参事の地位にあり、日本におけるバーテンダーの草分けの一人である。料理人としても本職で、こうした商売の万般に通じていた。酒のつまみ類でもサンドイッチでも何でも作った。ご親切にもわれわれの食事まで作ってくれたのだ。

八時過ぎに白いコートに着替えて、店をオープンする。三人のボーイは、ドアーとクロークとホールに一人ずつが交代でついた。といっても客が来るのは九時過ぎからぽつぽつと来て、ややまとまって来るのは一二時を過ぎてからだ。一五テーブルのうち、八テーブルも埋ればいいほうである。客筋はほとんどが常連で、芸能人と外国人が多かった。ボーイとしてホールに立つのは二時間程度、その他は椅子に腰をおろしている。こんなにのんびりして楽なところは他にないだろうと思った。固定給七五〇〇円、チップが入って一万円を超えた。

よくやってくる常連の中には、小坂一也、神戸一郎、丹下キヨ子、有馬稲子、山村總、宝田明、秋満義隆、中嶋惇、宮城まり子、吉行淳之介、津川雅彦、フランク永井、新倉美子、松田和子といった面々が居た。スポーツマンでは長嶋、水原、稲尾、若乃花、力道山、といったところ。外国人は結構多かったが、英語で困ることはなかった。まずドアーに立つとき、先輩の斎藤さんが教えてくれた。「いらっしゃいませは、グリビンと言う」そこですぐにその通りに「グリビン」と言って外国人客を迎えた。何人かそうしているうちに、中には向こうからも「グリビン」と返してくる。その発音がこちらと少し違うのだ。何回かそんなことを繰り返しているうちに、はっと気付いた。「グリビン」は「グッド・イブニング」のことだと。

またホールに立つとき斎藤さんが教えてくれた。「水のことはワラと言う。ワラと言われてストローを持っていった奴が居たけれど、水のことをワラと言うんだ」「ジョンコリンズはジャンカラン、トムコリンズはタンカランと言う」「オンザロックはスラックス、二〇はトニーだ」こんな調子で英語が通じたのだから面白い。外国人たちは、みな超一級の服装でご婦人を伴ってやってくるから、よほど地位が高いかと思うとそうでもないらしかった。何故なら、しゃべるのは達者でも、書くことができる者は稀だった。

すぐ近くにメキシコ大使館があって、そこのパーティーが済むと主だったお客を引き連れてメキシコ大使の一行がやってきた。「クラブ・ラミ」へ来る客の中で、いい男が多い中でもこのメキシコ大使が飛び抜けてダンディだった。黒のタキシードに白バラを胸につけて、色白の顔は端正に引き締まり、姿勢のよさと体格の隙のなさはまさに絶品である。ところが彼は女性には興味がなかった。とかく多いゲイの一人だったのである。大使としては珍しいのであろうが、芸能界とか水商売のような裏社会には、世間で想像する以上にゲイが多い。とにかくゲイだらけといえるくらい多かった。

客が入ってくると、照明を暗くしてピアノ演奏が始まる。ピアノが二〇分演奏するとトリオと交代する。トリオは四〇分演奏した。浅原哲夫のベース、乾信夫のピアノ、鈴木安章のギターというトリオで、その当時ではより抜きのメンバーである。ラジオ出演も時々していたし、玄人受けする高度な演奏はこの店の売り物になっていた。専属歌手としてミラクルヴォイスとして売込み中の牧野義雄が居て、「彼奴」とか「陽子さん」といった持ち歌を歌う。この歌は彼の友達でもあり、この店にもよくやってきた秋満義隆の作、粋で軽くて心地よいムードを醸し出す。

三月半ば過ぎにこのトリオに異変が起きた。ピアノの乾が突如として他のバンドに引き抜かれてしまったのだ。乾はワンちゃんの異名で親しまれるお人好しで、多分に女性的なところがある。女言葉で話す典型的なゲイだ。服装の凝り方は並大抵ではなく、個性的なファッションには見応えがあった。「池田操とリズムキング」というフルバンドがあって、その一員となって赤坂の高級ナイトクラブ「銀馬車」へ行って演奏していることが判明した。池田操とリズムキングは、ワンちゃんをメンバーに加えることを条件に「エリーゼ」から「銀馬車」への進出を果たしたのである。

「銀馬車」からの生中継で、ラジオ放送がさっそく組まれた。この演奏を聴くと、ワンちゃんのピアノをフィーチャーし、ピアノを引き立たせるための演奏のようだった。これが期待以上に素晴らしい出来で、甘さとどこかに憂いを含んだ陰影のあるサウンド、それは今も耳の底に残っている。特にこの晩の演奏は乗りに乗って、滅多に聴けない名演だったと思う。

トリオにはなんの事前連絡もなければ相談もなかったから、大騒ぎになった。ギターの鈴木ポンちゃんが、電話でワンちゃんを呼び出してはしきりに戻るように説得する。決して荒声を出すようなことはなかったものの、怒り心頭に発していることは傍目にもはっきりと分かった。安藤組の用心棒としてこの店に詰めていた霧島が、「池チン（池田操）もとんでもねえ奴だ」と息巻いた。

その騒ぎの最中でも客は来る。ソロピアノのジョージ・サワノがずっと演奏し続けで、気の毒なことになった。仕方なくそれにギターとベースが加わって、にわかトリオの演奏なども行ったけれど、当然ながらアンサンブルが取れない。演奏スタイルも実力も違い過ぎた。その後どのような折衝があったのか、数日後にはワンちゃんが復帰してきた。何事もなかったように演奏していた。しかしそれは一時的で、その後「リズムキング」に正式に行くことになる。

最後のトリオの演奏には鬼気迫るほどに素晴らしいものがあった。ワンちゃんのピアノは冴えに冴え、あるときは甘く、あるときは憂鬱に、麻薬に酔ったような気分にさせるのであった。一瞬どこか遠くに行ってしまったような幻想を抱かせ、あたかも異次元に居るように錯覚させた。不思議な演奏だった。ベースの響き、ギターの底深いサウンドとともに、大きなステージでは味わえない、夜のクラブでの数人だけが共有できる夢の瞬間だった。

ソロピアノを演奏していたジョージ・サワノはまだ二〇代とおぼしく、均整の取れた長身、色白の甘いマスク、育ちのいいお坊ちゃまという雰囲気をもっていた。まだこの店に入りたてのころ、パントリーで洗いものをしていたら、「お湯を使えばいいじゃないの」とさっと器にお湯を注いでくれて、水をやかんに汲むとガスに掛けてくれた。三月の午前三時の水道水は、痛いような冷たさである。そのお湯の温かさは、心まで温かくしてくれた。

言葉が女言葉だったがゲイだったわけではない。彼は外交官の息子で主にフィリピンで育った。英語はもとよりロシア語・中国語にも堪能で、そのほか各国語に通じていた。日本語は日本に来る直前母に教わったので、女言葉になったという。子供の頃からいろいろな国の人と話し、言葉には不自由しないで育った。しかし、母国語が確立しないうちに外国語を混ぜて覚えると、頭脳の発達に問題を生ずるという説がある。ものを考えるのは言葉で考える、このときいろいろな言語体系をもちすぎると考える力がつかなくなるというのだ。

この説の当否はともかく、ジョージの学力には問題があった。まず天体が太陽を中心として動いていることを理解せず、小学校低学年程度の学力なのだ。書くことはひらがなも書けない。どこまでも人柄はよく恰幅もいいし、おしゃべりは達者だったので付き合ってみなければ分からない。この世界では、このような人は意外と多かった。一般社会では通用しない人物が寄り集まるところ、それが水商売とか芸能界、ミュージシャンの世界なのだ。

肝心のピアノは、ポツンポツンと鳴っているといった感じで、迫力など微塵もなかった。クラブの飾り程度のものといっては言い過ぎかも知れないが、みながそう見ていた。しかしあるとき、彼が弾き語りで唄いだしたとき、不思議な感覚に打たれた。孤独感のようなものがそこはかとなくにじみ出て、日本人離れしたスケールの大きさがあった。ときどき唄ったが、スローバラードが得意で「いつかどこかで」などは他では聴けない独特の味があった。

午前三時に店がはねると、裏のパントリーに行って朝食をとる。簡単なものではあったが、贅沢な内容だ。一番電車が出るまでおしゃべりをして過ごした。ＪＲ（当時は国電）の一番が出るのが四時半頃、東急玉川線が出るのが五時で、それで帰るとまだ暗く、うちに帰って寝床で朝の牛乳配達の牛乳瓶が触れ合う音を聞きながら寝入るという毎日である。

店の人たち

店のカウンターの脇に上品な鏡がかけてあって、それは日展に出品されたものと教えられた。さりげなくこんなものが掛けてあるのがこの店の品のよさを象徴している。画家の木村さんがあるとき、その鏡の彫刻の芸術性について専門的な解説をしてくれた。

最古参の斎藤さんは、速記者を目指していてその練習を熱心にやっていた。バーテンは株に懲り、毎晩日経新聞を見ていた。あるときその株式欄を見せながら言った。「いま造船株を見ると、ホラ三〇円から四〇円くらいだろ。君が大学を卒業するときちょっと覗いてみろ。きっと二倍から三倍くらいに騰がっている」。彼と斎藤さんとは、この店の裏の一部屋にベッドを設けてそこで寝起きしていた。食事つき寝床つきで月給を貰っていたことになる。

マネージャーの大山さんは、白髪に茶の背広が似合う上品な紳士だ。この人には毎晩いろいろなことを教えてもらった。クロークに入って腰掛けているとその側に来ていつも話し込んだ。洋酒の基礎的な知識はほとんどここで仕入れた。洋酒は醸造酒・蒸留酒・混成酒と三つに分類されている、というところから始まり、まさに洋酒教室のようだ。

コニャックとブランデーは違う酒だと思っている人が多いけれど、コニャックはブランデーそのもの、コニャック地方で造られたものを総称している。日本酒の「灘」という言い方と同じだ。「ヘネシー」とか「マルテル」というのは会社の名前、いずれもコニャックを代表する銘酒である。この等級を表すのに、VSOPというように英語が使われるのには、歴史的事情がある。初期においてもっぱら輸出用で、特にアメリカ人が好んだので、英語表示になった。と、こんな話が毎晩聞かれた。この種の話は限りなくあるけれど、もっとも参考になったのは、次のような話である。

酒というものは、歴史の古い国しかいいものがない。それも高い文化をもちつづけた国に限る。フランス（ワイン・ブランデー）、イタリー（リキュール）、ドイツ（ワイン・ビール）、イギリス（ウイスキー）、中国、日本、それぞれにいい酒を育ててきた。アメリカにはいい酒がない。歴史のない国だからだ。歴史が長くても高い文化をもち続けていないとやはりいい酒がない。

酒の話はいつの間にか世界史になり、文化論にまでなってゆく。アルコールというものはあらゆるものから取れるけれど、一番いいのは葡萄から取ったアルコールだ。馬乳酒とか、テキーラのようにサボテンから取ったアルコールというのは、質が悪いのでいい酒にはなりえない。

また愚痴も聞かれた。あのバーテンは掃除が嫌いで困る。掃除は大切なんだよ。客商売だから綺麗にしておく、これは当然のことだ。しかし掃除をするということはそれ以上に大切な意味がある。台に並べた洋酒の瓶をひとつひとつ手にとって丁寧に拭くことによって、その瓶の在り処をいつも頭に入れておくということだ。酒の注文が出たとき、さっとその酒に手が行くようでなければならない。酒が底をついているようなことがあってはならないから、その点検の意味もある。

この言葉には感心してしまった。大切な心得はバーテンダーにだけあるのではない。われわれの日常でもこのことは十分に当てはまる。いつも身辺を整理整頓するということは、物の置き場所と数量を確認する作業なのだ。生活の能率に欠かせぬことだろう。大山さんがいみじくも言ったように、これは頭の整理にもなるのだ。頭の中の交通整理ができているということは、すっきりとした頭でいられるということにもつながる。洗濯したり、掃除をしたり、片付けものをしたりすると、気分が晴れやかになるという生活技術を学んだのだから有難かった。

たまたまバーテンが休みをとって、大山さんが代わりを務めることがある。流石にカウンターの中での動きのひとつひとつに、ある美しさがあり、渋さがあり、芸術的といいたいほどの見事さがあった。

三月のある日、有馬稲子さんがやってきて、ここは雰囲気がいいから誕生会をやりたいという。すぐに大山さんのところに行ってその旨伝えた。大山さんはその席に行って話し込んでから戻ってきた。「断っちゃったよ」と耳もとでささやいた。有馬稲子さんは当時「にんじんクラブ」とかに所属して人気絶頂のときであったが、どういう訳かよくこの店に来て、来ると必ずわたしになにやら話し掛けてきた。

「ここのマネージャーは霧島さん？」用心棒の霧島をマネージャーだと思っていたのだ。ホールに立っていると、背後から近寄ってきて肩に指で触れてから、なにかひとこと言ってゆく。数日後に、十人くらいの若者を引き連れて店に来た。誕生会の二次会をしに来たのだ。華やかにシャンパンが抜かれ、歓談してから一時間くらいで引き上げた。会計伝票を持ってゆくと、一万円札を二枚出した。釣りの四〇〇〇円余を持ってゆくと二〇〇〇円だけとって後はチップとしてくれた。

このころは一万円札が発行されたばかりで、一般にはほとんど出回っていなかった。この店に来てはじめて見たり触ったりできた。そのとき二〇〇〇円余のチップを貰うというのは破格のことで、後にも先にもこんなことはなかった。このようにホールの中で貰ったチップは、カウンターに預け、後でみなで分けるしきたりだった。そのほうが公平でいいとされていた。

近くの劇団の卒業式の流れで、河内桃子の一行が来たこともあった。

安藤組の幹部たち

「クラブ・ラミ」の数軒先に、渋谷を仕切っている「安藤組」の本部があった。安藤組の幹部たちがこの店を休息所にしたり、連絡所にしたり、客との懇談の場にしたり、毎日誰かしらやってきた。この頃は折しも、親分・安藤昇が当時「東洋郵船」社長だった横井英樹をピストルで狙撃して収監中だった。しかも全国的にやくざ組織が大きく入れ替わる時期が到来していた。それぞれがひとつの地域に縄張りを持つ組織が、もっと大きい組織に飲み込まれつつあった。いわば山口組の全国制覇の波が押し寄せていたのである。

安藤組の親分の留守を預かる幹部が、二派に分かれて対立を深めつつあった。いっぽうの旗頭は花田英二である。花田は一八〇センチ九十キロといった感じの巨漢で、穏やかな印象の男だ。カッターシャツに上着を着て、洒落っ気はなく、工事現場の監督といった恰好である。人が自然と周囲に集まる雰囲気をもっていた。次期親分はこの花田英二で決まりという風に見えた。

花田はいつもラミの一番後ろの席に陣取り、「ビール！」と命じた。客が混んでくると、玄関脇の控え室に移動するという気配りを見せた。しばしば彼の席に誰かが同席して、ひそひそと話しこんだ。あるとき、ジャンパーを着てハンチングを深々と被った大柄の男が来ると、彼と同席した。ハンチングを脱ぐと、なんと中は大たぶさで当時人気絶頂の横綱若乃花（初代）だった。なにやら親しげに話しこみ、体つきも顔つきまでがよく似ているように見えた。若乃花の本名は花田勝二、花田英二と名前までが似ており、親戚か兄弟かとにかく血のつながりのある関係ではないかと思われていた。キャンドルの灯りを半面に受けた若乃花の横顔には、恐ろしいばかりの凄みと貫禄があった。

若乃花は、これも当時人気絶頂の力道山と一緒に現れることもあって、迫力があった。こうした人気商売というのは、やくざに近いところがある。よくこの店に来る歌手とか映画俳優たちも、やくざとの関係は普通人よりはるかに近い。とりわけ力道山は、渋谷に「リキスポーツパレス」を経営していて、安藤組との関係は深かったと思われる。やがて力道山は赤坂のナイトクラブで刺されて命を落とすことになる。このとき誰しもこの組の抗争の一場面に見えただろう。結局この事件の真相は謎ということで不問に付された。赤坂のナイトクラブで凶刃に倒れたのは、一九六三年一二月八日、享年三八であった。

花田と並ぶ幹部に、花形敬という男が居た。花形敬は、いつも極上の背広に身を包み、背は高いがやせぎすの身体と、恐ろしいほどニヒルな顔をしていた。笑い顔は見たことがない。とにかく恐いのだ、いきなりピストルをぶっ放しかねない雰囲気をもっていた。人の額にくっつくように上目遣いに顔を近付けて話し掛けてくると、背広の内ポケットに収めたブロウニングが見えて、それはただならぬ恐さがあった。

花形敬は、じつのところわたしが八幡山から千歳船橋に住んでいたころ、何度か見かけたことがあった。彼は土地の有名な暴れん坊だったのだ。花形は大きな屋敷を構えた地元の有力者の倅で、わたしより六歳年長、経堂小学校の先輩ということになる。とんでもなく喧嘩が強く、みなに恐れられていた。その花形がこうして安藤組の幹部になっていたのを、一〇年ぶりくらいでめぐり会うとは奇遇としか言いようがない。久しぶりに見る花形は以前の面影はなく、驚くほどの変貌振りを見せていた。しかし毎晩顔を合わせているうちに、昔の彼と本質的に同じものをもっていることに気付いた。

一般に不良といわれる青少年は、年端もいかないのにタバコを吸ったり飲酒したり、一足お先に大人になってしまった状態と見ることもできる。よってその多くは大人になれば普通の人になってしまう。ところが不良青年からやくざに成長するのは、人一倍その度合いが強いこともあるが、基本的にはもっているエスプリの差だと思う。膂力《りょりょく》、胆力が人一倍勝れていることはもとより、迸《ほとばし》り出るエネルギーの量が並大抵ではない者がやくざ社会に到達するようだ。

花田、花形、小笠原、石井、西原、霧島その他幹部の多くは人一倍エスプリがあふれ、行動力・精神力が並外れている。唯々諾々と人の後ろに従うような者は居ない。事業などやらせれば相当な力を発揮するであろうと思わせる何かをもっていた。花形は早い段階で大人の仲間入りをしてしまったが、こうして押しも押されもせぬ一人前のやくざになってみると、ある面では子供のときと変わっていないところが見て取れた。具体的には指摘しづらいけれど、あの子供時代に見せた素顔がそのまま残っているように見えた。

花形は暴れに暴れたすえに、数年後に凶刃に倒れた。その後彼の育った経堂に行ったとき、経堂駅近くの寺の墓所に彼の墓を詣でたことがある。墓石の裏に回ってみると次のように彫られていた。「昭和三八年九月二七日　行年三十三歳　昭和三九年九月建之　施主　小池光男　安藤昇　友人一同」

この幹部達に、毎晩接しているうちにしだいに慣れていった。さっとそばに来ると、何か伝言を頼み、またそれを聞きに来る。「誰それがきたら、自分はどこそこの旅館にいると伝えろ」とか「一時間後にここへ来ると伝えろ」といった内容が多かった。次第にそれがわたしに集中するようになっていった。彼等の信頼を得たというか、好かれたというか、彼等の言葉でいえば「うまがあった」のであろうか。

あるとき、仕事が午前三時に終わって軽食をとり、朝の一番電車が出るのを待っているのがつらくなってそのことを訴えた。そのころ昼間は大学の授業もあり、また社会運動にも加わっていて、疲れが限界に来ていた。すると用心棒の霧島があっさりと「おれの寝床に寝てゆけよ」と言ってくれた。わたしは彼のベッドにもぐり込むとそのまま昼近くまで寝入ってしまった。そのくらいまで親しくなっていたのである。

霧島慶二は前科四犯、二六歳くらいか。恋人は日英混血の美人だ。ラミの用心棒をやっていた関係で、彼からいろいろと教えてもらったことは多い。やくざというのは博打うちである。博打では一晩で一〇〇万円動くと教えてくれた。彼等は博打が本職で、その腕の凄さは見た人でなければ分からない。トランプでもひょっと触っただけで、上から五枚くらいは分かってしまう。どういう仕掛けで分かるのか見当がつかない。テーブルの上に腕時計を置いて、その上をトランプのカードを走らせただけで当ててしまう。訓練というものは恐ろしいものだ。こんな連中を相手に博打をやって勝てるわけがない。

他流試合というのも、ときにはやることがあったという。イタリアからやくざがやってきて、トランプの勝負をしたが日本側はまったく歯が立たなかった。どういうことになっているのか誰にも見破れなかったという。水準の高さはヨーロッパの方がはるかに上だということだ。

彼等やくざがタクシーでどこかへ行く。その代金は払わない。電車に乗るときも払わない。改札に人が立っていた頃のことだから、その人がなんとも言わなければ通り過ぎてゆける。また車内に「乗車券拝見」と検札が来る。このときも同じで、検札の係員が見逃してくれれば平気で居られる。映画館、飲み屋は言うに及ばず、じつはすべてその手で通用していたのだ。鉄道、タクシーなどの人から見れば、やくざはひと目で見分けられる。やくざには逆らわないというのが彼等の鉄則なのだ。やくざ相手に逆らって事を起こすくらい厄介で、何も得るもののない所業はない。臭いものには蓋をしておけ、これに限るのだ。善良な乗客には怖い検札員も、やくざにはまったく手が出せなかった。

あるとき実験してみる気になった。わたしはやくざたちとの付き合いから、自然とその影響を受ける。ちょっとした仕種とか、言葉遣い態度にその兆候が現れる。自分では気付かなかったが、あるとき陶芸家と街を歩いていて、あなたは恐いといわれた。やくざ風の雰囲気を嗅ぎ取ったのだろうと思った。電車に乗って、検札が来たとき知らぬ振りしていたらどうなるだろう？　これを実行してみた。

二人の検札員が近付いてきても、そのまま知らぬ顔して立っていた。その当時はいつもサングラスをかけていた。しかしそれ以外は特別変わった服装はしていなかった。近付いた検札員をまったく無視するように立っていると、何もいわずに傍を通り過ぎていってしまった。二人の検札員がともに同じだったのだ。彼等には堅気に見えなかったということになる。といってその後いつもただ乗りしたわけではない。そのとき実験しただけだ。そんなことを面白半分でも繰り返していたら、たちまちその癖がついて、ろくなことにならない。ほんとうにやくざな人間になってしまいかねない。自粛しなければならないと自分に言いきかせた。やむを得ず窮した時、ただ乗りをしたこともあったが、とがめられたことは一度もない。ただ後味はよくなかった。

親しく付き合った彼等のほとんどは、凶弾ないし凶刃の餌食となっていった。もっとも人望の厚かった花田でさえ、翌年のこと百軒店のバーで何者かに背後から撃たれて落命している。そうした抗争の現場を見たことはない。わたしの居たラミの中は、彼等にとって少し安堵して過ごせる場所だった。わたし達の前を通り過ぎていったその横顔には、まさに抗争の真っ只中に居て明日をも知れぬところに居るという緊張感を漂わせていた。彼等が死のすぐ近くに居ることはみな意識していた。その緊張感は嫌でも伝わってきた。その日その日が生きていることの証のような毎日だったようだ。その生き様にはある種の美しさがあったことは確かだ。

五年後の昭和三八年（一九六三年）の春、親分の安藤昇が出所してきたときは、迎える目ぼしい子分もなく、安藤組そのものさえ雲散霧消していた。仕方なく彼は自伝を書き、それが映画化されると、自ら出演した。

わたしが入って半年あまりで、「クラブ・ラミ」は閉店になってしまった。「深夜営業禁止法」が施行され、午前零時過ぎの営業が出来ないようになってしまったのが直接の理由だった。とはいえ、なんとかやってゆく手立てはいろいろとあった。しかしこの店の経営者は趣味的にやっていただけに、無理して続ける気にはなれなかったようだ。

浅原哲夫とそのトリオはこのときを最後として解散した。ピアノの乾信夫は正式に池田操とリズム・キングの一員となった。このころはジャズも次第に下火になりつつあり、ロックがその主役の座を奪いつつあった。タンゴ、シャンソンもまだやってはいたものの、しだいに客が少なくなっていった。若い人たちよりも年配者で客席が埋まるようになって、明らかに退潮を示しつつあった。とはいえ銀座のシャンソン喫茶「ブーケ」、タンゴバンドが常時出演していた新宿の「ラ・セーヌ」などはまだ賑わっていた。早川真平とオルケスタ・ティピカ東京、藤沢嵐子、原孝太郎と東京六重奏団、北村維章とそのアンサンブル、小海智子、といった人たちを目の前で観ることが出来た。戦後の復興は目覚ましく、高度成長が本格化して、ここまで余裕のある生活を楽しむ時代になっていたのである。クラブ・ラミという存在自体が、戦後の平和が生み出した贅沢の一つの到達点だったように思う。

同伴で楽しむナイトクラブという形態は、この頃を最後にしだいに廃っていった。この店もほとんど採算が取れていなかったのではないかと思う。経営者の趣味的な要素が多かった。

いわばそれだけ社会に余裕があった。この一時的に訪れた余裕ある時代も、そう長くは続かなかったのである。同時にカサブランカのようなグランドキャバレーもしだいに廃っていった。もう少し規模が小さく、生演奏もフロアショーもない、ホステスが客をもてなすだけという店が主流になってきて、いまのキャバクラという形が一般化していく。

大学・松川裁判・疾走の果てに

法政大学文学部へ入学

二月の初め、わたしはどうしようかと途方にくれた。水商売の世界にある種の限界を感じつつあった。二一歳になっていたわたしは、こうして相変わらず何の希望もなくじっと一人で佇んでいる自分を発見するばかりなのだ。こうなったら一番やりたいことをやろうと決意した。一番やりたいこと、それはなんだろう。ひとつひとつ消去していって、けっきょく残るところ「文学」ということになった。そうだひとつ思い切って大学の文学部で勉強してみよう、それしかない、とにかくやるだけだと思った。

その前年に『指導者―この人々を見よ』という本がカッパブックスから出て、たいへん感激して読んだ。著者は本田顕彰という法政大学の教授で、戦争中の軍部に屈した学者文化人の姿を赤裸々に描いていた。当時大きな話題になったものである。永福町の印刷屋の寺野先生もこの本を読んでいて、かなりその事情を詳しく話してくれた。寺野氏は戦後しばらく法政大学の聴講生として、文学部に通学した経験があり、ここに登場する教授達をよく知っていた。

それ故に、法政大学の文学部の教授陣に大いに親しみをもつことが出来たと思う。哲学者の谷川徹三をはじめ、国文学の近藤忠義、西尾実、小田切秀雄、心理学の乾孝、といった人たちに一度直接講義を受けてみたいと思っていた。その可能性が出てきたことに、心躍るものが湧いてきた。それだけの蓄えも出来ていたのだ。夜は水商売、昼間は大学ということも可能だとすぐに気が付いた。

調べてみると、法政大学は他の大学より学費が格段に安かった。これならなんとか行けそうだと目途がついた。大学へ行くなら昼間の大学へ行きたかった。夜学はもう沢山だと思っていた。夜学生というものの限界を知っているだけに、それをどうしても避けたかった。夜学生は真面目だし、貧困だから共感できる相手も多い。しかしその小さく固まってしまっていることに不満があった。夢がない、大きく飛躍出来ない、大きな発想をもてない、早くから苦労した人に通有なこうした人間の小ささのなかに自分を置きたくなかった。昼間の大学へ行っても、アルバイトとか夜の仕事で、生活費と学費はなんとかなるだろうと思った。

そうと決めたら受験勉強をしなければならない。あと一か月、一所懸命にやってみようと思った。英語をしっかりやる、社会科は日本史をやろう、国語は古文が決め手だからそれに心血を注ごうと思った。古書店の三茶書房に行って、それらをまとめて買ってきた。日本史の通史を何度も読むことにし、古文も毎日やろうと思った。その頃まだ発売されたばかりの岩波の古典文学大系の『源氏物語』第一巻を手にとって見ると、その読み易さに新鮮さを感じ、ただちに買った。

二月の一か月間、家にこもってひたすら受験勉強に明け暮れた。はじめて体験する勤めからの解放、どこにも行かなくてよい生活を心行くまで味わった。小学校時代から働きつづけてきた。その労働から初めて自由になったのだ。それは本当に貴重な一か月だった。勉強にだけ打ち込む生活がこんなにも楽しいとは想像もしていなかった。こんな日々が訪れたことを感謝したかった。

そのとき読んだ『源氏物語』の一行一行がなんと輝いて見えたことか。素晴らしい言葉の連続に酔ったようになった。日本史の展開の面白さにもただ驚きと新鮮さがあった。英語の勉強もなかなか楽しいものがあったし、単語が連なってひとつの文章に仕上がってゆく体系というものに、ある美しさがあると思った。

四畳半の部屋にいつも食事に使っているテーブルを出して、その上に唐草模様の風呂敷を敷いて、手元に手あぶりを置いて一日座っていた。そのときの雰囲気、部屋の様子など今でも目に浮かぶ。充実した緊張感に満ちた、心から満足できる一か月だった。こんな日々はこの一か月を除いて、それ以前はもとより、その後においても定年退職するまで来ることはなかった。

この年私学の多くが学費を値上げした中で、法政大学は据え置きになったので、他の大学との学費の差がさらに大きくなった。このこと自体は有り難いことだったが、このため例年より受験生が多くなって受験倍率が高くなった。この点は心穏やかではなかった。三月に入学願書を出しに市ヶ谷へ行った。市ヶ谷の駅から小高い公園ふうの道を歩いてゆくと、眺望が開けて眼下には外堀の流れと国鉄の線路が続いていた。外堀には釣り人が糸を垂れ、ボートが数隻浮かんでいた。対岸には東京理科大学の校舎が見えて、丘の上は家々の軒が連なって見えた。顔に当たる風が春めいていい気持ちだった。

入学試験は三月半ば頃で、今と違ってかなり遅い。午前中にやった国語と日本史は意外とよく出来て、これならいけそうだと思えた。特に国語はほとんどの問題が古文で、なんとかなったと思う。日本史はすべて解答できた。午後の英語は試験時間も長く、なんといってもこれが成否を分ける重要科目だとひしひしと感じた。しかしこれがなかなか難しく、贔屓目《ひいきめ》に見てもやっと半分出来たかなといった手ごたえだった。

それからたぶん一〇日くらい後だったと思う。試験の結果を見に行った。合格発表は武蔵小杉の教養部の校舎で行われた。たぶんダメだろうと半分諦めて、念のために見に行ったようなものだったが、合格者の中に自分の名前を発見して意外な感じがした。ここで飛び上がらんばかりに嬉しくなってもよさそうなものなのに、急に不愉快な気分がこみあげてきた。どうしてか分からない。イヤーな気分に襲われてその気分はその日ばかりかしばらく続いて憂鬱極まりなかった。素直に喜ぶことが出来ない性格、これは不幸なものにちがいない。その後このことはしばしば意識することになる。そのときの不快な気分はその中でも格別なものがあった。

四月の入学式は、武蔵小杉の体育館で行われた。入学生全員を一堂に集めて行う会場がなく、いくつかに分けて挙行されていた。われわれ文学部は法学部と一緒に入学式に臨んだ。総長は経済学者の大内兵衛で、その挨拶はあまり冴えなかった。文学部長の重友毅の挨拶はさらに冴えなかった。法学部長の安井郁の演説が迫力満点で、感激した。当時安井郁は原水協の委員長で、世界平和を訴える演説には力がこもっていた。

彼等が演壇を下りて引き上げてゆくとき、大内兵衛は新入生達を見回しながら歩いてきた。すぐ側に来たとき眼が合って、その優しそうな笑みを含んだ相貌に親しみを感じた。

その後にクラス担任が紹介された。文学部日本文学科は二クラスに分けられ、その担任は心理学者・乾孝と国文学者・広末保だった。両者ともに有名人である。乾孝の挨拶が飛び抜けて面白くみな笑い転げた。その後教養科目で取った心理学の講義でも、その可笑しさは変わらなかった。普通の大学では「国文科」と呼んでいる科を、法政では「日本文学科」と称していた。その新鮮な響きに好感と誇りがもてた。

式典を終えて中庭に出てくると、そこはお祭り騒ぎになっていた。部活動に参加させようと、各部の出店のようなものが出来て、新入生はまさに凱旋将軍のような迎えられようだ。山岳部と演劇部に興味があってその机にいって、説明を聞いた。山岳部は部活動が忙しくなりそうでアルバイトに忙しい生活との両立は難しそうだと思えた。演劇研究会に所属することになった。

この日はさすがに晴れやかな気分になれた。ようやく一人前になれて、同じスタートラインに立てた喜びに胸がいっぱいになった。普通の大学生気分に浸ることが出来たことが嬉しかった。うちへ帰ってからもその日貰った印刷物を見ながら、浮き立つような気持ちになってくるのだった。

大学の講義は一年生のときは、川崎市木月の校舎で行われ武蔵小杉に通う日々が続いた。演劇研究会の部室があり、そこで過ごす時間が多くなった。大学の時間割は、空き時間がありその間過ごすにはクラブ活動の部室がなんといっても都合よかった。そこにはいろいろな学部の様々な学生たちが離合集散し、飽きることはなかった。演劇の話は当然ながらよく出て、発音練習とか簡単なセリフの練習などした。庭に出て体操などやったり、キャッチボールもやって楽しんだ。

いっぽう授業の方はさっぱり面白くなかった。高校の延長のようなもので、意味がないのではないかと思った。特に体育実技など下らないと思えてならなかった。大学入学後すぐに奨学金を貰うようになった。奨学金を貰って、この資金で授業料は間に合った。学校からお小遣いを貰って通っているようなことになり、悪い気分ではなかった。経済的には「なんとかなる」という安心感もあり、その頃初めてオーヴァーを買った。質流れ品を一〇〇〇円で買って、ものは上等らしく暖かさは抜群で、それを着ると幸せな気分になれた。生まれて初めて着たオーヴァーは、その後長らく愛用して息子に引き継がれた。


一九五九年の二月に、イタリア歌劇団公演を観に行った。イタリアからはるばる本格的なオペラが日本に来る、これは大きな興奮をもたらし、なにがなんでも行かねばならないと思った。月収八〇〇〇円くらいのとき、その入場料が二〇〇〇円だった。まだ上野の文化会館は出来ていなくて、宝塚歌劇場での公演、出し物はプッチーニ作曲「ラ・ボエーム」である。この歌劇はラジオで聴いたことがあって、内容が分かっていたし、好きなオペラのひとつだった。

この思い切った実行は、その後いつまでも大きな思い出として残り、このときの感激は言葉で表せないほどのものだ。貧なるがゆえにこうした世界一流のものに接するということは、心に与える栄養の大きさは計り知れない。声の大きさと凄さに圧倒され、芝居の真に迫る表現力にもただ驚き、胸がいっぱいになった。

その数日後に、ラーメン屋のテレビでイタリアオペラの実況中継を観た。出し物は「カルメン」で、マリオ・デル・モナコのドン・ホセ、ジュリエッタ・シミオナートのカルメンという顔合わせである。ホセのマリオ・デル・モナコの熱演には、胸が震えた。後々までこのときの姿が目の前に現れ、いつまでも感激が去らなかった。その後分かったことだが、デル・モナコは軍隊生活が長く、軍服が似合い動作姿勢に軍人の匂いがただよい、その悲劇的な役どころによく合っていた。特に最後に礼拝堂の前でカルメンを刺し殺す場面の迫力は、思わず会場から悲鳴が出たというくらい真に迫ったものだった。

松川裁判

一月半ばの頃、法政大学本校の五一一番教室という大きな教室で、松川裁判の講演と映画の会があった。この講演会に参加して大きな衝撃を受けた。「真実は壁を通して」という映画が上映され、主任弁護人の岡林辰雄、被告人菊池武、そして作家の広津和郎の講演があった。最後に演壇に立った広津和郎氏が言った言葉が今でもよみがえる。被告たちの眼が澄んでいるから彼等は無実だといったのを、「甘い」とさんざん嘲笑された。そして仙台高裁の控訴審判決が出たとき、ザマアミロと嘲られた。しかし調べれば調べるほど、彼等の無実を信ずるようになった。今や確信している、彼等は無実なのだと。調べもしないでわたしを甘いと嘲った人たちこそ甘いのではないか。と、静かな口調で淡々と語りかける言葉に力強さがあった。

「彼等こそ甘いのだ」この最後の言葉に深い感銘を受けた。

それまで数年にわたって雑誌『中央公論』に連載された「松川裁判」は、広津和郎氏の労作として大きな関心を呼び、話題になっていた。その前年に連載を終えて一冊の本として出版されていたものを、さっそく買い求めて読んだ。大部の本で永久に読み終えないのではないかと思えるほどの長文である。しかし内容は下手な小説よりはるかに面白いと思った。被告たちのキャラクターが浮かび上がり、警察側、検察側が無実の者を犯罪者に仕立ててゆく手口が鮮やかに浮かび上がる。それが裁判記録だけを資料として解いてゆくのが、推理小説よりも見事なのだ。動かし難い真実とペンの力というものの強さを、いかんなく発揮させた戦後文学の傑作だと思った。

昭和二四年に東北本線の「松川」と「金谷川」の間で起きた列車の脱線転覆事故によって乗務員三名が死亡した。その直前に「下山事件」「三鷹事件」とたてつづけに怪事件が起こり、それがいずれも共産党と労働組合の仕業とされた。国鉄で大量の人員整理を進めていた当局と労働組合が激しく対立していた最中に、次々と起こったのがこの事件だったので、世間では労組の仕業だという報道を信じてしまった。松川事件も起きた直後から左翼系の犯罪として、国鉄と東芝の労働組合員が相次いで逮捕され、一審で全員に死刑を含む有罪判決が下った。仙台高裁での二審では、多くの関心を集めながら、根幹の揺るがない判決で終わった。

しかし二審の途中あたりから、「下山事件」「三鷹事件」ともどもこの松川事件の不思議さがしだいに話題なってきていた。被告はみな無実なのではないかという声が広がりつつあった。そんな折、「真実は壁を通して」という小冊子を目にした広津和郎氏が「うそでこんなことは書けない」と被告の無実を信ずる発言をして大きな話題になった。作家・宇野浩二氏もそれに同調する発言をしている。やがて広津氏自身が仙台に赴いて控訴審を傍聴し、その感想として、有名な「被告の目が澄んでいる」から無実だという問題発言が出た。ここから大きな関心を呼ぶようになり、被告は無実ではないかという声が高くなる一方では、「文士の裁判」といった非難の声も出ていた。大きな関心のもとに行われた仙台高裁の二審判決は、無罪三名は出たものの、全体的には一審の判決を支持したもので、死刑四名を含む一七名に有罪判決が下った。

この判決文を批判する形で広津氏の『松川裁判』が書かれた。法律とか裁判所というものは、われわれを守ってくれているものと誰でも信じている。ところが誰かが自白したことをもとに突如として逮捕されて、何の証拠もないままに死刑判決を受けたら、どうしたらいいのだろう。ここが一番の問題点として、広津氏をして「裁判官として許すことの出来ぬ悪意の判決」と怒らしめたのであった。物的証拠がほとんどない、あってもむしろそれはあまりにお粗末で、かえって被告の無実を証明するという皮肉な結果になっている。あるのは自白だけである。何人かの被告が自白していて、その自白に基づいてこの犯罪を計画し立案したとされる共同謀議の罪に問われた組合の幹部たちが、死刑・無期といった刑に処せられようとしている。

判決文の至るところに出てくる決まり文句がある。「自白が短時日に行われたということは、それが強制によらない、虚偽でない証拠である」これがあたかも定理であるように何度も出てきて、だから死刑だというのが論理になっている。この短時日というのは平均一〇日間である。この一〇日間がいかに苦しい時日であるか、とても短時日とはいえないことが論破されている。「自白が証拠の王」とされたのは戦前のこと、今や「他人の自白が証拠の王」という現実が突きつけられている。

無実の者がこうして刑場に送られようとしているのを座視できるか、このことに気がついた以上、国民の義務として声を上げなければならない。日本の司法の正しさを求めて、安心して任せられるようにしなければならない。われわれの社会は未熟なものがあり、それはみなが正してゆくことで成長してゆく。広津氏のこうした呼びかけに応じる人たちが全国的に立ち上がってきた。無実を信ずる人たちによって、全国的に無罪判決を勝ち取るための運動が起こり、各地にその組織である「松川事件対策協議会」「松川を守る会」が作られていった。

この年（昭和三四年）の夏に最高裁判決が迫っていて、運動は大きな盛り上がりを見せていた。わたしは何かしないではいられない気持ちが強く湧き起こってきた。自分が知ったことを多くの人に知らせたい、まずそう思った。いつも一緒に悩みを話し合ってきた世田谷緑伸会の仲間に話そう、そう思うとすぐに「松川事件対策協議会」の本部に電話をいれて、誰か講師を紹介して欲しいと問い合わせた。すると、被告を派遣する、幻灯があるからその機械を用意して欲しいという話になった。「被告を派遣する」という言葉にまず驚き、そしてかなり慌てた。そうなるとなるべく多くの人を集めたいと思った。

パンフレットを作ってあちこちに配ろう、そう思って永福町の「みどり印刷」の寺野氏に話すと、二つ返事でその印刷を引き受けてくれた。まず協力者第一号である。緑伸会の主だった会員の数人と話しあい、これから準備を少しずつ進めていこうと約束した。また三軒茶屋の近くの神社を拠点とした「けやきの会」というサークルがあった。近くの人たちが集まって、手記のようなものを書いて定期的に発行していた。わたしもここに文を載せたことがあった。そのけやきの会の責任者の森安彦氏に会って話すと、熱心に聴いてくれて協力を約束してくれた。森氏を含めて、緑伸会のメンバーを集めて話し合いをもった。その話し合いの中で、世田谷には松川の関係の組織があるのではないか、そこと連絡をとってやるべきだと誰かが言い出した。

これはいいところに気付いたと、さっそく本部に電話してその連絡先を尋ねた。するとまだ世田谷には組織は出来ていない、という意外な答えが返って来た。組織はないけれど大きな協力者として、平岩さんという人が居るから、その人と連絡をとってはどうかと勧めてくれた。

進歩的とされる文化人の多い世田谷に、広津氏の呼びかけに応ずる組織らしきものが出来ていないとは不思議だなと思いながら、さっそく平岩さんのところに出掛けていった。多摩川のほとりにその家はあり、これまで入ったこともないような大邸宅だった。その奥座敷の床の間の前に座らされて、褒めちぎられ、おだてられて二時間ほど話し込んだ。そこで具体的には、一人の活動家を紹介された。熱心な活動家だから、若い人同志でやるといいとすこぶる満足そうだった。三浦大という若者の連絡先を教えられた。そして幻灯機を平岩さんから借りることが出来た。

「松川を知る会」をもとうと、いつものメンバーと話し合いをもった。かなり熱っぽい話し合いが何回かもたれ、そのまま喫茶店とか飲み屋に持ち越すようなことも毎度だった。こうなったら、われわれがこの世田谷に「松川を守る会」を作ろう、それしかない。そんな機運が高まり、ますます熱を帯びてきた。会場としては緑伸会の例会にいつも借りている正和会館に交渉しようと、この会館の持ち主である片岡氏の所へ出かけていった。

正和会館は玉川線「桜新町」駅の近くにあった。いくつかの部屋があって、諸々の集会とか趣味の会、社交ダンスの会など多方面に貸し出していた。これは公共的なものではなく、片岡という青年がすべて切り盛りしている個人の所有のものである。片岡氏はかなり経済的に恵まれていたのだろう。いつでもこの会館に居て、音楽とかダンスとか自分でもこの会館を使った会合を楽しんでいた。こうして様々な団体の成長を楽しみながら、それで収入を得て生計を立てようとしたのは彼の新しさだったと言える。

彼自身は「日中友好協会」を立ち上げるときに、いろいろと活動した人物として知られていた。そうした経験からこの会館の運営を思いついて実行したのだろう。

片岡氏といろいろと話して、会場の都合から「松川を知る会」を三月二九日とすることが決まった。事務的な話が済むと、片岡氏は椅子をすすめて急に雄弁に語りだした。

「この世田谷に『守る会』を作るなら、君自身が事務局長をやる覚悟でなければいけない。

五人くらいの仲間がいて、毎月会合をもって小さなパンフレットをときどき出したら、ものすごく注目されるだろう。いろいろな人と会う機会が増えて、偉い人と直に話すこともあるしそれは意外と大きな収穫になる。思いも寄らないような援助も出てくるだろう。事務局長がだらしなくふらふらしていても、なんとか続けていれば世田谷六〇万の代表としてどこでも受け入れられるし、高い評価を受けることになる。ということは、それくらい国民の力というのは弱いものなのだ。苦しいこともあるし、無償の仕事だけれど、こういうことを始める人はまれなのだから、やりがいは十分にある」。

大体そんな話だった。「松川を知る会」をやったらその日に集会後「懇談会」をもって、そこで「松川を守る会」を発足させてしまうといい。そんなアドバイスも受けた。

会場を借りる日時が決まって、まず松川事件対策協議会本部に出向いた。都心にある大中ビルというところに小さな事務所があり、雑然と資料が積み上げられていた。そこに二人の青年が居たが、こちらの用向きを伝えてもなかなか要領を得ない。取り次いで相談するでもなく、といって自分では決められないような態度でさっぱり煮え切らない。いろいろと話しているうちに次第にいらいらとしてきて、声を荒らげかねないようになってしまった。ところがこの二人は、被告の浜崎二雄と小林源三郎だった。いずれも自白組である。初対面の人に対して警戒するのは当然であり、彼らなれば尚更だったと思う。

話しているうちにようやくこちらの意図が通じて、それらしい人と話すことが出来た。被告を派遣してもらいたいという依頼の件と、世田谷に松川を守る会を立ち上げるための情報を貰いたいという要請と、二つの目的があった。その意志を伝え、意見交換のようなこともできた。

目的を達して戻ろうとする間もなく、今度はこちらが要請される番だった。この日、松川事件の無罪を勝ち取るための中央集会が企画されていて、その集会に主宰者側の一人として参加して欲しいという。もちろんいい勉強になると思って協力することにした。本田昇という死刑囚の妹さんに紹介され、菅生事件の横田氏(この人は有名な人らしいとそのとき直感した)に紹介され、三人でタクシーに乗って会場に向かった。白い襷をかけて、会場ではいろいろとお手伝いをした。本田死刑囚の妹さんは、家族会の代表として演壇に立って演説した。横田氏も同じように演壇に立って演説した。そうした主役達に立ち混じることによって、たちまちその運動の中心点に飛び込んだ形になってしまった。

その翌日、永福町に行って印刷を依頼した。一日手伝うということで引き受けてもらった。印刷物が二〇〇〇枚出来て、仲間達と手分けして配った。そのようにして世田谷のこうした運動となる拠点のようなところのほとんどを回ることが出来た。東電を初めとする各労組、団体、サークル等、なにをやっているのか分からないところも多かったが、とにかく協力してくれそうなところは隈なく訪ねていった。

平岩さんに紹介された三浦氏に会うのは案外手間取ったが、ある晩勤め先の「クラブ・ラミ」に訪ねてきてくれた。三浦大という青年は体のがっしりした逞しい男で、迫力はじゅうぶんだった。会った瞬間やくざの匂いを嗅ぎつけた。この勘は間違っていなかったことを後に知る。たちまち二人は意気投合して、その後毎日のように顔を合わせて、ほとんど日常をともにするようになった。本部のある大中ビルにもよく出入りするようになり、そこの地下食堂でいつも食事をとった。五月に現地調査があるから、世田谷でもぜひ参加して欲しいと要請された。

三月二九日に行った「松川を知る会」には、思ったほど人が集まらなかった。来た人はほとんど世田谷緑伸会のメンバーと、その知り合い達だった。チラシを配って歩いた先の労組など諸団体からは、まったくといっていいほど反響がなかった。こうした運動というものの一端を知ったような気がした。

やってきた寺本弁護士と大内昭三被告の話は、真に迫るものもあり、みな感動を受けたようで、終わりにカンパをお願いするとみな進んで出してくれた。これまでこんな話を聞いたこともなかったような人たちに、こうして少しずつ知らせることが出来たことは望外の成果だった。こうした会を、労組その他の既成の団体を当てにしてやっても人は集まらない。なのにこれまでなにもこうしたことに縁のなかった人を集めたことを、一番驚いていたのはほかならぬ三浦大氏だ。彼がいかに踏ん張っても人を集めることも出来ないばかりか、「守る会」を結成することも出来なかった。しかしその集会後に懇談会を開いて「世田谷松川を守る会」をスムースに発足させることが出来た。この会の発足のために平岩氏から資金援助があり、それは大いに役立った。三浦氏というその道の活動家を得て、緑伸会とけやきの会というサークルが一体となって、「世田谷松川を守る会」はスタートを切ったのである。

事務局長に三浦大氏が就任し、わたしは会計・文書・連絡を担当することになった。ほかに事務局員六名を選出し、さっそく会合を開いて、いろいろと話し合った。なんといってもわいわいと新しいことを始める意気込みにあふれ、その充実感にわれを忘れた感があった。まさに青春を分け合い、爆発しつつあった。

こうした組織を立ち上げると、たちまち既成の組織からいろいろと言ってくるものらしかった。そのひとつに世田谷教職員組合から要請が来て、メーデー準備会に出席した。そこでわれわれの訴えをし、パンフレットを配り、宣伝活動をした。松対協からの要請があって、中央メーデーの前夜祭が東京都体育館で行われ、そこでも被告達に混じって、署名カンパ活動をした。

被告達とも次第に顔なじみになり、雑談もするようになった。食事が出されて彼等と一緒に食卓を囲めば、自然と親しみも湧いてくる。三浦氏はすでに被告達を「おい赤間」「おい小林」と呼び捨てにする間柄だった。たまたま被告にされて有名になった彼等も、接近してみれば田舎の若年労働者であって、どこにでも居る普通の人である。ごく純朴な田舎の青年達には、わが緑伸会のメンバーと共通するところが多く、昔からの知り合いのような感じさえした。

われわれには当面「松川を知る会」を多く開くことと、世田谷から現地調査団を派遣するという二つの課題があった。「知る会」の方は、ある電機会社と「けやきの会」でやるという二つの候補があった。電機会社のほうは失敗して実現しなかった。

けやきの会の協力を得て行った「知る会」は、神社の境内で行ったということもあって、小さい子供達を交えた近所の人たちが大勢集まり、大盛会になった。いつものように幻灯をして、被告の話に移った。この日派遣されてきた被告は武田久といい、国鉄労組福島支部委員長だった人である。赤間自白に基づいて逮捕され、共同謀議の罪に問われて第一審で無期懲役、第二審で無罪になった。逮捕者としては最後に逮捕された一人だったが、取り調べで何月何日に何をしていたかと聞かれて、とにかく記憶を総動員して思い出そうと努力したけれど、なかなか思い出せなくてこれには本当に困ったという。

さらに困ったのは自分が松川事件で逮捕されたことは判ったが、その中でなにをしたのか分からない。公判に行っても具体的に自分のやった役割が分からなかった。自白した人たちが自白した通りを公判廷で主張してくれれば分かっただろうけれど、みな自白を覆《くつがえ》そうとする発言をしたので分かりようがない。具体的に自分が共同謀議の罪に問われていたということが分かったのは、論告求刑が出たときだった。列車転覆の共同謀議をいつどこでやり、自分がその議長にされていることを知った。もちろん身に覚えはまったくなかった。

畳の上であぐらをかいてとつとつと語る話をみな真剣に聞いた。質問が次々と出され、武田氏の話に最後まで聞き入り、誰も席を立つ者がいなかった。武田氏はこうした場をよく心得、幾多の例を出しながら、ときにユーモアさえ交えて、みんなに納得と感銘をあたえた。来た人たちの皆がカンパを置いていってくれた。

現地調査に参加すること、これを実行するには二つの問題があった。参加者を募り集めること。もう一つは資金を集めることである。松対協が発行している定期刊行物があって、世田谷区内在住の読者名簿を入手して、その中から協力してくれそうな人を訪ねて集めることになった。その名簿からすぐ目と鼻の先に住んでいる放送作家の筒井恵介氏の存在に気付いた。

資金を集めるためにいろいろと動くことによって、われわれの活動趣旨を多方面の人に理解してもらおうという狙いがあった。そこでそのような趣旨に添った「趣意書」を作って印刷した。その趣意書を持って、守る会のメンバーが手分けしてあちこちに出向いていった。

わたしは筒井恵介氏のような作家・文化人を中心にお願いに歩いた。有名な人たちに直接出会うという経験をもって、それはそれで意外な発見もあった。それぞれが集め歩いてその成果を持ち寄ったとき、盛んに感想やら意見が続出した。「世間で進歩的文化人だなんて尊敬を集めているような人にも、まったく無理解な人が居る」という非難の声が上がった。また労組とか政党というのはまったく相手にしてくれないという不満も、興奮とともに語られた。わたしがもっとも印象に残ったのは、著名な文化人の意外な極貧生活である。その極貧に居るような人がもっとも純粋に支援してくれたのが、なんといっても大きな感激だった。

たとえ小さな組織でも、みなで運動するということは、やはり凄いことであって、かれこれ一万円の資金が集まった。参加者は意外と簡単に集まってきた。実際に参加した人は一〇人くらいになった。われわれ守る会のいつものメンバーでは、けやきの会の森安彦、緑伸会の横戸修、そして三浦大とわたしの四人。参加者を募った文書に呼応して集まった人たちはみな初対面の人で、東電労組の役員とか、学生、弁護士などいろいろだった。

「世田谷松川を守る会」の腕章とのぼりを作るなどの準備を重ねて、五月の半ばに現地調査に行った。全国から集まった人は、五〇〇人に達しニュースとして報道された。

まだ新幹線のない頃のことだ。久しぶりに当時の記録を取り出して見てみたら、福島まで行くのに夜行で行っている。夜の九時五三分に上野を発車して、福島に翌朝五時半に着いた。事故現場をはじめ、共同謀議をしたとされた場所などを、説明を聞きながら歩いた。獄中面会に宮城刑務所を訪れ、死刑囚達に会った。印象的なのは、彼等の目がきらきらと輝いていたことである。広津和郎氏が「眼が澄んでいる」と言ったのも頷けると思った。それと九年間も被告として獄中生活をしているのに、国鉄労働者という職業を感じさせたことである。鉄道のおじさんという雰囲気を濃くもっていたことに痛く感激した。この日の数日後に彼らは全員保釈されたので、われわれが最後の獄中面会となった。

宿舎の温泉に浸かり夕食を摂ってゆっくりしていると、三浦氏が語りだした。札付きの与太者だったこと、そして山谷のドヤ街に暮らしたり、足尾まで喧嘩を売りに行ったり、悪いことを散々やってきた。やくざの世界にも居て、あるとき指を詰める現場を見た。アルコール消毒をして出刃包丁で切る。キリを使うこともあり、キリで切り落とすのは容易ではないから、よほどのことでなければやらない。顔が真っ青で、あんな小さな指から、もの凄い血が出るものだ。森安彦氏あたりはただ呆気に取られて聞いていた。彼の話は尽きることもなく、夜更けまで続いた。

彼は普通の人と違って並外れたエネルギーを迸らせる体質をもっていて、しかもアウトローである。こんな馬力をもった者はアウトローにならざるを得ないのかもしれない。がっちりと組織化された社会の一員として収まるには、あまりにも湧き出る胆力と膂力がありすぎる。それがどうしてこの運動に加わってきたのか、その点については何も語らなかった。やくざになるか革命家になるか、こういう人の行くところは、その辺に落ち着くのだろうか。既成政党の官僚的体質にはむろん向かない。ここに結集した集団は、何者が集まっているのか、何処から来ているのかよく分からない混沌とした集団である。この混沌としたところが、案外彼の居所として合っていたのかも知れない。

最高裁の判決公判は六月と発表されていたが、裁判所の都合で八月にずれ込んだ。最高裁判決が近付くにつれて、運動を盛り上げる必要からいろいろと集会がもたれた。そのたびに様々な集会場に出かけていった。守る会として活動できる団体は意外と少なくて、気がついたらわれわれの組織が大いに期待されていた。なにかにつけてわれわれの負担が重くなってきた。こうした運動に進む人がいかに少ないか、国民の力がいかに弱いか、片岡氏が言った通りだ。

七月に入ったある日のこと、大中ビルの松川事件対策協議会の本部に行ってみると、予想通りのてんてこ舞いの騒ぎになっていた。これまで三階にあった小さな事務所は三つの部屋に増えていた。さらに一階にもかなり大きな事務所が出来ていた。そこは学生による「松対協」の事務所になっていて、なんとそこにあの三浦大氏が専従の事務局長として頑張っていた。すでに昼過ぎだというのに、まだ朝飯も食っていないという騒ぎだ。三浦氏を囲んで三人の常任委員が口論をやっていた。殺気立った光景である。三浦氏は周り中から総攻撃を食らって、大きな目をぐりぐりさせてがま口のような口で、応戦これ勤め大音声を発していた。

わたしを見かけるや彼はタバコを要求し、現地調査に行ったときの写真、報告会の整理券、パンフ、ビラ、新聞、カンパ袋などを渡し、忙しく語りだした。学生達の攻撃が一瞬途絶えると、その間隙を捉えて、「俺はこの人と大事な話があるから、ちょっと行ってくる」と席を立った。一緒に飯を食いながら、世田谷のことはすべて「頼む、頼む」と何回も繰り返した。「もう疲れた、エロ本でも読みてえよ」と弱音を吐いて愛嬌を見せた。

最高裁の判決に向けて、全国から大行進が東京に近付き、大きな盛り上がりを見せていた。各新聞の報道でも、破棄差し戻しは間違いないという見方になってきた。ラジオでもよく取り上げられて、聞いたような声だと思ったら、浜崎二雄被告が演説しているところだったりした。朝日新聞では、無罪判決もありうると楽観的な論調になっていた。

八月一〇日（月）最高裁判決の日、この日は朝から晴れ上がり真夏の太陽が容赦なく照りつけていた。なるべく多くの人に呼びかけて、われわれは最高裁の前に朝から集結した。演説があり、気勢をあげ、判決の結果を待った。結果は予想されたとおり、「破棄差し戻し」であった。ただちに主任弁護人の後藤氏が立ち、怒りを込めた言葉で演説し始めた。「この判決の判事の採決が、接近していることに注意を喚起したい」と述べ、七対五という際どいものだったことを強調した。

最高裁の判事は一五人である。しかしそのうちの三人はこの判決に加わらず、一二人で判決を下した。その一二人の判事の意見が二つに分かれ、六対六だったが、そのうちの一人が破棄に回ってこの判決になったという。

印象的だったのは、最高裁長官の田中耕太郎の反対意見がすこぶる短いもので「木を見て森を見ず」という言葉に尽きていたことだ。これだけ国民的盛り上がりを見せた判決において、破棄差し戻しに反対する意見が、何の根拠も示されずに、ただ「木を見て森を見ず」と批判しただけとは、と呆れるほかなかった。裁判そのものを真面目に考えているとは思えず、人を食ったような感じが全面に出ていて、腹が立ってならなかった。

こうしてこの運動は、大きな山場を越えた。「原判決を破棄し、本件を仙台高等裁判所に差し戻す」という最高裁判決によって、一応この運動の目的を達したことになった。

最高裁が終わったからといって、「世田谷松川を守る会」を解散していいということにはならない。しかしこの日以後わたしはまったくその運動から身を引いてしまった。というより動けなくなってしまった。と同時に「世田谷松川を守る会」は活動を休止し、そのまま停止し、自然消滅していった。三浦氏とは最高裁判決を喜び合ったということもなく、その後会ったという記憶がまったくない。

実のところ、わたしは心の闇の中に深く入り込みつつあった。わたしは限界を超えていた。あまりに無茶し過ぎていたし、刺激が強すぎて、心の闇に踏み込んでしまったようだ。心の一部が破壊されても、生活は普通に過ごしてゆくことが出来た。表面上はなんでもなく過ぎていった。普通の生活も出来ない状態になるのは、その半年後のことになる。

全力疾走の果てに

夜は「クラブ・ラミ」に通い、昼は松川事件に携わる日々、しかしわたしの生活はそれだけではなかったことはいうまでもない。何よりも大学生であり、それが本分である。

二年になると、東横線「武蔵小杉」駅の近くにある「木月校舎」から本校の市ヶ谷の校舎に通うようになった。「日本文学史」に近藤忠義、「文芸学概論」に小田切秀雄、「近代文学」に小原元、「古代文学」に益田勝実、「哲学」に谷川徹三、「心理学」に乾孝といった人たちが教壇に立ち、わたしは興奮しその充実した講義に胸がいっぱいになった。文学部日本文学科の学生は、一学年一五〇人くらい居て二クラスに分けられていた。その全員が受講する必修科目である「日本文学史」と「文芸学概論」の授業には大教室が使われ、「近代文学」「古代文学」「哲学」「心理学」などは八〇人教室で行われた。

近藤忠義氏がはじめて教壇に姿をあらわすときは、いったいどんな人だろうと胸騒ぐ思いで待っていた。近藤忠義といえば、国文学界の重鎮の中でも特異の存在として知られ、名著『日本文学原論』の著者であり、藤村作・西尾実監修による『日本文学史辞典』の編集代表者でもある。『日本文学原論』は、まさに「原論」の名に値する必読書という認識があった。その近藤教授に直接教えていただくとは、なんという機会に恵まれたことだろうという思いがあった。いったいどんな人だろうと、固唾を飲んでそのときを待っていたといっても過言ではない。

すると痩せた体を紺の背広に包んだ色白の人が、足早に教壇を上がるのが見えた。意外にもひ弱にさえ見えて、大人物の風格を予想していただけに、かなり違った印象になった。話し出すとさらにその印象は大きく違ってきた。深みと余韻のある言葉の連続をなんとなく想像していたのが、ごく普通の言葉で最近の風潮から文化全体を嘆く言葉が続けて出てきた。しかし聴いてゆくうちに、しだいに引き込まれていった。安心感と共感を文句無しに覚えることが出来て、胸がすっとした。この安心感を与えるという独特の雰囲気と言葉の連続はその後も変わらなかった。

「日本文学史」は古代からしだいに講義してゆくというのとはまったく違い、近世を取り上げて、その近世の前半の頂点となる元禄期を迎える雌伏期ともいうべき時代、これを「谷間」と呼び、その頃を重点的に研究するというユニークなものだった。近世というのは江戸時代とほぼ重なるけれど、その中で大きく花開いたのは、前半ではまず元禄時代である。近世前半の大阪を中心として、詩歌のジャンルでは松尾芭蕉、小説のジャンルでは井原西鶴、戯曲のジャンルでは近松門左衛門というそれぞれの代表的な作家が出揃って、まさに花と開く。近世後半では文化文政時代に江戸を中心に一つのピークを迎える。しかし芸術的な高さから見れば元禄時代が近世全体を通じて最も光輝ある高みに登っていたと見られる。近藤先生は教壇の上から一方的に講義するのではなく、学生たちの研究活動を重んじており、その元禄文化はどのように築かれていったのかを研究してみよう、そのために俳句として完成する以前の貞門俳諧、談林俳諧を、浮世草子として花開く前の仮名草子を、浄瑠璃として完成する以前の説教浄瑠璃、説教節を調べようということになった。

受講者を班に分けて、それぞれで研究してきて、それを発表しあうという指導をされた。わたしは貞門俳諧を選び、その資料の一つである「山の井」を研究することになった。北村季吟が著した俳諧の「作法書」が「山の井」である。班の仲間と相談して、まず「山の井」

を謄写版印刷するところから始めた。「山の井」は普通の印刷物にはなっていなかったので、これを自分達の班で印刷して二年生の受講者全体に配り、集まって話し合ったことを研究発表した。

まず第一番に発表したのはこのわたしである。教壇に上ってゆくと、近藤先生はマイクの持ち方を教えてくれた。その時間の最初にレジュメを配って、それに沿って話し始めた。こうして多数の前で話すときに、わたしは余りあがったことがない。はじめは緊張するが、しだいに落ち着いてくると頭がよく回転して、いくらでも言葉が出てきた。これに対してみなから質問意見を出し合って進めるはずが、ほとんど発言がなく、近藤先生が次々と問題点を指摘された。それらをもう一度研究して班で話し合って、翌週に再度教壇に上った。

そこでも近藤先生からいろいろと指摘が出て、かなり課題を残した形になった。しかし近藤先生の評価は意外にも高いもので「二年生としてはこのくらいが限界でしょう。よかったと思います」と言って下さった。授業の終了時間が来て先生が教壇から降りて帰るときも、「今日はよかったですよ」とこちらの席に向かって手を振ってくれた。大いにご機嫌だった。むろんわたしは気分よく舞い上がった。

このやり方は法政で盛んに行われたゼミナールという方法で、その後何回もこの方法を経験することになる。しかし多くの学生は発表する時の言葉が固く、どこかから借りてきたような表現を多用して、不明なことになりがちである。わたしはかなり自分の言葉でものが言えたと思う。なにしろ普通の学生より三歳も年上だったばかりか、経験もいろいろと豊富だったのが効いたのだろう。

「文芸学概論」の小田切秀雄氏は、甲高い声で文学とは何かというテーマを何週にもわたって講義した。文学という言葉は、今日では自然科学、法学、経済学を除いた、広い意味での文化、芸術、学問を総称する。語学、論理学、史学、地学、修辞学、心理学等。しかし文芸学概論で扱う文学は、社会・自然を個人の内側からみるものである。まず文学とは言葉を基礎とした芸術的作品であると呼ぶことが出来る。そして文学は具体的な人間を扱う。一般化された人間でなく、具体的な人間を描写する。特定の時間に、特定の場所で、特定の環境において、特定の人間が、特定の人間達と、特定の行動をする。文学は、人間の内側から世界のすべてを見つめ、その関係を明らかにしなくてはならない。人間性の奥深いところまで突っ込んで追求するのが文学である、と説いた。

小田切先生は夏休みが迫ると、宿題を出した。大学でも宿題が出るのかと驚いた。近代の作者の異なる小説を三つ取り上げて、その評論を原稿用紙一〇枚に書け、というものである。近代とは明治の最初から終戦までとするという。これにははたと困った。小説というのは外国文学しか読んでいない。日本のものでは戦後の作品を多く読んでいる。こうなると広範に、また大量に日本の小説を読まなければならないことになった。

いろいろと読み漁った挙句、選んだのは有島武郎の「カインの末裔」夏目漱石の「道草」北條民雄の「いのちの初夜」の三つである。原稿を書き上げると、永福町の寺野先生に見せに行った。すると原稿の書き方を基本から教え、すべてに駄目を出してくれた。書き直したものをもって、今度は小学校時代のクラスメイトで、経堂に住む坪野荒雄君のところへ行った。坪野君はその頃、角川で雑誌の編集割付をやっていて、有名作家の生原稿を大量に持っていた。それらを見せながら、感想を述べてくれた。この三つの作品の選び方に特徴があって面白いのではないかと指摘して、話はいろいろと弾んだ。

見せてもらった生原稿には圧倒された。作家が書く原稿というのは、荒っぽい字で書き飛ばしてあるようなものと思いのほか、綺麗な字で一字一字丁寧に原稿用紙の升目を埋めて、それ自体が美しい芸術作品のようなものが多かった。「これは一つの商品だからね」と坪野君はいう。なるほどお金を要求できるものは、このくらいよく出来ていなければならないものかということを、肌で教えられたように感じた。

この宿題を含めて、「文芸学概論」にはそれなりの評価を得て、自分なりに納得できた。自然科学とか体育などの教養科目には、単位を取れればいいという姿勢で、注力しなかった。語学もほどほどにやっていた。

法政大学は学生運動のメッカの一つである。メーデーの日には教職員も学生も参加するから、学内は休日同然になってしまう。わたしは全学連主流派のデモに参加した。気がついたら主流派の中に居たというのんきなもの、反主流派のデモと接近すると「日和るな！」「ヒヨルな！」と互いに野次りあった。

ここで主流派、反主流派というのは今となっては、ほとんどの人にとって何のことだか分からない。簡単に言えば、主流派とは反代々木系、反主流派とは代々木系であった。ここでいう「代々木」とは、JR代々木駅近くにその本部があるところから、日本共産党を意味する。学内に一番多かったのは言うまでもなく、一切そのようなことに関心のない学生で、九割はそういう学生である。反主流派、つまり代々木系が意外と多く居て、大きな組織だった「民青」もその同類である。彼らはフォークダンスとかコーラスなどで、多くの学生を集めることに成功していた。主流派は数からいけば明らかに少数派で、いかにも「全学連」という熱っぽい集団であった。ひどく高踏的な言葉を早口にしゃべりまくり、日常性から遊離した感じが強く、近寄り難い雰囲気をもっていた。

全学連が反代々木となったのは、その前年すなわち一九五八年六月一日からである。それまで代々木の共産党本部内で、激しい論争を繰り返し、乱闘まで演じてきた双方が、この日をもってついに決裂して、共産党はすべての全学連を除名してしまった。ここに日本共産党は最大の下部組織を失い、全学連は指導部を失って野に放たれたのである。これが当時「六一事件」と呼ばれて、それ以後対立を深め、全学連内部も四分五裂してゆくことになる。

この対立のそもそもはなんだったのかというと、一九五三年のスターリンの死に遡る。スターリンが死んで、ハンガリー暴動が起こり、スターリン批判が始まった。ここでスターリンによって「反革命」のレッテルを貼られて粛清されていったトロツキー達の思想を、見直してみようではないかという声が起こった。根本に立ち返ってもう一度見直そうとした姿勢は基本的に正しいと思う。彼らは日本共産党（パルタイ）の歌声運動などの平和共存路線と真っ向から対立し、マルクスが最初に組織した「共産主義者同盟」すなわちＢＵＮＤ（ブント）を名のって、新しい革命運動を起こそうとした。東大の共産党細胞だったわずか二〇名の学生が中心メンバーとなって始まったのが、瞬く間に大きく広がっていった。この勢いが翌年の六〇年安保闘争につながってゆく。その後の武装闘争が多くの犠牲者を出し、内ゲバによる果てしない闘争が、悲惨な結末を招くことになるとは、このときは誰も想像さえ出来なかった。

まだこの頃はヘルメットもゲバ棒もなかったし、暴力沙汰は起こっていなかった。授業が始まる前に教室にやってきて演説したり、中庭で演説していたのが、大学というところの一つの風景のようであった。実際はほとんど相手にされていなかったというのが、多くの学生が抱いた実感ではなかったか。その後有名になった「反帝反スタ」というスローガンはすでにこの頃から使われていた。反帝国主義、反スターリン主義の略だが、反スターリンとは反代々木を意味する。

わたしは学生運動にはまったく加わらなかった。その気が無かったというより、時間的に不可能だった。松川裁判の運動に精力を注いでいなかったら、学生運動に飛び込んでいったかもしれない。その可能性は大きい。それがどんな結果を招いたか知る由もないが、空恐ろしいことになって居たような気がしてならない。無事には済まなかっただろうと思うと、松川裁判に突っ込んでいってよかったようにも思う。

われわれの住んでいるこの国をよくしよう、そして世界を……という発想は大きなロマンである。このロマンに取り付かれると、自分一人の幸せなど小さなものでしかなく、とんでもないエネルギーが湧いてくる。その充実感に酔いしれるという経験は、若い者にとってこの上ないものに思えてしまう。

権力に立ち向かおうとするとき、命を棄てる覚悟が必要となる。この覚悟にもある種の陶酔があった。三浦大ほか数人で夜中まで飲んだときお互いに言い合った。「俺達は、一人は自殺し、一人は気が狂い、一人は刑務所に繋がれるくらいに考えておかないと、この国はよくならない」

いまの青年達がこの情熱をもつことが出来ないでいるのは、どこか不自然ではないかと思う。自分ひとりの幸せしか追求出来ないとすれば、限りなく不幸だとさえ思う。世の中のためにという発想で、存分にエネルギーを注ぎ込むというロマンを、一度はもちたいものだと思う。たとえ挫折しようと救いがある。

難局に躍る冒険心、決断力、勇気、なりふり構わず突進する、……こうした行動は、平穏に過ぎてゆく日常の中ではなかなか出て来ない。非日常的な生活スタイルのなかに居てこそ、若者の資質が発揮され、存分に伸ばすことができるものだ。こうした社会運動なり、芸術活動、そうしたところに一度は身を置いて試してみるということ、これはずいぶんと違った生き方を与えることになり、その後の生活に密度の濃いものをもたらす筈である。


クラブ・ラミが急に閉店になって、すぐに家庭教師をした。夏休みになると、七月のはじめの二週間ほど、丸の内の中央郵便局にアルバイトに行った。初日の午前中は説明ばかり、それも急いでやるなという指示ばかり、ようやく午後になって簡単な軽作業をすると、すぐに休憩になった。一時間やると三〇分休憩を取るというのんきな仕事ぶりは、最後まで変わらなかった。四時半終了のかなり前から帰り支度をして時間が来るのを待っているだけなのだ。

こうした時間の多くを読書に費やした。内壁と外壁との間が一メートルもあって、窓の上にあぐらをかいていると涼しい風が通り過ぎて気持ちよい。ここでの充実した読書が一番の収穫だった。何故こんなに休憩を取るのかと聞くと、係員がいった。「ここではヤミ休憩をとっているのだ」ヤミ休憩とは不思議な言葉があったものだとよく覚えている。こんなに閑で何故アルバイトを使わなければならないか、それも聞いてみると、「予算だよ」とただ一言答えた。人件費を取ってあるので、それを費うためだという意味であろう。

その後郵便局員とつきあう機会が出来たとき、思いきって訊いてみた。

「あの中は堕落しているのではないですか?」

「まったくです。腐敗しているのです」

アルバイトとしてほかにもいろいろやった。競輪の審判のようなこともした。仕事、大学、社会運動、この三つがこの痩せた身体にのしかかり、いつ寝たのか、どのくらい食べたのか、よく分からない。しだいにそれは体を蝕み、心を蝕んでいった。こんな全力疾走して何時かは力尽きるときが来る。そして行くべきところまで行ってしまった。

鉄格子の向こうの別世界

タブーを見直す

それは一九六〇年、二三歳のときだった。その年二月から一二月の末まで、精神病院に収監されていた。病院ならば入院というべきだろうが、収監という方がはるかに実態にふさわしいものだった。このことについて退院後は一切触れたことはなかった。よって大学でも、職場でも、家庭でも、誰も知らなかった。この事実を知っている親とか兄弟でも、このことを話題にすることは一切なかった。いわばタブーだった。しかし歳を取るにしたがって少しずつこの事実を記すようになり、いまではなにも隠す理由が見つからなくなり、すべてを振り返ってみることにした。思えばこの体験が、その後の人生に与えた影響は少なくないことに気付いてきた。それだけここから得たものは大きかったのである。やはりこれは出来るだけ正確に記録し、残すべきだと思う。

精神病院に入院したということは、心の病に取りつかれ、普通には過ごせない状態になり、家族には手に負えなくなって、やむを得ず入院という処置がなされたのである。心のブレが生じ始めたのは、前の年の夏である。「松川事件」の最高裁判決が出されたのが、一九五九年の八月一〇日である。それまでわたしはこの被告者たちの無罪を信じ、その運動に全身全霊を捧げていた。一度この運動に身を投ずると、たちまちその中心の一人とされ、朝に晩にこの運動の活動に手いっぱいとなった。それくらい大衆運動というものは弱いものなのだ。運動に賛同する者は居ても、それに参加する者は居ない。そこで参加してみるとたちまちその渦中の只中に立たされてしまう。被告たちともすぐに知り合いとなり、行動を共にすることも多かった。その間、夜はナイトクラブで働き、昼は大学で講義を受けていたのである。いつ寝ていつ食べていたのか不思議というほかない。渋谷のナイトクラブが閉店になり、家庭教師と競輪の審判の手伝いを仕事とするようになった。心に狂いが生じても、こうした仕事は出来てしまう。本格的に日常生活に支障をきたすようになったのは、恐らく年が明けてからだろう。それから先はほとんど覚えていない。

疲れ果てた末に

一九五九年の夏以後の記憶がじつはほとんどない。そこだけ抜け落ちているように空白なのだ。わたしの頭の中のどこかが病んで、正常な機能を失っていたとしか思えない。当時の日記を見ると普段以上に克明につけている。毎日長文の日記をつけているけれど、そこに記されているのは、自分の心の記録であって具体的な事実は何も書いていない。いわば「訴え」に終始している。青年期の日記というのはおおむねそうしたもので、あとから見るとほとんど意味をなさないものである。この時期の日記がとくにそうで、ほとんど何を言いたいのかさえ摑み難い。一つだけ言えることは、しだいに字が乱れていることだ。乱れているばかりか、文字が大きくなり、ノートの行からはみだし、後になるとそれが曲がっていくようになる。こうなると支離滅裂である。

思うに記憶というのは、周辺をしっかり観察していたから記憶として定着しているのであって、観察する能力を失ったら記憶にならないのではないかと思う。自分をも含めて観察すること、こうした能力は頭の中が健全で、ある程度の思考力をもっていなければ不可能であろう。

この時期の記憶がさっぱり出てこないというのは、そうした脳の活力がなくなっていたと思える。それともう一つ考えられるのは、電気ショック療法で失われたのかもしれないということである。つまり翌年二月から入院を余儀なくされた精神病院において、電気ショック療法を三クール受けている。一クールが一三回とすれば、三九回の電気ショックを受けて、記憶が抜け落ちた可能性がある。

電気ショック療法を受けると記憶がすべてなくなるという話をよく聞く。しかし実際に受けた体験でいうと、記憶がなくなるのは時期的にその近くの記憶であって、病に冒されたときの記憶だけが消失するようだ。電気ショック療法を受けた時期までの記憶が抜け落ちているだけで、そのあとの記憶は元通りに復活している。その空白の期間にも、閉め忘れた窓がぽっと開いているように、いくつかの場面が記憶されている。何の脈絡もなく一つの場面がよみがえってくる。

もっともはっきり記憶しているのは仕事のことだ。冬になって、友人の紹介で「自転車振興会」の審判部というところへアルバイトに行った。これは簡単にいえば競輪の審判のことである。後楽園ほか三箇所の競輪場に行って、その開催期間（四日間）だけ審判の手伝いをした。服装は審判のそれと同じで、諸々の雑事をこなす。

競輪の自転車というのは、走るために必要なもの以外は何もついていない。ブレーキも無いし、スタンドも無い。スタートラインに来た選手は、自分の足をペダルについたバンドできつく締めて、ペダルに固定する。その間われわれが自転車のサドルをもって支えている。そしてスタートするまで支えていて、スタートと同時に離してやる。それが主な仕事だ。スタート後は正規の審判員の助手として、持ち場に立つ。

競輪の開催期間は、選手はその競技場内に寝泊りして、外部との接触が出来なくなる。何か外部と連絡したいときは、審判を通じて行なうことになり、その仕事も重要な仕事だった。ほかに競技を進める為の下仕事があった。珍しい仕事ではあるが、特別に大変な労働でもなく、悪い仕事ではなかった。寒い頃のことで、車券が寒風に舞い上がり、その中をわれわれは動き回った。「ぼくは泣いちっち」という唄が流行っていて、それを唄いながら審判員たちは仕事を続けていた。

家庭教師という仕事はこの一年間ほとんど間断なく続けていたけれど、何も破綻なく無事に過ぎていたようだ。家庭教師というのは、カネになることを除けば、こんなばかばかしい仕事もないという思いが強い。

酒というものが、頭の傷みを大きくしていったことは間違いない。飲酒をこの頃はかなり激しくやったようだ。酔っ払って暴れてトラブルを起こしたらしく、その場面のいくつかを覚えている。

バーのようなところで、壁に下げられていたライトにいきなり何かをぶつけて壊した。このあとどうなったのかまったく覚えていない。またタクシーに乗って、渋谷のガード下の交番の前で止まると警官が出てきて、そのまま中へ連れ込まれた。タクシーの運転手にはどうすることも出来なくなって、交番へ突き出したということであろう。その約一年後に精神病院を退院するとき、飲酒を慎むようにと主治医から注意されたことを思うと、飲酒は精神病・神経症には刃の働きをするに違いない。心の病が酒を求め、酒は神経と肉体を蝕み、疲れた心と肉体がまた酒を求め、……救いのない悪循環である。

飲酒の一つの理由になったのは、不眠症である。不眠はいつもあり、何日も眠れないこともあった。不眠は今なら睡眠薬などで直してしまうのが一番手っ取り早い。そのことは経験上分かっているから、あっさりと解決できるが、その頃はそんな知恵がなかった。不眠を軽視する傾向が世間では強い。知らない間に眠っているから睡眠は足りているのだという間違った常識が横行している。さらに睡眠薬とか神経安定剤を軽蔑し、恥じるといった観念も広くあって、こうした薬は手が出しにくい。こうした誤った常識がしばしば危険な状態に追い込む要因になることを広く知っておく必要がある。

しだいに痩せていった。一七〇センチの身長で、体重が五〇キロを割り込んだ。五五キロあれば普通の状態だが、五〇キロに接近すると、精神的な不安感がどうしても大きくなる。不規則的生活によって、胃の具合が相当に悪かった。しだいに神経がずたずたになって、限界を超えてしまったらしい。

二月の年度末試験のとき、試験問題が配られて、それを見たとき真面目に書く気になれず、大きな字で紙いっぱいに意味不明のことを書いて、そのまま提出して出て行った。そのまま帰宅しようと市ヶ谷の土手の上を歩いてゆくと、知り合いの学生に会った。「試験なんかくだらねえよ。あんなもの誰が受けてやるもんか」と乱暴に言い放つと、相手の学生は驚いて声も出なかった。この科目はなんだったのか不明だが、この年の単位のほとんどが取れているところをみると、年度末試験の最後の頃の教養科目ではなかったかと思われる。

はっきりした記憶として残っているのは、これが入院前の最後の記憶で、その次は八王子の精神病院の中になる。入院のときは、新宿に住んでいた長兄までが一緒に行ったと聞いており、家族の中の混乱は相当なものがあったであろう。部屋を貸してくださっている家族にも、大いに迷惑をかけたことは想像に難くない。みな恐がっていた、とかなり後になって母が教えてくれた。

しかしわたしの精神病発病については、誰も何も言わないというのが徹底した態度であり、退院後もそのことについての感想の類は誰も発してくれなかった。封印された忌まわしき過去という扱いであった。その本人には、どう対処したらいいか分からなかったというのが実情ではないかと思う。何よりも本人を刺激したくないという配慮が先行したのだろう。そのくらい異常な出来事だったのである。

暗夜から黎明へ

気がつくと四畳半くらいの板の間で、布団にくるまって縮こまっていた。高いところに鉄格子の嵌《はま》った窓があって、室内の一角に井戸端のようなところがあった。そこでしゃがんで用を足すのだ。頭にタオルを巻いた男がぬっと入ってくると、その場所を掃除した。一日に何回かやってきて、汚れていようがいまいが、法のごとくに掃除をした。食事のことは覚えていない。暖房はなかったと思うが、暑いも寒いも分からない状態だった。そこで寝ていた布団は見慣れた自分のもので、側に置いてあった洗面器も自分のものと気付いた。わけも分からず、その布団を引き裂いた。どのようにそこへ運ばれたのかさえまったく意識がない。

ふとわれに返ったその部屋は、精神病院の「保護室」という、特に暴れて一般病室に収容出来ない患者を置いておくところである。八王子駅からバスに乗って約三〇分ほどのところにその精神病院があった。その当時は近くに人家はなく、まさに人里遠く離れたところに建てられた精神病院である。すぐ脇を北浅川が流れ、小高い岡が連なっている。当時は広大で平坦な敷地に、木造平屋の病棟が学校の校舎のように長く連なっていた。病棟の一角に、隔離された病室が離れのような形で付設されていて、それが保護室であった。

やがて一般病室に移っていくと、大きな畳の部屋の真ん中にコタツがあって、そこに男たちが入っていた。恐る恐る自分の身を入れてゆくと、そこでたちまちトラブルを起こしたらしい。また保護室に逆戻りしていた。そのへんの記憶はまさに薄明の中にあり、切れ切れに一つの場面が浮かんでくるだけである。

春がめぐって来て暖かくなると、しだいに平常心を回復してきたらしい。一定の落ち着きを取り戻し、一般病室に移ることを許された。ゆっくりと静養して、人心地がついてきて生きる喜びのようなものが再び甦りつつあった。退院後に聞いた話だと、主治医の大辻先生は「こういう激しい状態で入院してくる人の治りは早いですよ」と言ったという。大辻先生は小児科の先生のように優しい人で、とくにその優しい目が印象的だった。後になにかの書類で、病名は「心因反応」と記されているのを見た覚えがある。

久しぶりに入浴した。看護師に連れてゆかれて、一旦履物を履いて外に出ると浴場に行った。久しぶりに土の上を歩くと地面が揺れているような気がした。人が使い棄てた豆粒ほどの石鹼がたくさん箱に入れてあって、誰が使ったのか分からないタオルを与えられて、子供達と一緒に入浴した。精神病院には六、七人の子供が入院していたが、どういう病気なのか分からない。子供とわたしが入浴するのを、ベテランの看護師がずっと世話してくれた。

四月一六日から日記がつけられている。その日記の冒頭にマザーグースの詩が書き付けられている。

コック・ロビンを殺したのは誰？
わたしだわって雀が云った。
わたしは弓と矢でもって
コック・ロビンを殺したの。

死ぬのをみたのは誰？
わたしだわって蝿が云った。
ちっちゃなお眼めで
わたしは死ぬのを見てました。

喪主には誰をしよ？
わたしだわって鳩が云った。
なくした恋を嘆くのよ
喪主にはわたしがなりましょう。

この詩は大いに気に入っていたらしく、入院する前のノートにも手帖にも書いてある。こうした詩というものは心の安らぎになる。このときもっとも親しく感じたのだろう。真っ先に思い出して、正確に覚えていたのだからよほど思い入れがあったのだ。

一般病棟は長い廊下の両側に病室が並び、各病室は二〇畳くらいの和室で、そこに一五人ほどの患者が寝起きしていた。長い廊下の中間点に、トイレと洗面所があった。廊下の端のいっぽうは、病院の中枢部につながり、医者・看護師・看護人の居るところ、面会する部屋、厨房、手術室、テレビのある会議室、玄関ホールなどがあった。それらの部屋とは厳重なカギのかかったドアで隔てられていた。廊下のもういっぽうの端は、外へ通ずるドアでここも厳重にカギが掛けられていた。ドアの窓からは、近くを流れる北浅川の河原の一部と川向こうの小高い岡の連なりを見ることができた。病院の中枢部ともいうべきところを基点としてかぎ型に伸びるもう一つの病棟は、女子病棟であった。

鉄格子がはめられた病室の窓から、広い庭を見渡すことができた。左手に突き出した保護室が女子病棟の目隠しの役目を果たしていた。庭の一部は花壇になっていて、全体は土のグラウンド状態である。広いグラウンドの向こう側に通用門があり、その向こうに広がる畑と雑木林、そして遠景には奥多摩の裾の低い山々を望見出来た。近所のお寺の僧が看護人として働いていて、毎朝その通用門から出勤してくるのが見えた。照る日、曇る日、降る日、そして移り行く季節、朝から夕方まで病院の窓から見える景色は、その表情を無限に変化させ、飽きることはなかった。

朝起きるとそれぞれが自分の布団をたたんで、側に積み上げる。私物が近くにおいてあり、そのかたわらで一日座っているという毎日である。畳の上に座って窓に寄りかかって外を眺めているしかない。近くの地面を見ていると、よく小鳥が側に来た。「ホラ君の友達がまた来てるよ」そう教えてくれたのは隣の患者である。いつも決まってすぐ窓の下に来て、しばらく居るとどこかへ飛んでいった。小鳥などの動物が側に親しげにやってきて遊ぶという体験は、その後しばしばするようになったが、意識したのはこのときがはじめてである。

後になると、トンボが肩に止まったり、小鳥が傍へ来たり、放し飼いの猿に抱きつかれたり、カラスと仲良しになったり、こうしたことは普通になった。まだ正気に戻っていない頃は、もっと違った次元で野鳥とどこかで通じていたようだ。高村光太郎の作で「千鳥と遊ぶ智恵子」という詩がある。「人間商売さらりとやめて、天然の向こうへ行ってしまった智恵子……」と表現されたこの感覚にやや近いものがあったように思える。小鳥とは心を通わせることが出来る、というほどでもないが、共に同じ空気を吸って生きているのだという感覚に近いかもしれない。

「狂人」という言葉があり、この言葉を使うことを避けている。あまりに誤解と軽蔑によって汚れてしまっているからだ。『キチガイ」はなおさら使いたくない。こんな無神経な用語が今もって使われていることを嘆かわしいと思う。大岡昇平は、自分の祖先が「キチガイ」だと書いている。これも無神経だと思うし、許しがたい。それより現代の物書きにもこの言葉を書く人が居る。そういう作家を忌避したいと思ってしまう。西洋では「月の光に魅せられた人」という言い方があると聞く。この言い方には詩的な雰囲気があると同時に、その実態を表しているようにも思える。高村光太郎の詩から「天然の人」という言い方を思いついた。この言い方も実態を表しているところがある。この思い付きが気に入って何度か使ったことがある。

月曜日と金曜日が入浴の日で、週二回である。これが刑務所よりひどい、と麻薬中毒で入院しているやくざに言わしめた因の一つだ。わたしはもともと風呂に入るのが極端に少ないので、苦にならなかった。それより参ったのは、シラミが居たことだ。一日に平均二〇匹くらい捕った。DDTをよく散布していたが、それでもいっこうに減らなかった。週に一度くらい布団を干しに外へ行った。このときだけ、廊下の突き当たりのドアを開けて物干し場まで出て行った。自分の下着の洗濯はみながしているように、洗面所でやった。洗濯板で石鹸をつけて洗うと、気持ちがいいことは確かで、何度も水で流して絞る。一仕事をした気分が味わえた。

電気ショック

火木土の週三回、午後一時になると或る病室が治療室になる。その時間になるとその部屋の患者達は部屋を明け渡し、医者と看護師と看護人が詰め掛ける。この病院には八人の看護師と五人の看護人が居た。看護師は当時は看護婦と呼ばれ女性であったのに対し、看護人は男性で、患者たちを生活指導する役目があり、怖い刑務官のような存在だった。そこに治療を受ける患者が順番に呼ばれて、口に布をくわえさせられる。大きい注射の針が静脈に刺され、薬液が流れ込んでくると瞬時にすーっと気が遠くなってしまう。気がつくと夕方になっていて、ボーっとした状態でしばらくすると、しだいに人心地がついた。目覚めてすぐに外の景色を見ると、地平線が燃えているように見える。静けさのなかからしだいに日常の音が聞こえてきて、われに返り現実感が戻ってくる。この感覚には、陶酔感に似た気分もあった。

この治療が電気ショック療法であることを初めは知らなかった。「お注射しましょうね」と言われて、なすがままになっていただけだ。この注射はじつは「チクロパン」という就眠剤だった。それから電気を頭に通すのである。電極を左右のこめかみに当てると、全身が真っ赤になって痙攣を起こす。チクロパン抜きでやっても気絶して正気を失う。見ていると恐ろしくて、とてもまともに受けられるものではない。同室の患者に担がれて病室に戻ってきた患者は、なおしばらく痙攣して全身真っ赤だった。なかにはそのまま無意識に起き上がってしまう患者も居て、それをなだめて寝かすのは同室の患者達の役目だった。

チクロパン抜きでやられる患者も居た。支払い能力のない患者とかもそうだし、なかには懲罰として電気をかけられる者も居た。逃亡を謀って連れ戻された患者にはこれが待っていた。看護人によってしばしば発せられる脅し文句に「電気をかけるぞ」があった。この言葉に誰でも震え上がった。囲われた狭い空間に閉じ込められた中での、権力者と絶対服従の子羊の関係、ともすれば人間性は無視されがちであった。

この治療を受け続けていたときは、ただ眠ってしまうのでどういうものなのか分からなかった。落ち着いてきて一般病室でも生活できるようになったとき、一旦この治療が中断された。経過を見ようとしたのだろう。すると、他の患者が治療を受けて戻ってくるのを見て、その異常さに初めて気がついた。さらに治療の現場も見てしまった。電気ショック治療とはこんなに恐ろしいことだったのか、そう気がつくとただひたすら脅えるばかりだった。

火木土の午後になると、名前を呼ばれて電気ショックを受けに行かなければならない。どういう基準で呼ばれているのか分からない。見たところなんでもない人が呼ばれたりする。この時間に呼ばれることをみな恐れていた。嫌がる患者を看護人が引き立ててゆく光景を、毎度見ることが出来た。中には注射をしてくれと泣いてせがむ男も居た。それはごく大人しい年配者で、彼に同情する声が出ると同時に病院のやり方に恨みの声も出た。しかしそれは正面きって言えるものでもなく、ひそひそと蔭で言うにとどまった。名前を呼ばれなくなると、ほっとして急に明るくなるのだった。

わたしは五月四日か五日に状態が悪化して、保護室に逆戻りさせられてしまった。そこから一般病室に戻ったのが十一日である。こんなに正確に分かるのは日記に記されているからだ。入院前の支離滅裂な文章ではない、具体的に書かれた文章で、それでみる限り回復は順調だったと言える。と言うより文章を書くという作業は、心の闇が深いときでも出来ることを示唆しているのかもしれない。再び治療に呼ばれるようになった。今度は注射の後に何をされるか分かっていたから、その憂鬱さは並大抵ではない。地獄の底に落ちてゆくような暗さを感じ、深刻そのものとなった。しかしそうなればそうなったときの心、ノンシャランとやり過ごすしかない。いつまでも深刻でいられないのが人間というものかもしれない。二月から五月にかけて、わたしはこの治療を断続的に三クール、三九回受けたことになる。

ハリウッドスターのヴィヴィアン・リーは、心の病をもっていて、この電撃療法を受けていた。映画の仕事を続けるために自分の意志で受けていたのである。相手役の俳優は彼女のこめかみにやけどの跡があるのを見たという。こうした勇気には頭が下がる。こんな恐ろしい治療を自分の意志で受けることを積極的にやっていたという一事を見ても、精神病という言い方は間違っていると思う。精神は健全であり、こころ（神経）の病と彼女は戦っていたのだから。

院内をうろうろ歩いて

病室に一日座ってばかりも居られない。廊下を端から端まで歩くのも日課の一つで、多くの患者がそうしていた。一日に六回タバコを吸う時間が決められていて、その時間になると一つの病室が当てられ、多くの患者がその部屋へ集まる。その部屋の患者達はその都度部屋を掃き掃除していた。この部屋には状態のいい患者ばかりが集められていたようである。そこには碁盤・将棋盤があり、また手製の麻雀パイがあって、いつもいろいろな患者がこの部屋に遊びに来ていた。いわば娯楽室を兼ねていた。普通の病室の倍、つまり四〇畳くらいあったと思う。ここで演芸大会とか盆踊りもやった。

アルコール中毒で入院した者は、普通の人間と変わらない。一定期間入院していなければならない規定があった。麻薬中毒も同じで、禁断症状を呈している間は、大声を出したり暴れたりするけれど、それは最初の一時期で、それを過ぎれば普通の状態で生活出来る。なかにはとっくに治っているのに入院している者も居た。そんな人は結構多かった。精神病に対する世間の目は冷たい。退院しようがなく、そのまま滞在しているしかないといった者も居たのである。

そうしたなんでもない人ばかりが、この喫煙室兼娯楽室に収容されていた。火木土に治療に使われる部屋の患者も同様である。彼らは多くの人が集まるたびにその準備をし、その都度掃除をしていた。彼らはそれを一つの仕事と心得ていた。治療室には治療のときしか行かないが、娯楽室にはいつも遊びに来る人であふれていた。しかしそれを苦にしているようには見えなかった。ひとつの役割が部屋の人全体に与えられていることに、誇りをもっているようにさえ見えた。なかなか上手い病院経営である。

どの部屋にも長ともいうべき存在が居るが、そこの大将は「カモさん」と親しまれている鴨志田さんだ。彼は下町言葉で話し、穏やかな人柄で、でっぷり太ったはげ頭の五十男だった。もとは印刷会社の職工で、労働組合の役員だったという。アル中で、入院は二度目だ。俳句をよくし、わたしから「新唐詩選」を借りると、すっかりそれが気に入って、よく声に出して口ずさんでいた。李白が自らを「三百六十日　日々酔うて泥の如し」と詠んだ詩がお気に入りだった。

その部屋には毎日一度は遊びに行った。碁・将棋もやったが、一番熱中したのは麻雀である。厚紙を麻雀パイの大きさに切って、のりで貼り重ねて作ったパイが二組あった。ここで麻雀の遊び方を覚えた。教え方は親切そのもの、初心者に教えるために生まれてきたのではないか、と思えるほど適切な教え方だった。ここで覚えた麻雀は本格的なそれで、深いところまで教えてもらった。点数の数え方でも、退院後にやったいわゆる「インフレ麻雀」ではなく、九六〇点といえばその通り九六〇点支払う。黒い点棒が一〇点棒だった。満願が四〇〇〇点（親は六〇〇〇点）で、満願などめったに出るものではない。

賭けることはしなかったので、純粋にゲームを楽しむという深みのある内容となった。ここで麻雀の本格的なゲームを連日やったのは、得難い経験である。その後街でやった麻雀は、どこか間違っているような気がしてならない。賭け麻雀のがつがつした雰囲気もそうだし、点数がインフレだと麻雀そのものが単純になり、ギャンブル的要素に支配されがちである。「サキヅモ」のようなマナーの悪さとともに、際限もなく続くのも我慢しがたい。病院には麻雀の有段者が何人か居たが、彼らには到底敵わなかった。その実力のほどは底が知れないように思えた。有段者たちがしばしば後ろから指導してくれた。それは数学の順列・組合せ・確率の問題を解くのに似て、理論的であるばかりか、人生哲学にまで至るのであった。このゲームは四人でやるところから、社会と個人との主張と妥協、そのバランス感覚の優劣を競うような面白さがあった。ここで連日遊んだ麻雀ほど深みのある、また限りなく面白い遊びはなかったと言ってよい。

碁・将棋にも有段者がごろごろ居た。わたしは碁よりも将棋を好んだので、ときどき指した。カモさんも有段者だったが、彼を含めて多くが徹底した攻め将棋だったのは何故だろう。この影響を知らぬ間に受けて、わたしも玉頭に殺到する攻め将棋になった。これが後に職場で行われた将棋大会などでは意外と効果的だった。賞品の出る大会などになると、多くの人が慎重になる傾向があり、まさかと思うようなところからいきなり攻めたてていくと、日頃負けてばかりいる相手を倒すことが出来る。不利になっても玉頭だけを狙っていると、勝ちを意識して慎重になりすぎた相手に一泡吹かせることが出来た。

廊下の一角にラジオ放送が流されていた。ここで大相撲の中継を聞いた。三月場所で、史上初の全勝同士の横綱の決戦、栃錦・若乃花の大一番を聞いたのである。場内を圧するもの凄い歓声、聞いていても興奮した。どうなったのかよく分からないほどの場内の大歓声の中、「若乃花の勝ち！」と叫ぶアナウンサーの声を聞いて、そこでも歓声が上がっていた。

ここであるとき、聞き慣れた有坂愛彦《ありさかよしひこ》の声を聞いたときは、懐かしさが込み上げてきた。ソフトで暖かみのある声から、品のある語り口で次々と出てくる言葉を聞いていると、それだけでいいムードを味わうことが出来た。クラシック音楽の解説というと、堀内敬三に代表されるように生真面目で高尚で、やや不器用な感じが普通と思われていた。ところがこの有坂愛彦は、民間放送らしい明るさと親しみやすさと軽妙さを兼ね備えた解説で、クラシック音楽をぐっと身近にしてくれるのだった。メンデルスゾーンの「真夏の夜の夢」を聴きながら、気分よく廊下を歩き続けた。お粗末この上ないような小さなスピーカーから出ている、か細い音でもこういう時は十分に楽しめるものだ。

テレビは月水金の夜、希望者だけが別室に案内されて観に行った。わたしはほとんど観に行ったことはなかったが、「人生劇場」の連続ドラマが好まれていた。この年は六十年安保闘争の盛り上がった年で、浅沼社会党委員長が刺殺されるという事件が起こった。このニュースはいち早く伝わり、この話でもちきりになった。その日の夜はテレビを観に行って、その場面を見た。「右翼ってのはいけねえよ」意外にもやくざの組員が、そういう感想をもらした。わたしのほうに振り返って、小さい声で真剣に言う言葉に思いがこもっていた。やくざを自由に操ることが出来るのは、右翼だけである。その右翼に対するやくざの日頃の恨みがこもっているように受け取れた。

病院入院中とか、刑務所の中とかは、読書にこれほど向いている場所はない。わたしも自分がこれまで読んで、所持している本を送って貰って、次々と読んだ。「古今集」「源氏物語」「徒然草」「雨月物語」「我輩は猫である（漱石）」「坊ちゃん（同）」「草枕（同）」「俘虜記（大岡昇平）」「ロンドン東京五万キロドライブ（本田勝一・土崎一）」「大尉の娘（プーシュキン）」「ベールキン物語（同）」「現代の英雄（レールモントフ）」「決闘（チェーホフ）」「死せる魂（ゴーゴリ）」「モーパッサン短編集」「コロンバ（メリメ）」「カルメン（同）」「イールのヴィーナス（同）」「O・ヘンリー短編集」「北原白秋詩集」「萩原朔太郎詩集」「西脇順三郎詩集」「新唐詩選（吉川幸次郎・三好達治）」「ルバイヤート」等々。これらの本は一度読んだものであり、その中でもお気に入りのものばかりだったから、細部に至るまで深読み出来たし、十分堪能することが出来た。

患者と言ってもいろいろ

そこにはほんとうに様々な人間が居た。はじめに仲良くなったのは、植木さんという青年で、わたしより少し年上である。新潟の出身、どういう病名かは知らない。いろいろと部屋を移ったけれど、最初の部屋で隣り合った縁で自然と仲良くなった。わたしたちは病院職員たちから「ポン友」と呼ばれていたから、その仲のよさは目立ったのかもしれない。彼は状態が悪くなると、耳に何か詰める。いっぽうわたしは状態が悪くなると、目つきがすさむといわれた。

植木さんは、枝葉末節に拘るあまり全体を見失う傾向が顕著だった。ごく些細なことに悩み、しだいに自分を追い詰めていって、自縄自縛に陥ってゆくということの繰り返しだった。彼の人のよさは限りがなく、徹底して尽くしてくれた。自分のことを離れると、その冷静な観察には感心することが多かった。諦めきったというより、悟り済ましたようなところがあった。

彼は外で作業する作業療法をやっていたが、あるとき突如みなの側を離れてどこかへ行ってしまった。すぐに連れ戻されたが、二度と外へ行くことは許されなかった。連れ戻されたとき、懲罰に電気ショックを就眠剤のチクロパン注射抜きで掛けられた。意外にも彼はそれを恐ろしがることがなく「あんなものチリチリっと来るだけさ」と軽蔑したような言い方をした。それが終わって戻ってきて隣に寝かされると、いきなり起き上がってしまった。目が朦朧となって恐ろしい形相、全身が真っ赤でわなわなと痙攣していた。ベテランの患者がすぐに飛んで来て、寝かしつけた。わたしが保護室から戻って再度電気ショックを受けることになり、それを恐がっていたとき、最も励ましてくれたのが彼で、ずいぶん助かった。「あんなものはなんでもないよ」と、こともなげに言うのであった。

癲癇の患者が何人か居た。彼らは発作を起こさない限り普通の状態で、まったく正常である。おおむね癲癇の患者は筋肉質で体のバランスがいい。その体型と連動するかのように、精神的にもっとも安定しており、昨日に続く今日、まったく変わりなく過ごしてゆく。小さいことは気にしない。繊細ではなくすべてに大まかである。よってこんなに安心して付き合える者は居ない。ところがいったん喧嘩となると滅法強い。その爆発力たるや、剣幕の激しさとともに敵う者は居なかった。馬鹿力があって、リンゴなど握りつぶしてしまう。あるとき娯楽室に行くと異様な雰囲気、その叩きつけられたリンゴが転がっていた。しかしこんなことはまず一年に一度くらいしか起こらない。薬を飲んでいるから、普通はあり得ないことだ。婆婆に出たいとその中の一人がいつも言っていた。この病気は薬を飲んでいれば普通なのだから退院させてくれてもよさそうなものだ、とよく嘆いていた。

脳梅（中枢神経梅毒）の患者が数人居た。大半が普通人と変わらぬ入院患者の中で、脳梅だけは誰の目にもその異常さが分かった。誇大妄想と一口にいうけれど、何かの兆候を自分のことに結びつけて自分がとんでもなく偉い人物だと思い込む。心の底からそう信じているから、自信をもって振る舞う。みんな分かっているから、誰も逆らう者は居ない。皇室の関係者、右翼の大物、大物政治家といったところへメイクビリーブしがちである。その中の一人は、浅沼さんが刺殺されたとき「だから浅沼君には注意しろと言ったんだ」と本気で言った。

アルコール中毒の患者は大勢居た。それも繰り返し入院してくる者が多い。彼らの多くは自分が病気だとは思っていない。酒が止められないだけだと思っている。そのことを内心恥じているし、どうしようもない自分に腹を立てているところもあった。自制心の強過ぎる人間がともするとと非人間的なのに比べて、彼らはすこぶる人情に厚い謙虚な人柄が多い。入院している限りは酒を飲むことはあり得ないから、もっとも正常な人たちで、気持ちよく接することが出来た。

何度も後悔して、絶対酒は飲まないと心に誓って、ようやく退院の日を迎えて、その帰りの途中でぐっとあおってしまったと語ったのは、例のカモさんである。ある男は酒が嫌いになる薬を飲んで、それで酒を飲むといかに苦しいか知っているのに、酒を目の前にすると飲まずに居られなかったという。ある男は酒乱で、暴れて手がつけられないで何度も入院した末に、頭の手術を受けていた。耳の上からヘッドホンを掛けたように髪の毛が一筋無くなるという手術跡を残しているので、一目でそれと分かる。手術の結果大人しくはなったが、酒を飲むことは止めることが出来ない。娑婆に出ればその場で酒を飲んでしまうことを避けることが出来ない。何度も入退院を繰り返して、まともな社会人になる道はほとんど閉ざされていた。人の良さは限りないような男だったが。

そのほか頭の手術を受けている者は数人居た。どんな暴れ者でもこの手術を受けると猫のように大人しくなる。保護室に入れようが、電気治療を施そうが、いっこうに粗暴な言動が治らない患者が居る。そうした一人が居なくなったと思ったら程なく戻ってくると、頭に手術跡をつけていた。するとそれまでと一変してエヘヘエヘヘと笑って近付いてくる、すこぶる大人しい人に豹変してしまう。大人しくなった以外は以前と変わらず、頭の働きとか日常生活能力において通常の人間と変わりないように見えた。粗暴というけれど、恐いということはない。「気違い病院」の中の「狂人」が暴れるというと、世間ではさぞかし恐ろしいと思うであろう。しかしわたしは身の危険を感じたことは一度もなかったし、そのような話も皆無だった。粗暴な振る舞いは、人に対しては言葉だけで、壊すのはもっぱらモノである。粗暴に振る舞う自分を抑えることが出来ない悲しみが、誰の目にも見えて哀れだった。すぐ側に居るとそうした感情が痛いほど分かって、こちらまでが哀しくなってきた。

インシュリン療法というのがあった。薬か注射か不明だが、何か投与されると食欲が出てやたらと食べだす。この療法は個室に移されて行われるから、具体的には分からないが、とにかく大量に食事が与えられるらしい。モグラモチのように太る。とくに頬と下腹が極端に膨れるので異様に見える。しかも寝てばかりいるようになる。元気だった者も何もしなくなる、すっかりやる気をなくしたような状態になる。これがどういう患者に行われるのか、どういう意味があるのか分からなかったが、妙な治療法があったものだと思う。大体においてよく動く、やる気満々の者がこの療法をされるので、ぶくぶく太ってすっかりやる気をなくした姿が異常だった。

ヤクザたち

麻薬中毒患者が居た。多いときは五人いっぺんに入院してきたことがあった。彼らは例外なくやくざ、それも下っ端の若いものである。新宿の「松葉会」の者とすぐに仲良くなった。

若い組員達は少年院経験者が大半であった。彼らは「ねりかんブルース」を一日中歌っていた。

「ねりかん」とは、練馬少年鑑別所のことである。

一　人里はなれた塀の中
この世に地獄があろうとは
夢にも知らない娑婆の人
知らなきゃおいらが教えましょう

二　身から出ました錆ゆえに
いやなポリ公に連れられて
手錠はめられ意見され
着いたところが裁判所

三　検事判事のお調べに
ついた罪名窃盗罪
廊下に響く足音は
地獄極楽分かれ道

この歌はまだまだ続く。おそらく一〇番くらいまであると思う。「廊下に響く足音は　地獄極楽分かれ道」という文句には妙に現実感があって、精神病院内の雰囲気とダブって感ずるところがあった。ねりかんブルース独特の節をつけて歌うと、尚更しんみりとした。そのほかにもいろいろな歌があって、それぞれに胸に沁みるような歌詞であり、メロディーである。

麻薬患者は一定の期間が過ぎればさっそうと退院していった。入ってきたときはガリガリに痩せていても、たちまち太って血色がよくなり、余裕すら漂わせる頃になると退院となった。何度でも入院してくるが、必ず一定期間後には退院する。病院にはいいお客さんだったに違いない。治療らしい治療はしていなかった、ただ娑婆から隔離しておけばいい。入院したての頃は禁断症状を示して暴れるけれど、その期間は保護室で過ごすから、一般病室に来る頃は普通の人間と変わらない。

この連中がやくざ社会の幹部にのし上がることは、まずないだろう。小指の先が無い者がほとんどだった。これは絶対に幹部にはなれないことを意味する。妙に弱々しい感じの者たちでもあった。以前付き合っていた安藤組の幹部達のような迫力を備えている者は居なかった。

「ヤクってのはヨウ」わたしはあるとき訊いてみた。「(値段が)高いんだろう、そのカネはどうしているんだ?」すると小指を一本立てて「レコ(自分の女)にパン(娼婦)でもやらせるしかねえな」と答えた。幹部達の身代わりに刑務所に入るのも彼らの役目である。刑務所がいかなるところか、話し出すときりがなかった。取調べ室では椅子でぶん殴られたとか、後ろ手錠、革手錠をつけたまま犬のように食事するとか、悲惨な話が尽きない。それを面白おかしく話すのが彼らの精一杯の誇りなのだ。いずれやくざ社会は弱肉強食の世界、彼らが使い捨てにされる運命にあることだけは明白と見た。

一緒に暮らしてみると彼らは世間をほとんど知らず、愚かしいところがあった。無知であり、落ちこぼれ特有の無気力、少し我慢すればはるかにましになると分かっていても、それが出来ない。安易な方へ流されて、結局はだまされてひどい目に遭う。少年院から、やくざの下っ端になり、指を詰めさせられ、刑務所で苛めぬかれる、ヤクで搾り取られた挙句に精神病院送りになる、こんな人生になるのもちょっとした間違いからであって、考えてみると可哀想なことだ。起居を共にすればするほど、その無情さに切なくなることがあった。彼ら自身がさっぱりそのことを理解せず、ただ流されて生きているのが一層哀れに見えた。中の一人はありあわせの紙で紙縒《こよ》りを作って、それで器用にトンボとかカマキリなどを作った。そんな姿を見ていると、案外いい育ちなのかなと思えた。

天使たち

八谷《はちや》君という同い年くらいの青年がいた。彼はキリスト教の信者で、特有の丁寧な態度で、猫なで声で優しい話し方をした。廊下を歩きながら賛美歌を歌ったり、天井に向かって「キリストさまあ」と呼びかけたりした。わたしは彼の居場所に時々遊びに行った。彼が持っている大きな聖書があって、それが日英対訳になっていた。これを開けてみるのが好きだった。その英語表現が易しいのに驚いたのである。易しい単語ばかりが並んで、明解簡潔な英文になっていることに美しさを感じていた。聖書そのものは拾い読みしたことがあり、教会へ行って説教を聞いたこともあった。そんなこともあって、聖書の中身は少しながら知ってはいた。しかしそのときは、聖書の内容に感心していたのではなく、英語の勉強にちょうどいいと思っていたにすぎない。ところが八谷君は、わたしに関心があるのは聖書そのものと勘違いしたらしい。あるときその聖書を持ってわたしの居場所にやってくると、「これを持っていて下さい」と言い残してその聖書を置いていってしまった。

その翌日か、あるいは翌々日か、朝早く起きて廊下を歩いていると、いきなりトイレで大きな声があがった。「首吊りだ！」わたしは側を歩いていたので、真っ先に駆けつけた。個室のドアーが開け放たれて、そのなかに首を吊った八谷君がいた。あごをぐっと引いた形で、洟を一筋垂らし、土気色した皮膚、荘厳な感じがあった。紙紐を何本か縒って首に巻き、その輪を同じく縒った紙紐で繋いで高いところに掛けていた。呼ばれた看護人がその紙紐をはさみで切り、わたしともう一人の患者が抱き下ろした。すでに死後硬直が始まっていた。

「おれに聖書をくれたんだ」とカモさんに言うと「それは棺に入れてやるといいよ」と答えた。なるほどそれがいいと、すぐに看護師にそのようにお願いして渡した。家族の人が来て泣いていたと後日聞かされた。その頃のわたしは外で仕事をする園芸班に所属して、作業療法を受けていたので連日のように外に出ていた。そんなあるとき、ごみための中に八谷君の聖書を発見した。半分焼け焦げていた。恐らく私物を焼却処分して、本だからじゅうぶんに焼けなかったのだろう。それにしても棄てるとはなんということだ思った。病院という組織の冷たさを感じ腹が立ってならなかった。

自殺の現場を見たのはそのときだけだったが、ほかにも自殺はあった。われわれがよく行く娯楽室の住人で、いい家庭の青年がいた。麻雀の有段者で、家からよく見舞いが来て土産を持ってきた。ときどきそれを振る舞ってくれた。彼が一時帰宅を許されて、うちに帰ったとき自殺したと聞いた。しかし助かってまた戻って来るということも伝わってきた。程なく戻ってくると、しばらくは放心状態で、積み上げた布団に寄りかかって視線を遠くに置いていた。が、やがていつもの彼に戻り、麻雀卓を囲み談笑するようになっていた。自殺のことは誰も聞かないし、自らも語ろうとはしなかった。

病院だけに、死者は多いときは週に一度、少なくとも月に一度くらいは出た。病室内から異様な声があがるといっせいに外を見る。グラウンドの端に建てられた霊安室に、看護師(人)が何人かついて運んで行くのが見えた。白い看護師のユニホームが目に染みる。入院患者たちもこのときばかりは妙に神妙になるのだった。

ある朝早くに廊下を歩いていると、看護師に呼ばれた。行ってみると、年寄りが死んでいて、それを運ぶのを手伝った。ここでは特別の末期治療とか、延命治療のたぐいはしていなかったから、自然死またはそれに近い死に方をした。老いて寝たきりになり、何も食べなくなると、たちまち亡くなった。ひどく痩せて背も低くなり、全身が縮んでくると死期間近だった。苦しむことはほとんどなかった。死ぬと誰でも穏やかそのものの表情になり、「ほとけ」と呼ぶのはいい得て妙と思った。


患者は病院の使用人という重要な役目を負っていた。看護師(人)たちはなんでも患者にやらせるのを当然と心得ていた。来る日も来る日も病院内の使役を一日中やっている患者が相当数居た。彼らの多くが生活保護患者だった。精神病に罹ると、治療も長くかかるし、社会復帰は難しい。家庭でも受け入れられない者が多く居た。社会からも家庭からも棄てられたようなものである。そうした者の多くが生活保護を受けるようになる。すると毛布が支給される。その決まった柄の毛布を見ると、この人は生活保護を受けていると分かる。植木さんもそうだったし、かなり多く居た。

こういう患者は電気ショックを受けるに際し、チクロパン注射はしてもらえなかった。着ているものもつぎはぎだらけのものを着ていた。その多くが朝から率先して使役に精を出していた。病院内には仕事はいくらでもある。廊下・トイレの掃除はするし、保護室の掃除もした。寝たきりとか認知症の患者の世話も一手に引き受けていた。洗濯物は大量にあったし、それを干しに行き、夕方取り込んできちんとたたんで、持ち主の患者に与えるのも彼らの仕事である。針と糸を使った繕い物もよくやっていた。

大工仕事も結構あって、これには本職が居て院内の修理はすべて引き受けていた。なかには左官職が居て、このほうの仕事も時々あった。庭仕事もたくさんある。花壇の手入れから、玄関周辺の掃除草取り、砂利石を並べたり、やることはいくらでもある。

子供達が六、七人居て、どういう訳か認知症の年寄りたちと一緒の部屋に居た。老人が認知症に進むのは意外と早い。何もやることがなく、治療も長い間受けずにただ毎日座っているだけの生活、認知症にもなろうというものだ。垂れ流しになると、その部屋に移された。よってその部屋はひどい臭いがした。この部屋でも、いつも何人かの患者が専門に世話をしていた。汚れ仕事も嫌な顔一つせずにひたすら励んでいたのが印象深い。介護はお手のもの、ずいぶんよくしていたようだ。すこぶる献身的かつ道徳的だったのである。

ここに居た子供たちは就学前の年齢で、智恵おくれなのかもしれないが、何故そこに入れられたのか分からない。幼い子供たちが毎日同じ部屋の、それも不潔な環境の中に居るとは、どう考えても理不尽なことだと思った。この子達の面倒を見るのを生き甲斐にしているような患者も居た。毎朝まず「おはよう！」と声を掛けて「おはよう」と言わせる。洗面所に連れて行って歯を磨き、顔を洗ってやる。きちんと正座させて「いただきます！」と言ってから食事させる。親代わりどころかそれ以上に懇切で熱の入ったものだ。「この子は本当によくなってきた」と会う人毎に言うのだった。

そのときはそれほど感じなかったが、この親切というか、助け合いの精神というか、今になって思い出すと不思議な気がする。それも特別努力しているというより、ごく自然とやっていた。そうするのが快くてしているのである。まさにこの患者達こそ、天使と呼びたいくらいだ。それだけ閑があったからといえばそれまでだが、この人徳はどこから出てきたのだろう。これほど親切で、道徳的で、疑うことを知らず、底抜けに人がよく、であるが故に精神病に罹り、こうして社会から見捨てられているのではないかとさえ思う。

とにかくよく働いた。退院する当てもなく、そこで働き続けてやがて衰えて他の患者の世話を受けるようになるのであろう。仕事は看護師(人)の指示でやるのが建前だったと思うが、ほとんど自発的に、というより法のごとく続けているといった感じだった。何も考えずにひたすら働くという姿には、どこか悲しいものもあるが、それが救いになっている部分も大いにあったと思う。

病院内には画家、音楽家、詩人の類が居なかったのは何故だろう。少なくともわたしが入院している間は皆無だった。尺八を吹く男が居たのが唯一の例外で、それをしも「君が代」を吹いたり、昔の歌を吹いていたくらいで芸術家とは言いにくい。

娯楽室に行くのは一日の中のひとときであり、廊下を歩くのもほんのひとときだ。大半の時間は自分の席に座り続けるしかない。部屋の中では言葉を交わす者はほとんどなく、ただ静寂ばかりが続く。春になると、近くの木々が色付いてくるだけではない。ブタ小屋からさえ、はしゃぐ声が聞こえてきた。空高くあがるひばりの鳴き声を毎日聞いた。小鳥達も多くなり、喜々として遊んでいるように見えた。すぐ近くに来て遊ぶ鳥にも春の気配が濃厚だった。

わたしは退院するまでに部屋を替わること八回、九つの部屋を回った。そこでもいろいろな人を見た。部屋からまったく出ない患者も多い。朝から黙ったままで一日過ごし、まったく動かない者も居た。なかには、何か独り言を一日中発している者も居た。シラミを捕ろうとしないので、体中がシラミだらけ、「観音様」と異名をとるその男は、体はもとより持ち物までシラミがぞろぞろ居た。

わたしは六月のはじめ頃もかなり危険な状態になっていた。まず何も動く気がしないから、話もしなければ歩きにも出ない。心臓の音が聞こえてきて、これではまた薄明の世界に逆戻りしてしまう日も近いと感じていた。それをなんとか免れ得たのは、睡眠と食事が通常に出来たからだろう。食欲不振、あるいはその逆の異常な多食、これは確実に病気が表面化していることを示す。また睡眠がまともでなくなるのも大きな危険信号である。不眠、そして昼夜が逆転するというのがその典型であろう。その点わたしは辛うじて正常を維持していられたので、なんとか土俵際で弓なりになって残すことが出来た。五月のはじめに一週間ほど保護室に入ったけれど、六月のはじめもその一歩手前で踏みとどまれたのは、食事と睡眠という基礎が固まりつつあったからではないかと思う。

患者達の食事の摂り方はまさに千差万別、まともならざる摂り方をいろいろと見た。カレーライスが出ると、まずカレーだけ全部食べて、後からご飯だけ食べる。見ているだけでも汗が出てきそうだ。その逆の順序もある。ひとが余した物をすべて食べないと気がすまない者が居た。残した醬油まで綺麗にしていた。ひとと一緒には絶対食べないという者も居た。寝静まってから夕食を摂る。ちなみにこの病院の食事時間は、朝食七時、昼食一一時、夕食午後四時、消灯は九時であった。食器はすべて金属製、お茶を飲む湯飲みも缶詰の空き缶である。このへんにもこの病院の待遇の悪さを象徴しているものがあると思う。その食器にまったく手を触れずに食べる者が居た。股間に置いた食器から、左手で掬い上げ、それを右手に持った箸で突付いて口に運ぶ。それが大変な早業で、まったくこぼす事もなく、皆より早く食べ終わってしまう。これは一種の特技と言えるかもしれない。

モノを蒐集する癖というか、そういう病気の者を二人見た。その一人は、なんでも他人のものを持ってきてしまう。いわば盗みである。盗んできたものは、小さな私物入れに入れておくしかない。時々看護人が来て、それを開けさせると、いろいろな人が見に来て自分の物だと言えば持ち帰らせた。その問彼は怒ったように側に立っていて、人のものを何するんだという顔をしていた。彼もまたまったく言葉を発しない一人で、いつもは右手人差し指で自分の左手の甲をリズムをつけて叩き続ける。そのとき彼は別世界に入ったようで、しきりに声にならない言葉を発したり、にやっと笑ったりする。その指のかたちは、あたかもモールス信号を送っているように見えたので、「通信隊」と渾名されていた。

もう一人は、なんでも棄てたものを持ってきてしまう。どうしてもゴミの類が多くなる。子供が棄てた紙の類、これは洟をかんだものばかりではなく、汚物を拭いたもの、便を拭いたものも含まれていたから、不潔なことおびただしい。これも私物入れか布団のなかに置くしかなく、ときどき看護人がやってきて棄てさせた。このときの彼は泣き出さんばかりに悲しそうになった。普通に話はする男で、そのことを除けば異常なところはなかった。「いつもこんなことをして！」と看護人に怒られると、「どうもすみません」と謝りながら涙を流した。このとき「まあいいじゃないか。今日はこのへんにしておこうよ」といつも取り成すのは脳梅の患者だった。

精神病院である以上、躁鬱病と統合失調症（当時は分裂病と呼ばれていた）は多く居たはずである。ところが誰がその該当者かまったく分からなかった。それは自分で病名を名のらなかったからだ。半数以上居たのかもしれない。アルコール中毒とか、麻薬中毒の患者は必ず真っ先にそのことを明言した。自分は精神病で入院したわけではないと言いたかったのかもしれない。癲癇の者も病名を隠そうとはしなかった。発作を起していないときは正常だと認識したかったのだろう。

ただひとり、「わたしは分裂です」と名のった人が居た。園芸班でいつも戸外仕事に従事していた久野さんである。よく仕事をする人で体も立派だった。三〇代半ばとおぼしき彼は「もう一度この人生をやり直そうと思っているんでね」とあるとき真面目に語ってくれた。久野さんは将棋が強く、カモさんも彼には敵わなかった。激しい攻め将棋も、久野さんの重厚な指しまわしにあっては、たじたじだった。

食後にいつも薬を飲む三〇歳くらいの男が居た。薬を自分で飲むことを許されている人は彼くらいしか居なかった。気の優しい、見たところ何処も悪くないような人だ。何の薬か訊いてみた。しばらく躊躇してから、空気中に指で「パス」と書いた。パスといえば結核の特効薬ではないか。何故ここに結核患者が居たのか判らない。突如として彼は退院していった。「あいつは娑婆に出たらもてるだろうな」という声が娯楽室で聞かれた。しかし彼は娑婆に出たのではなく、結核患者を入院させる病院に行ったのではないかと思う。

肉体労働のたまもの

梅雨が終って本格的な夏の日がやってきた頃、主治医の大辻先生に呼ばれた。「作業療法といって土いじりとか花を育てたりするのですが、やってみませんか」。本を読んだり、麻雀をしたり、頭を使うばかりではなく、体も使わせるべきだと判断されたのであろう。もちろん喜んで、翌日からさっそく「園芸班」の一員になった。午前午後の数時間、晴れている日は外でドカタ仕事に勤しんだ。土いじりとか花を育てるといった生易しいものではなく、まさに重労働の連続である。年齢が若くて（二三歳）逃亡の恐れがないと見られて、この仕事を仰せ付かったのであろう。

園芸班はかれこれ一五人ほど居た。近所の植木屋さんといった感じのおじさんが指導と監視に当たっていた。病院の門から玄関にかけて、かなり大きな中庭になっていて、真ん中に噴水のある池があり、その周辺を花壇が囲んでいた。塀際と玄関脇も花壇になって、至るところに花が植えられていた。ここの整備は周到に行われ、毎日の仕事になっていた。この病院は外部から訪れると、門から玄関までの立派さにおいて、貴族の館に入るような気分にさせる効果があった。見舞いに訪れる人などには、鍵のかかったドアの向こうの病室がシラミの跋扈《ばっこ》する劣悪な環境とは、とても想像出来なかったに違いない。

中庭以外の広い敷地内全体の草取りと朝晩の水撒き、果ては道路補修までやった。河原から石を運んできて、それを積み上げて花壇を作る仕事も毎日のようにやった。部屋に戻ってくるとドタっと寝るだけ、めしはむやみやたらと大食した。

だいたい夏は体調のいい季節ではあるが、この夏はよく体が動いてくれた。炎天下の重労働に、いくらでも力が湧いてきて気持ちが充実して、気分最高になれた。労働というものには、救いがあるものだということをこのときも実感した。とりわけ肉体労働には、存分に体を使いきった喜びがある。一つの仕事を終えたときの達成感も得がたいものがあった。それと自然の中での労働に、大きな意味があった。遠い山々、近い岡の連続、そして流れる川、澄んだ空気、動物もいろいろと居た。そんな中で体を動かすのは、心の病には最適といえた。この病院は病院としてまことにお粗末なところだったが、自然に恵まれていたことはなにものにも替え難い幸いであった。

昼食を大量に摂って、そのあと昼寝すると、起きたとき体重が増えている実感があった。事実どんどんと体重が増えていった。日に焼けて逞しくなり、筋肉が全身について、たちまち健康になっていった。肉体労働者になると、とたんに何も考えなくなった。というより頭が働かなくなった。本など開いても頭に入ってこない。ただ活字を見ているだけ、眼球から頭の中心部に浸透してこないのだ。よって入院の後半はまったく読書はしていない。日記もつけていない。七月半ばで日記が途絶えたまま、一二月の退院の日まで記録らしい記録がない。歌の文句とか、言葉の言い回しなどがメモ的に記されているだけだ。肉体労働は体を作り、頭の中を空っぽにする効果が絶大だったといえる。

生涯にこのときほど太ったことはない。一七〇センチの身長で、普通は五五キロくらいなのに、このときは七〇キロをゆうに超えていただろう。どこへ行っても押しも押されもしないと言われ、二人掛けの椅子に一人で座ると窮屈だった。指までが太くなり、腕力もついてわれながら頼もしかった。夜は八時には就眠していた。久しぶりに見舞いにきた母が「いやあ元気そうだねえ」と驚きつつ大いに喜んでくれた。

夏の終わりの頃に、菊を栽培している大きな畑に連れて行かれて、花の蕾の芽欠きをした。一つの枝に一つの花を咲かせる為には、真ん中の一番大きそうな蕾を残して、ほかはすべて欠き取ってしまうのである。すると大きな花を咲かすことが出来ると教えられた。蕾は細かいので、針のようなものでつつき落とした。大きな畑一面に植えられた菊のすべてを芽欠きするのは、容易な作業ではなかった。

秋になってその結果を見に行くと、成功しているのは一割くらいしかなかった。その中でもいい花をつけたのは、さらにその一割くらいか。品評会に出せるようなものを作るのも似たような比率だという。台風がきて倒された菊に、意外といい花がついていた。命に危険を感じたとき懸命に花を咲かせるからだと説明してくれた。品評会に行って大輪の花が咲いている菊の根元を見ると、たいがい虫ピンを刺してある。それも十字に二本くらい刺してあるのが多い。これも理屈は同じで、身に危険を感じさせるためだという。生き物の一面を示しているようで面白いと思いつつ、なにやら悲しかった。

回復に向かって

秋のはじめに本館から新館に移った。新館は後から建てられた小さな病棟で、四部屋くらいしかなかった。ここの窓には鉄格子はなかった。この新館は本来、病院職員の宿舎として建てられたのではないかと思う。患者が増えて部屋が足りなくなって、そこも病室にしてしまったのではないかと思えた。そうとしか思えないような造りになっていた。逃亡の危険のない者だけがここに居たらしい。新館に長く居る者の一人に聴覚障害者が居た。彼は調理場で作業をやっていて、なかなか頭がよかった。彼が一人で竹で作った麻雀パイがあって、毎晩やっていたがわたしはあまり参加しなかった。疲れていたのが一番の理由だが、有段者が居なくて何かもの足りなかったのである。

新館の中の住人は全快かそれに近い人たちで、皆仕事をもっていた。院内の敷地にブタ小屋があって、その世話を専門にしている者も居た。炊事の手伝いに行っている者も数人居た。室内の掃除とか軽い仕事だけしている老人が居て、彼は手品の技術をもっており、ときどき見せてくれた。

本館では演芸会のようなこともたまに行われた。定期的ではなく、患者達の様子を見て行っていたらしい。芸達者な人は何処にでも居るように、ここでもそうした急ごしらえのタレントには不自由しなかった。秋には運動会も行われ、そのときのためにグラウンド整備をやった。これはなかなかの重労働で、スコップと鍬を使って土をならした。例の娯楽室では万国旗を作ったり、飾り物を作るのに大勢が取り掛かり賑やかにやっていた。こういう時はそれなりの才子が現れて得意技を発揮した。多士済々、いくらでも才能は転がっているようだ。運動会そのものはほとんど覚えていない。

秋の半日、ハイキングのようなこともした。午後の二時間くらい川沿いを上流に向かって歩いていって引き返してきた。参加を許されたのは逃亡の恐れのない、正常な患者に限られた。川の流れを見ながら秋の紅葉の中をゆっくり歩くのは、なんといっても心弾むものだ。狭いところに監禁されている身には、こんなにいいご褒美はなかった。このとき新鮮だったのは、日頃ユニホーム姿しか見たことのない看護師たちがみな私服だったことだ。思い思いの服装と髪形を決めて、話したり笑ったりしながら歩いてゆくのを見ていると、ごく普通の女性であることに気付いて、それが不思議な感じがした。ある人は好もしくさえ見えてくるのだった。白い帽子に白衣というユニホームが、人間性を希薄にし、個性をなくし、いかに権威をもつかを改めて発見したように思った。

看護師については、わたしはほとんど関心がなかった。周りの男たちはよくその品定めをやっていた。長く居る人にとっては、異性といえば彼女達しか居ないのだから、どうしても女として見てしまうのは自然なことだろう。多くの男たちには、ユニホームの下の肉体が見えていたのかもしれない。しかしわたしにとって看護師はあくまで看護師であって、性欲の対象になることはなかった。性欲そのものがこの期間すこぶる減退していて、ほとんど感じなかったといっても過言ではない。

男ばかりの社会であり、なんといっても一人になることの出来ないところでは、性欲は極端に抑えられてしまう。異性と接触することで、自然な性欲が湧き出るものだし、性の妄想は一人で居る個室内でこそ燃え上がるものではないだろうか。こんなに男ばかりが群れているところに隔離されていては、性欲どころではなかった。隔離された病院生活の苦しさはまさにここにあると思う。

人間は一人では生活出来ない。しかし一人になりたい存在でもある。自分の個室に居て、一人の生活時間を過ごすということは絶対必要であろう。ところがここにはそれがない。常に誰かと肩を接していなければならない苦しさ、いつも監視の目に晒されているつらさ、これは経験した者でなければ理解出来ないと思う。刑務所とか軍隊もこの苦しさは同じ筈である。

独りで居る寂しさよりも、他人と居るわずらわしさのほうが耐え難い……これが人間というものだ。ましてこの病院は人口密度過多であった。起きて半畳寝て一畳、ほとんどその状態だった。二〇畳の畳の部屋に一五人が寝起きしていたのだ。それが一六部屋位あり、小部屋とか保護室とか新館とか入れたら、三〇〇人くらいがひしめいていたことになる。廊下はいつも行き交う人が絶えることはない。トイレも洗面所も風呂もいつも満員、こんな過密状態でよく何も起こらなかったと思う。喧嘩らしい喧嘩さえほとんどなかったのだ。大事になりそうになると、寄ってたかっておしとどめてしまう。みな譲り合い、親切で、お人よしで、なんというモラルの高さだろう。奇跡的と言いたいくらいだ。

「退院したい」これは誰もが描く夢である。この願いをもたない者が何処に居るだろう。しかしこの夢はほとんどの患者にとって叶わぬ夢であった。そのことを半ば諦めている者も多かった。それでも万が一を夢想し、喉の渇きを覚えるように、かきむしられる思いに捕らわれることはある。そんなとき絶望的に逃亡を図る者が居る。発作的に逃げ出そうとする。よって逃亡はときどき起こった。

鉄格子を外して逃げたケースが二件あった。天井に上って天井裏を歩いて玄関ホールの方に行き、そこから下に降りて逃げたケースもあった。いずれも夜中である。これはかなり手の込んだやり方で、普通はちょっとした隙に逃げ出す。布団を干しに行ってそのまま逃げてしまうなどである。こういうのは監視がついているときだから、即座に捕まって戻されてしまう。逃亡して捕まるまで、一番長くても三日くらいだった。こんなときは電気ショックに保護室、そのあとはとくに厳重に監視されて、あらゆるご褒美は対象外にされた。

わたしが新館に居たのはほんの一月あまり、すぐに本館に戻された。患者に説明などしないのが当たり前だったから、事情は分からない。しかしわたしはそのほうが有難かった。選民扱いはいささか気詰まりで、わずかにある自由がかえってつらかった。カオスの世界に戻ってほっとしたことは事実だ。その辺をうろうろしているキャラクターに、変化が多いというのは確かに救いだと気付いた。

みなにケンちゃんと呼ばれていたおじさんが居た。彼は智恵遅れの子供がそのまま大人になったような人で、話すことやることがいちいち足りなくて、どこか滑稽さをもっていた。人気者でみなながからかって面白がった。しんと静まり返った午後のあるとき「粋なジャンパーのぉ　アメリカ兵がぁ〜」いきなりいい声で歌いだすと、「いいぞいいぞ！」と声がかかった。こうした存在は一つの救いだったことは間違いない。こうした愛嬌者が、その昔はどこの町内にも居て、それが町内の人々の結び付きに意外と好影響を与えていたと思う。正常人ばかりでは息苦しい。そうした息苦しさの中に、一つのクッションの役目を果たす意味は意外と大きいのではないか。

今の社会の息苦しさの因のひとつは、そうした人々を施設とやらへ追い出してしまったことにあるのではないだろうか。助け合いとか優しさとかいうものは、こうした人を仲間に入れることによって自然と生まれてくる。その意味では教育的存在ということが出来る。身体障害者も同じ意味があると思う。健常者として生きている意味を、自然と分からせてくれる、このことの意味は大きい筈である。

これでよかったのだ

年の暮も押し詰まった一二月の二五日に、わたしはこの病院を後にした。正月を自宅で過ごさせようとした病院の計らいである。と同時に、病院職員になるべく休暇を与えたいという思惑もあった。再び戻るという一時帰宅の形をとったが、結局わたしは戻らなかった。母に伴われて久しぶりに群衆の中に入ると、人々の動きがばかにのんびりしているように見えた。贅沢な服装も珍しく、ただ見とれていた。その着飾った女達の化粧した顔に、ある愚かしさを感じたことも事実である。電車に乗ると、暖房の暑さが病院の寒さに慣れた身には返って苦しく、空気の悪さに気持ち悪くなった。久しぶりに乗った電車が、八王子から東京へ向かっている筈なのに、どうしても反対方向へ走っているように思えてならなかった。妙な感じに捕らわれながら、そのまま乗っているうちにしだいに頭の中が半回転して、やはりこれでいいと気付いた。

帰り着いたうちは狛江である。小田急線「狛江」駅から歩いて二〇分ほどの、和泉多摩川に近いところ、回りは農家と畑が多かった。ここに兄が家を新築したのである。五〇坪の土地に一四坪の家が建っていた。当時この土地は坪単価六〇〇〇円で、東横線「日吉」駅近くの住宅地も同額だと聞かされた。

翌日の朝、わたしは外を歩いてみる気になった。一人で外に出るのは約一年ぶりである。外に出て歩き始めると、雲の中を歩いているようで恐かった。なんとも頼りない気分で、晴れて澄んだ空気が返って怖い感じがした。多摩川のほとりに出ると、そこには大きな松の木が五、六本あって、対岸の木々が遠く小さく見えた。そこの少し上流に、日活撮影所がある。この場所は「五本松」と呼ばれ撮影によく使われている。土手の上から五本松を見てそのまま引き返した。頬に当たる風の冷たさ、そして降りそそぐまぶしい光、娑婆へ戻ってきたんだなと実感した。

少しずつ外出にも慣れて、正月明けには友人知人宅をいろいろと訪問して歩いた。行く先々で、太ったという驚きの声を聞いたが、それ以外の言葉はなかった。精神病院から戻ってきた者に向かって何を言ったらいいか分からない、どう対処したらいいか分からないというのが普通であろう。母と兄も同じで、まったくそのことには触れようとしなかった。この封印された忌まわしい過去のことについて、一切触れないというタブーは、その後も変わっていない。こういう時にそのことに直接触れた感想を述べることができるというのは、よほどの人物に違いない。ステレオタイプから脱して、自分の意見をもち堂々とそれが言える人において、初めて可能なのであろう。幸いなことに、そういう人物に三人出会うことが出来た。この三人が三人とも文学者であり、無頼派的傾向の強い人だったことは興味深い。しかもいずれ劣らぬ酒豪であった。

高校の受持ちで、西脇順三郎の弟子・梅津正清先生（筆名北岡善寿）は言った。

「人間は限界を超えて刺激を受ければ誰でもそうなる」。

特別のことではない、ごく普通のことだと言わんばかりだった。このときの態度にスケールの大きさを感じ、本当に嬉しかった。

永福町の印刷屋の主人・寺野智氏は言った。

「君なんかインテリになろうとしたのが間違いのもとだ。中国あたりに行ってのんびり働けたらいいのに」。

その当時においては中国とか北朝鮮というのは、進歩的と言われた人たちには「この世の楽園」と思われていたのである。わたしが肉体労働をして、大いに健康を取り戻したということへの感想である。

評論家・山岸外史氏。この人とは豪徳寺に住んでいた頃、家が近かったので、よく遊びに行っていろいろと話を聞いたりしたことがあった。山岸さんは評論家としてすでに戦前に名を成した人で、太宰治の親友の一人でもある。太宰治の書簡集を見ると、山岸さんとの書簡が群を抜いて多い。その山岸氏が目を輝かし、一段と声を張り上げて言った。

「そうか、キミ、よくぞ精神病院まで行った。今みたいな時代に、青年が健康であるわけがない。迷い、悩み、精神病院まで行ったということは、それだけ君が良心家だということなんだ。よくやった！」

彼はわたしを抱きしめんばかりにして、「よくやった！よくやった！」と繰り返した。

この言葉はどのくらい救いになったか分からない。その後のわたしの歩みは、この言葉の延長線上にあったといってもいい。その後のおぼつかない足取りは、それほど筋の通ったものではなかったものの、いつもこの言葉が支えてくれたことは間違いない。「よし、これでよかったのだ」そう思えることによって、翌日から新しい道に向かって歩き出すことが出来るようになれた。

四月に大学へ復学した。三年生となり、一緒に入学した連中は四年生になっていた。彼らは一様にわたしが太ったことに驚きつつ、歓迎してくれた。「カネがなくなってね。地方に行って住み込みの肉体労働で稼いできたんだ」と言うと、道理でいくら連絡しても居ないと思ったという声を聞いた。入院したときは三軒茶屋に住み、近隣に迷惑をかけていたようだが、退院してきたときは狛江だったので近隣には全く知られることはなかった。卒業後は普通のサラリーマンとなり、自分のそうした過去については一切語ることがなかった。結婚するときも家庭内においても同じで通した。

今こうして封印を解いてみると、正直ほっとした。それよりあまりにいろいろなことがあったことに、感心するばかりである。「狂人」というレッテルを押された人たちも、じつはどこにでも居る普通の人であって、普通に付き合っていい、ということを世間の人たちに理解して欲しい。シラミに責められるというのは敗戦前後なら誰でも経験している。しかしそれから一五年も経って、世の中は高度成長の恩恵から贅沢ささえ日常の中に漂うようになっていたのに、あの忌まわしき鉄格子の中では、連日連夜シラミに責められ、垂れ流しの人とともに不潔極まりない環境で、それも超過密の中で暮らしていた人びとが居たのだ。それも〝病院〟の中でのことだったのだから、いかに心の変調を背負った人たちが人間扱いされていなかったことだろう。

その人間扱いされていなかった彼らが、いかに人間的であったことか。善良で、正直で、お人好しで、得難いキャラクターの人びとだった。それはまさに安心して付き合って行ける、高潔とさえ言いたいくらいの人たちだった。それにひきかえ娑婆の正気の人たちは、意地悪で、嫉妬深く、計算高い人たちが多く居て、まことに生きにくい世の中を作っているのではないか。そうした正気の人々によって受け入れられなかった人たちの大半が、あのまま埋もれて朽ちていったことを思うと、胸が苦しくなる。

バセドウ病がもたらす奇想奇行

わたしが何か書くと、多くの人から指摘されるのが「記憶力のよさ」である。わたしの記憶力については以前から不思議がられてきた。「コンピューター」という渾名を貰ったことさえある。ところがその一方で「記憶力がいいというのは嘘だ」と言い切る者も居る。それは我が息子で、最も身近に居る家族が言うのだから、これもまた真実に違いない。詮索好き、几帳面、自分勝手、凝り性、といった性格があるので、物書きの時などその特性が発揮される一方、自分に興味のないことはまったくの無関心で、家族との約束などすぐにどこかへ吹っ飛んでしまうということだろうと思う。それともう一つ無視出来ない事項を付け加えておかなければならない。それはわたしの持病である「バセドウ病」である。

この病気は正式には「甲状腺機能亢進症」と言い、この病名のほうがその実相をより伝えている。先天的にもっていたこの持病によって、どのくらい苦しんだか分からなかったが、この存在に気付いたのは中年過ぎてからだった。四四歳になったとき、発熱がしつこく続き、痩せていって、苦しくてならず、調べてみた。その結果この病気が判明した。入院すること約二か月、退院後の闘病約半年で健康を取り戻した。甲状腺というのは喉のところにある胡桃に似た形状の器官である。ここから甲状腺ホルモンを出している。このホルモンの働きは交感神経と副交感神経をバランスよく統御することにある。「働け」という命令と「休め」という命令がバランスよく統御されているのは、このホルモンの働きによる。甲状腺の働きに狂いが生じて、機能が亢進するとどうなるか。「働け」という命令が「休め」という命令を抑え込んでしまう。体の機能として休まずに働き続けることになる。

具体的には新陳代謝が異常に活発になる。体温が上昇して、いつも微熱が出ている。発汗がひどい。顔色はよく、動きが活発になる。いっぽう不眠となって、一晩ぐっすり眠ることはなくなる。疲労感が著しい。消化器官が働き過ぎて慢性下痢となる。その結果体重が落ち込む。このとき頭の回転もすこぶるよくなって、記憶力も抜群に向上する。入院する前などは、自分でも気味悪いくらいなんでも覚えられた。三〇分の落語を聴くと、そのすぐ後に全く一語も違えずに再現して喋ることが出来た。二、三日後でも可能だったので、それを録音したことがある。それをその後聴いてみると、言葉が違っていないばかりか、会話のタイミングとか言葉の強弱なども再現できている。麻雀で牌をガラガラかき回して山を作るとき、どの牌がどこに入ったか覚えることが出来た。これではほとんど負けない。

わたしの叔父は麻雀八段で、その稼ぎだけで旅行ができたという。彼は知らない町に行って、歩いて来た道筋にあった店の順序から屋号まですべて覚えていた。彼もまたこの病気をもっていたのだろう。この病気が進んで末期的になると、脈拍が極端に速くなり、心臓が割れ鐘のように打ち続ける。そしてばたりと心臓が止まって万事休すとなる。わたしの父も同じ病をもっていて、四七歳にして心不全で亡くなった。ヨーロッパ語のほとんどすべてをマスターしていた、あの記憶力からしても間違いないと思う。同時にとんでもない変奇人だった。

この病気の特徴は目が飛び出す、喉が腫れるという症状が現れるところにある。ところがわたしのようにこの症状が表面に全く現れない場合も稀にあるのだ。わが一族では誰もその症状が表面に出た人が居ないので、この病気を発見できずに中年過ぎに命を落とした。わたしの場合でも、かかりつけの医者は「風邪だろう」といった。わたしはそんなはずはないといろいろ調べて、甲状腺機能亢進症に間違いないと確信した。そこで病院に行ってそのことを告げると、「たぶんそうではない」といいながら検査だけはしてくれた。検査結果が出たとき即入院となった。まさに危機一髪の瀬戸際だった。

甲状腺機能亢進症の逆で、「甲状腺機能低下症」という病気がある。別名「橋本病」がそれである。いつもドロンとして動きが鈍く、頭の働きが悪く（時に知的障害）、眠くて仕方ないといったことになる。甲状腺の専門医に言わせると、認知症患者は甲状腺機能が低下していることは客観的事実だとある。ということは認知症の患者が、この方面から治療を受ければ治る可能性があるということになる。甲状腺の専門医が少ないので、現実には難しいだろう。甲状腺機能亢進症は、総体的に命を縮める。脈拍が一分間に一〇〇以上もあって、それだけ体全体の器官を消耗しているからである。しかし生き長らえて六〇歳を過ぎると逆に有利だといえる。それは認知症にかかる要素が少ないからだ。それともう一つあって、癌にかかる確率が一〇〇〇人に一人というデータがある。よってわたしは癌と認知症にはかからないと確信している。そのことを信じて疑わないように意識的にしている。以上をもってわたしの記憶力のよさを示す理由のひとつは説明できたと思う。

なんだかうらやましいと思われそうだが、ちょっと待って欲しい。うらやむには及ばないのだ。

現代医学の進歩によって、特効薬が開発されており、治療は確実になった。しかしこの薬には諸々の副作用があり、その為の多種の薬を飲まなければならない。一切の刺激物を摂ってはならないので、普通のお茶でさえ飲めない。予後でもホルモンのバランスが崩れてそのほうの調整もある。甲状腺値が一定水準まで落ち着いてくれれば全快となるが、甲状腺の値は何かにつけて上がりたがる。普通人より常に高い傾向にある。この傾向はすでに青春のころに現れており、いろいろと厄介な問題を引き起こしていた。発汗作用がひどく、そのため風邪を引きやすく、年に一〇回くらい風邪を引いていた。手足がいつも汗ばんでいて、冷たい。冷え性のしつこい状態である。いつも手先が湿っていて紙をめくるとき湿らせる必要はなく、後に会計担当になったときなど、指先に何もつけずに一〇〇〇万円でも数えることが出来た。

いつも追いつめられたように動き回らずにはいられず、不眠と疲労感にさいなまれ、不安が募る。四六時中射精衝動に責められ、頭の中の想像だけで射精することが可能なほどだった。四四歳でこの病が発見され、全快して社会復帰したとき、ほんとうに人心地ついたという実感をもった。落ち着いて辺りを見回す余裕がもてた。生きているというのはこういうことだったのかと気付いた。それまでそうした感覚を味わったことが一度もなかったのである。いかに苦しい生活をしてきたことかと思ったものである。

甲状腺機能亢進症がもたらす災いで、さらに重要なものがある。南山堂発行『医学大辞典』に、「バセドウ病」に続いて「バセドウ病精神異常」という項目があり、次のように書かれている。

「甲状腺機能亢進症による精神症状をいう。不安、いらいら感があり、刺激に敏感で多弁、多動を示す。気分は高揚し抑制を欠き、躁状態に至る。易疲労的で注意は集中せず、思考はまとまりを欠く。妄想も生じうる。精神症状は軽いものを含めればバセドウ病のときほとんど必発である。」

これを読んだときショックを受けた。今まであった心の病はこの病気と深い関係があったと分かったからだ。この本は一般人には眼に触れることがない。医師とか心理学者などの持つ書である。専門家しか見ることの出来ない医学辞典を見る機会に恵まれて、さっそく開いてみたのが「バセドウ病」の項目だった。十代後半から今に至るまでずっと続いた心の闇、この難問の原因がこの病気にあったと知ったのである。この驚きは大きかったが、同時に光明が見えてきたことも事実である。この辞典にあることはすべて当てはまることばかり、しかもこの病気をもった者には「必発」と記されていたことに強い衝撃を受けた。

いつも頭の中を駆け巡っている「奇想」と、しばしば人を驚かし迷惑をかけてきた「奇行」は、「甲状腺機能亢進症」によるところが大きかった。このことが分かって、いろいろと思い当たることがあり過ぎて、急転直下長年の疑問が解決してゆくように思えた。よくぞ長生きしてこんな境地に達することが出来たと思うと、感慨無量なものがあった。幸運といってはまだ足りない、何か運命的なものさえ感じた。

略奪された名画の行方

美術品とカネをめぐる話はいろいろあって、知れば知るほど興味尽きない。美術を美術館・博物館などの展覧会で鑑賞し、自宅で印刷物によって鑑賞している分には、何も起こらない。ところがこれを手に入れることが出来る「商品」となったとき、壮大なドラマが始まる。そこには金銭の取引があり、しかも将来値上がりが期待出来るという投資の意味もある。そこから人の限りない欲望、そして愚かしさ、とんだ悲喜劇が起こる。よくいう言葉に「絵は買ってみなければ分からない」ということがある。小市民の一人として美術館・博物館などに出かけたり、画集を買い込んだりしていても、十分に心の栄養にはなる。

では、なぜ買ってみなければ分からないと言われるのであろうか。実のところこのわたしは、美術品を買った経験が八〇回くらいある。日本画、洋画、西洋骨董、陶磁器、工芸品、画帖などなどである。その間いろいろなことを経験してきたし、知り得たことは少なくない。まず買うということには並々ならぬ決意が必要だ。たとえ一万円のものでも、いろいろな想念が駆け巡り、踏ん切りをつけて買うことになる。いよいよ買おうと決断したときの興奮と快感には、言い尽くせないものがある。のちには一〇〇万円のモノも買っているが、駆け出しの頃のほうがより興奮した。美術品を買うという行為ほど、心躍るものはないかも知れない。

買ったものを持ち帰って、絵なら壁にかけて鑑賞する。日夜これを観ていると、会場で見ていた時は気付かなかったものが見えてくる。ここが問題で、なぜこんなツマラナイものを買ってしまったのだろうと思うことも再々である。これは本当にいいものを手に入れたと思うのは、実のところ二割あるかないかくらいだ。なかには買って帰って半日もしないうちに厭になってしまうものさえある。下見は何度もしているし、これはなにがなんでも入手したいと思うものにぶつかるのは、滅多にあるものではない。一年に数回がいいところだ。それでも買ってから「しまった」という作品が結構ある。これまで買い集めた美術品で、少なくとも死ぬまで手放したくないと思うものは、実のところ一〇点に満たない。この辺が買ってみなければ分からない、と言われる所以ではないかと思う。とはいうものの、これはどこか愚かしい滑稽劇ではないかという思いが、心のどこかに去来することも否定できない。

さて二〇一五年秋のこと「これは面白い！」と膝を叩きたくなるような報道があった。その意外性に今更ながら驚き、人間の不可思議さに感動を覚えた。今頃になってナチスの略奪した名画が大量に出てきて、その総額一五〇〇億円という。その所有者が不可思議な人だった。住民登録も、納税者リストにもなく、健康保険もない、まさに幽霊みたいな存在だった。彼の父親はユダヤ人の画商ながら、ナチスが略奪した名画の鑑定とそれを売りさばくことを要請されていた。ナチスが敗戦とともに消え去ると、残った名画をすべて空襲で焼失したとして着服してしまった。戦後まもなく交通事故で亡くなると、それがすべて息子のコルネリウス・グルリットに相続された。

息子はあらゆる人間関係を断って、その名画を売りながら暮らす生涯を送った。結婚もせず、友ももたず、一切の人間関係のない透明人間のような存在に自らなってしまった。ミュンヘン郊外の自宅アパートのある六階に住み、滅多に外出もせずひっそりと生きていた。テレビも見ていない。受信料を支払うことによる社会的接点を避けていたのである。たまにスイスの画商のところへ絵を売りに行った。その汽車の中で簡単なことから疑われて全貌が明らかになっていった。しかしドイツ政府はこのことを公表しなかった。これを追及したのは週刊誌の記者だった。

そのアパートに張り込んでいくら待っても住人は姿を現さなかった。わずかに灯が洩れているのを確認して、住人が居ることは間違いないと確信した。そしてついにすべてが明らかにされ、週刊誌記者がその部屋に入ったとき、あまりに不思議な環境に驚いた。三〇年も前に賞味期限切れになっている缶詰とか、包装を解いていないパジャマが大量に積まれていたり、忘れがたい風景だったという。このことから半年後に、この男はこの部屋でひっそり息を引き取った。八一歳だった。遺書が残されていて、残された名画のすべてをスイスのベルン美術館に寄贈するとあった。ドイツには寄贈したくない感情があったものと思われる。ちなみにドイツの法律では、三〇年以上保持していたものは、その保持していた者の所有となることになっている。コルネリウス・グルリットの父は有名な画商であり、祖父は有名な建築家だった。N響の指揮者だったマンフレット・グルリットは彼の叔父にあたる。こうした名門の家庭に育った者には、孤独な人が多い。大きな屋敷に独りで生涯を送るような人も珍しくない。そうした血を受け継いでいたとも考えられる。

ナチスが集めた美術品は約六〇万点と言われ、その九割がいまだ行方不明だという。どこかにあるはずだけれど、杳として行方不明のままである。この問題に関しては、わたしは一つの推論をもっている。トルコの世界的遺産である木馬で名高いトロイの遺跡に行ったときのことだ。当地の案内人が説明していた。「今残っているのは壊れかけた石造りの建物の残骸ばかりだけれど、出てきた宝物はすべてドイツに持ち去られた。大量に出土した工芸品・美術品があった。その返還をドイツに要求していたけれど、今はロシアに要求している」。

この最後に何げなく付け加えられた一言に、ピンとくるものがあった。その旅行中バスに添乗してくれた女性が言った。「いま美術品の展示で一番充実しているのはモスクワとサンクトペテルブルクよ」。これを聞いていよいよ確信に近い推論が醸成された。

ナチスドイツがヨーロッパのほぼ全土を支配したとき、美術品の多くがベルリンに持ち去られた。そこで第二次世界大戦が終了するときのことを思い出してみると、真っ先にベルリンを陥落して乗り込んだのはソ連軍だった。そして国連軍が到達するのに約一か月あった。その間にヨーロッパ中から略奪された美術品の多くが、ロシアに持ち去られたのではないかと推理したのだ。しかしこの推理は単純にして図式的である。現実はこんなものではなかったはずだ。ベルリンにソ連軍が到達して来るまで、略奪された美術品の管理者は黙って管理していたであろうか。そんなはずはない。彼らがどんどん私物化して略奪していったであろうことは想像に難くない。多くのドイツ兵がそれに加わり、最後には民間人も加わって、略奪し放題になった。「どうせソ連に持って行かれるなら、おれたちが盗っていけないわけはない」。むしろ愛国行為のように盗りまくった。戦争というものはそうした略奪と殺戮に彩られるものだ。ソ連軍がベルリンに乗り込んだときは、その半分も残っていただろうか。ソ連軍の中には個人的に私物化する輩が居なかったはずはない。それも上層の士官クラスに居た可能性が高い。略奪する者は交換価値の高い物で、持ち運びしやすい物を持っていっただろうから、いまロシアの美術館に展示されているものはその残りということになる。それでもその多くが超高級の美術品ではないか。

持ち逃げされた大量の美術品はどうなったか。徐々に市場に出ていったであろう。今頃世界中のどこかで取引されたり、個人の所有となっていることだろう。実のところわたしはオークションで落札した四点の泰西名画を持っている。いずれも一九世紀後半から二〇世紀初頭にかけて描かれた油彩画で、イギリス、イタリア、フランスのものである。どれも大いに気に入っていて、どの一つとっても美術館に飾られていても不思議ではないような作品ばかりである。調べてみると、その作者は日本では無名であっても、向こうでは結構知られている。日本人は無名の作者には目も向けない。だから安値に放置され、このわたしが落札できたのだ。この四点はもしかしたらナチスがらみである可能性もある。はるか東洋の島国に運ばれてくれば、そんな過去の暗黒の歴史も関係なくなってしまう。よってその可能性は高いかも知れない。目の前にある名画がもしかするとナチスによって略奪されたものかもしれない、そう思って見ていると、不思議な感動を覚える。そしてどこか不埒《ふらち》で愚かしく、滑稽感も湧いてくるのだ。

名画にまつわるエピソードには摩訶不思議なものが多い中で、これもその一つとして加わってきた。美術品という資産をめぐる人の欲望は限りがない。

マラルメ先生のマザーグース

愉しい本を図書館で見つけた。「横浜市港北図書館」という手近な図書館に、こんな本が置いてあるなんて奇跡のような気がする。『マラルメ先生のマザー・グース』著者はフランス象徴派の詩人ステファヌ・マラルメ、翻訳は長谷川四郎、晶文社から一九七七年に発行されている。

なんといってもマザーグース、マラルメ、長谷川四郎という取り合わせがすごいではないか。長谷川四郎というひとは何度かお目にかかったことがある。東京世田谷の文学好きたちの集まりに、徳永直とともに参加されていた。徳永直はプロレタリア文学の代表的な作家、長谷川四郎はシベリア抑留から帰還された新進気鋭の作家、逞しい身体の持ち主でほとんどしゃべらない人だった。じっと下を見て、畳の目を見詰めながら、ほとんど言葉にならない一言二言を発していた姿を思い出す。当時わたしは高校を出たばかり、将来に何も見えない頃だった。世田谷には文学者が多く住んでいて、こんな集会がよくもたれていた。折しも石原慎太郎が芥川賞を受賞して華々しくデヴューしてきた頃だ。

長谷川四郎の長兄・海太郎は、牧逸馬、谷譲二、林不忘の三つのペンネームを使い分け、それぞれに人気をもった作家である。ご存知の『丹下左膳』は林不忘の作である。並外れた文才の家系であるらしい。長谷川四郎の『シベリア物語』に始まる作家活動は、のちに全集一六巻として結実している。その全集の宣伝文に記されている。「われらのごく身近に居る〝ぼくの伯父さん〟であると同時に、現代芸術の遥か天空に渦巻く一箇の星雲でもある長谷川四郎」とあり、この文は宣伝文とはいえ、なかなかよく出来ている。長谷川四郎の、当たりの柔らかい静かな文章には心惹かれる。

ステファヌ・マラルメは一八四二年パリに生まれ、詩人として、『エロディヤット』『半獣神の午後』などを創作した。象徴派の指導者として、また文学者、音楽家、俳優などが集ったサロン「火曜会」の主催者として、二〇世紀の文学への大きな扉を開いた詩人とされる。職業としては、リセ（高等中学校）の英語教師であった。それゆえにイギリスのわらべ歌である『マザーグース』を教材としていたことが、本書の誕生をもたらすことともなったのであろう。

ステファヌ・マラルメの詩は、わかりにくいということで有名である。フランス・サンボリズムとなれば、フランス人がフランス語で読んでも難しいだろう。言葉というものを、その意味だけで使うのではなくて、言葉のもっている音楽性、色彩、雰囲気、響き、イメージといった諸々の要素を使いこなして、一遍の詩を創出している。これを翻訳するとなると、スペイン語とかイタリア語などのラテン系の言葉に移すのでも、七割くらいしか伝わらないかもしれない。これが英語、ドイツ語といったゲルマン系になると、半分も伝わるであろうか。それでもアルファベットが使われている言語ならまだいい。東洋の漢字中心の言語となると、翻訳はほとんど不可能ではないだろうか。しかしその困難に立ち向かって、生涯を献げた方が居られる。鈴木信太郎が生涯を献げて研究し、翻訳した『マラルメ詩集』が岩波文庫に収められていて、これによってわれわれは、マラルメという世界を望見することが可能である。

しかしその一方、われわれは音楽とバレエによっても、マラルメの世界に接近することが出来る。「火曜会」常連の一人であったクロード・ドビュッシーの『牧神の午後への前奏曲』がそれだ。この曲はそれまで聴きなれた音楽と異なり、メロディがあるのかないのか、リズムがあるようなないような、ただ音の連なりが不思議な感覚で続いている。初めて聴いたときは、妙な感覚にとらわれたばかりだった。しかしだんだん聴いてゆくうちに、その不思議な魅力にとらわれて、陶酔感に浸れるようになり、それがたまらない心地よさとなった。一度これを味わうと、何度でも聴きたくなり、はまり込んでしまう。レコード解説によれば、これはマラルメの『半獣神の午後』に感動したドビュッシーが、そのまま作曲したものだという。解説にはつぎのように記されている。

「半獣神の牧神が真夏の昼下がり、夢と現実の狭間で笛を吹き、水浴びしているニンフ（妖精）たちと遊ぶ。彼女らを追い、腕の中に抱え、牧神は様々な夢と欲望を巡らせているうちに、ニンフは消え、牧神は再びまどろみ始める。」

音楽には国境がない。このような形でこの音楽にどっぷり浸かると、あたかもマラルメの「半獣神の午後」がわかってしまったような錯覚にとらわれる。それはたまらなくいい気分なのだ。

もうひとつ「バレエ」では、天才ニジンスキーの創作バレエ「牧神の午後」がある。ニジンスキーはロシアのセルゲイ・ディアギレフのバレエ団の一員としてパリに乗り込み、話題を独占したバレエダンサーだ。ニジンスキーが登場するまで、バレエというのは、ミュージックホールで女の子が踊る「見世物」でしかなかった。それを一挙に芸術の高みに押し上げたのが、ヴァーツラフ・ニジンスキーである。高い跳躍が大きな話題となり、高く宙に舞い上がり、そのまま静止しているように見えたという。そのときニジンスキーはわずか一八歳であった。その他ニジンスキーについては神がかり的なエピソードにあふれている。ニジンスキーは二九歳にして心を侵され、天然の彼方へと飛び去り、精神病院に収容されて生涯娑婆に戻ることはなかった。

幾つかあるニジンスキーの創作バレエの中でも「牧神の午後」は有名であり、上演当時あまりに生々しい性的描写で、センセーションを巻き起こしたと伝えられている。今ではそうした演出で上演されはしないだろう。日本のバレエ団の公演がテレビ中継されたとき、それを録画してある。しかしニジンスキーそのひとのバレエは想像することも出来ない。映像というものはときとして、描いているイメージを失わせることがある。この場合もかなりいただけない。顔は人間で、四つ足の動物はどことなく豹に似て、しっぽが付いている。その牧神が物憂げに寝たり起きたりする。その夢幻的な場面もどこか空しい。

マラルメの詩に音楽とバレエがあるように「マザーグース」にも音楽がある。「マ・メール・ロワ」がそれである。マ・メール・ロワとは、マザーグースのフランス語訳というけれど、この曲を聴いてマザーグースを理解することは出来ないし、想像することすらできない。この曲はラベルがピアノ連弾曲として作曲し、後にオーケストラに編曲している。「幻の指揮者」と言われたセルジュ・チェリビダッケがロンドン交響楽団を率いて来日し、各地で演奏会を開いた。この二〇世紀の奇跡ともいわれ、最高の指揮者を日本人のほとんどが知らなかった。それもそのはず、この指揮者はレコードが大嫌いで、すべて生でしか聴かせないという固い信念を実行している指揮者だった。これでは日本で無名なのも当然かもしれない。千載一遇ともいうべき日本公演は、何処でも空席が目立ち、簡単に入場できた。わたしは当日売りの切符で最上の席を確保して聴くことが出来た。

その日のメインの演し物はブラームスの「交響曲第一番」で、その前に二曲ほど演奏し、その一つが「マ・メール・ロワ」だった。その頃のわたしは「甲状腺機能亢進症」という奇病に罹っていて、熟睡することが出来ない日々が続いていた。チェリビダッケの指揮によるロンドン交響楽団の演奏は、すごいというレベルを超えていて、とくに鳴り響く音の深さに圧倒された。その別次元から響いてくるような音に、全身包まれているうちに、いつの間にか深い眠りに陥っていた。どのくらいの時が過ぎたのだろうか。ふと気が付くと、この世とも思われない天来の妙音が響く中、手に手に光り輝く楽器をもった紅毛碧眼の異国人たちが、揃って演奏していた。その中央に目を引き寄せると、指揮台の上でチェリビダッケが巨体を踊らせるようにしている。「マ・メール・ロワ」の演奏のほとんどが夢の中で過ぎていたのである。名人の演奏を前にして居眠りするのが、最も幸せだという説がある。その通りだとすれば、こんな贅沢な経験もないものだ。

マラルメが子供たちに英語を教える教材として「マザーグース」を使っていたというのは、いかにも面白い。この本では「マザーグース」の詩の一つひとつに、マラルメが詩的解説というか、思い付きというか、思考を跳躍させるような言葉を書き連ねていて、興味尽きない。子供のための唄、つまりわらべ歌というのは、何処か残酷で謎めいている。『マザーグース』

も何のことだかわからないような突飛な発想が目立つ。日本のわらべ歌でも、謎めいたものが多い。「ずいずいずっころばし　ごまみそずい」にしても「かごめかごめ　かごのなかのとりは」にしても、あれこれ解釈はなされているが、いまひとつわからない。
さて「マザーグース」にはこんなのがあった。

コック・ロビンを殺したのは誰？
わたしだわって雀が云った。
わたしは弓と矢でもって、
コック・ロビンを殺したの。

死ぬのを見たのは誰？
わたしだわって蝿が云った。
ちっちゃなお目めで、
わたしは死ぬのを見てました。

喪主には誰をしよ？

わたしだわって鳩が云った。
失くした恋を嘆くのよ、
　喪主にはわたしがなりましょう。

と、これなどはわかりいいほうだ。しかしどこやら不気味で、もうひとつわからないところもある。それでも妙に心に沁みてくる。何を隠そう、このわたしが心の平衡を失い、日常生活、社会生活に破綻をきたし、ある施設に囲われの身となったことがあった。二三歳の時のことだ。あれこれ治療を受けながら、われを失って彷徨った挙句、三か月ほどして自身を取り戻してきた。そうした日々の中、気の向くままに書いたノートが残っているが、ごく最初にこの詩を書き付けている。よほどこれが気に入っていたのだ。日常性を失ったわたしの心を、真っ先に慰めてくれたのがこの詩だった。しかも正確に思い出して書いている。頭脳の中の記憶装置とは別のところに仕舞われていたのだろうか。

　わらべ歌というのは心のふるさとに違いない。だからよくわからなくても困らない。いっこうに差し支えないのだ。心の奥深く珍蔵されて、ときに取り出して、別次元に遊ぶにはこんないいものはない。

　さてこの本、一五六頁のごく可愛らしい本、夢がいっぱい盛り込まれているようなこの本を読み進めるうちに、欲しくてたまらなくなった。どうしても座右に置きたいと思って、調べてみたらとんでもない高値がついていた。とうに絶版になってしまったけれど、欲しいひとがまだまだ居る。こうした詩情を求める心がある限り、同胞は滅びない。それにしても、こんな夢のある本も近頃珍しい。借りた本だから、こんな深読みが出来たのかもしれない。所有は失うことでもある。無理して手元に置くには及ばない。

『収容所群島』から学ぶもの

本を読むのには「鞍上」「枕上」「厠上」をもってよしという言い伝えがあると聞いた。少し調べてみると、十一世紀の中国の詩人にして学者・政治家の欧陽脩《おうようしゅう》が言った言葉だそうで、説得力のある言葉だと思う。今風に言えば、「電車の中」「ベッドの中」「トイレの中」が読書には最適だということになる。定年退職後、通勤電車に乗らなくなって、読書量が減ったことは確かだ。

思えば通勤電車に乗って毎日通うのは苦痛ではあったが、読書という点ではその恩恵に与《あずか》ったと言える。それしかやることがないとなれば、どうしても集中的に打ち込むことになる。電車に乗って本を開いた途端、その世界に没入できた。勤務先に図書館があったので、これも大いに有難かった。図書館と通勤電車、これによって充実した読書が可能になり、ろくな学校生活をしてこなかったわたしにとって、どれくらい有益だったか計り知れない。

ソルジェニーツィンの『収容所群島』は、分量的にはトルストイの『戦争と平和』にまさる膨大なドキュメントである。これを読破するとなると、自宅の部屋で果たして出来ただろうか。これだけに集中した通勤電車の中であったからこそ読破できたと思う。それと図書館にあったので、この本を手に取って読む気になったのだ。わざわざ買ってきてまで読むとはとうてい思えない。図書館と通勤電車、この条件のもとにこの大部の名作にどっぷりつかることが出来たのだと思う。この本を読んだとき、その感銘を後々まで残したかったのであろう、いくつかのコピーが取ってある。そのコピーによってもう一度そのときの感銘に迫ってみたい。

スターリン治下のソ連には、国内の至るところに収容所があり、何の罪もないひとを「反革命分子」の名のもとに逮捕して、強制労働に従事させた。飢えと寒さと過酷な労働の収容所生活が始まると、誰でも思い至る。それまでの生活がいかに幸せなものであったか、いかに快適なものであったか。（たとえ幸せでなくとも、快適でなくともだ！）「それにしても、利用しなかった可能性がなんと多かったことか！　なんと多くのきれいな花を残してきたことか！……今やいつになったら、それを取り戻せるのか？……もし万が一そのときまで私が生き抜いたら——私は生まれかわったように、賢く生きるだろう！　将来の釈放の日！——それは昇る朝日のように輝いている！そして、これが結論だ——その日まで生き抜くことだ！どんな犠牲を払っても！」

「どんな犠牲を払っても」とは、具体的には「他人を犠牲にしても」の意味だとソルジェニーツィンは解説している。他人の犠牲なくしては生き残ることは難しい、これが監獄というところなのだ。

《生き抜くことだ!》という自分への命令は、生きものとしての自然な衝動だと、ソルジェニーツィンは書く。そして次のようなエピソードを紹介している。

風呂場は、北極圏の雪原の中を五キロも歩いてゆかなければならない。衰弱した三十人の囚人たちが連行されて、その小さなひどい風呂場に五組に分かれて六人ずつ入浴する。風呂場の扉を開ければすぐに酷寒の外である。その酷寒の中で残りの四組の者が待っている。ある老人は、十年間もこんな風呂場に通って、五十歳から六十歳までの刑期を務め上げた。彼は釈放され、家族のもとに帰った。温かく世話をみてくれるわが家で、彼は一か月で燃え尽きてしまった。生き抜くこと——という命令がなくなったからだ……。

監獄の中では肉体的には拘束されていて自由はない。しかし頭の中は自由だ、とソルジェニーツィンは指摘する。「過酷な労働で死に至らしめるほどに露骨に要求してくる収容所の役人も、頭の中までは支配できない。モノを考えるには収容所も悪くない。何故なら最も肝心なことだが、集会というものがない。十年間一切の集会から解放されているのだ。誰一人入党の手続きをしなさいと説得する者は居ない。団体の会費を無理やり取り立てる者も居ない。決して宣伝員にされない。その宣伝を聞くこともない。誰も社会主義的責任を問う者は居ない。自分の誤りについての自己批判も、壁新聞もない。自由な頭……これこそ《群島》生活の特権ではないか。さらにもう一つの自由がある……家族や財産を奪われることがない。すでに奪われているからだ。ないものは神でも奪えない。これこそ確固たる自由ではないか。」

あたかも悟りを開いた修行僧のような言葉ではないか。極限状況下に生きるためには、その位の精神的修行が必要なのだろう。もうひとつ分かることは当時のソ連の国民にとって集会がいかに重荷だったかということだ。われわれの社会生活にも、諸々の集会というものがあるけれど、それほどの重荷には感じていない。そればかりか壁新聞もなければ、自己批判を強要されることもない。それだけ自由の社会に生きているといえるのであろうか。

自由となった頭の中を去来したもの、それは多種多様であっただろうが、とりわけ自分への思いに強烈なものがあった。「振り返ってみて、私は物心ついてからこの人生で自分自身をも、自分の志したものをも全く理解していなかったことを識った」と書く。若いときの成功に酔っていた彼は、自分がいつも絶対に正しいと信じて、その為に残酷だった。あり余る権力をもっていた彼は殺人者であり、弾圧者だった。……腐った監獄のわらの中に横たわっていたとき、はじめてそう気付いた。そうさせるのは、国家の間でも、階級の間でも、政党の間でもなく、一人びとりの心の中なのだと気付いた。我が国の高級官僚の無神経さや死刑執行人たちの残酷さについて聞かされるたびに、彼は大尉の勲章を付けて、東プロイセンを進撃していた中隊を思い出して、自分に言い聞かせた。「われわれのほうがましだったと言えるのか？」

かくて驚くべき言葉を書く。「監獄よ、お前に祝福あれ！　私の人生にお前があったことを感謝する！」

さらに言う「自由は堕落させるが、強制は教訓を与える」

今のわれわれの多くは「自由」の中で生きている。ということは堕落しているのであろうか。この問題を毎日考えてきたが、やはり堕落していることを認めなくてはならない、という方向へ思考しがちになる。といって自ら刑務所へ行こうという気になるかと言えば、まったくその気にはなれない。ところがソルジェニーツィンは次のような例をぶつけてくるのである。

レフ・トルストイが晩年に近いころ、投獄されることを夢見ていた、これは正しいとソルジェニーツィンは言う。「ある時点から、この巨人は枯れ始めていた。豪雨が旱魃に必要なように、監獄は彼に必要だったのである！」

トルストイは偉大だと尊敬しておこう。ふと思う、われわれは確かに堕落しているだろうけれど、自由の中に居たい。これが正直なところであり、多くのひとが同じ思いであろう。「こう長く平和が続くと、ずいぶんと緊張感も薄れ、自堕落なことになってしまっている」ある時そのように言ったら、直ちに答えた。「戦争よりましだよ」……そう答えてくれたのは、一兵卒として兵隊に行った経験をもつ老人だった。「戦争よりましだ」……なんと重い言葉だろう。監獄と戦争は違うかもしれないが、似ている点もあるだろう。極限状況という点では同じ範疇のものであろう。戦争はまっぴらごめんだ、たとえ気が緩もうと堕落しようと平和のほうがましだ、これが健全な感覚ではなかろうか。そして自由を求めて、いかに多くの人類が苦しみ戦い続けてきたことだろうか。

あるインテリたちが収容されているところの粗末な小屋の床が使用不能となり、横になれなくなった。飢えと寒さと無理な労働で疲労困憊しているうえに、寝ることが出来なければ、衰弱して死ぬしかない。インテリたちは立ったまま眠れぬままに自分たちの自由な時間をどう過ごしたか。ひとりが彼らを集めてゼミナールを開き、自分が知っていてほかのひとの知らない情報を講義した。するとある神父は神学を、エネルギー学者は未来のエネルギー学を、経済学者はソ連の経済がいかに失敗したかを講義した。会を重ねるにしたがって、参加者の人数は減り、彼らは死体安置所に移された。死を目前にしながら、こうしたことに興味を示すひとこそが真のインテリだと、ソルジェニーツィンは称賛している。

長い地獄のような収容所暮らしにも終わるときがやってくる。刑期は終了したが手続きがなされていない、このとき監獄の庭で寝ることを許された。中庭の干し草の上に寝て、夜空の下で寝られることに大感激した。

「どうしても眠れない！　月の光の下を、私は歩きまわっている、歩きまわっている、歩きまわっている。ラバが歌を歌っている！　ラクダが歌っている！　私の心の中でも絶えず歌っている――自由だ！　自由だ！」

このように喜びを爆発させているが、じつは本当の自由の身になったわけではなかった。刑期を終えても、政治犯はすべて永久流刑となり、ソルジェニーツィンはカザフスタンに住み、与えられた仕事に就いた。初めに住んだ家は鳥小屋で、一番高い屋根の下に行っても頭がつかえた。土間に二つの箱を置いて寝床とした。石油ランプもない暗闇、そこでも幸福を味わうのであった。暗闇もまた自由の要素になり得る。暗闇と静けさの中で、木箱の上に横になり、無為の楽しみを味わい、「これ以上望むことは何一つない！」と書く。さらに「この地上には、不公平、不平等、奴隷制度のほかに、いったい何が永遠のものなのか？」と問いかけている。

「ひとたび机に向かうと、ペンの下から勢いよく文章が流れ出した。コルホーズでのビート収穫に駆り出されなかった日曜日には、朝から晩まで私はずっと書き続けた。」彼に残された課題は、それまで見た世界を記述することであり、やる気十分だった。

娑婆に戻って、いち早く孤独に逃げ込んだ。収容所に居たときから、森の奥で暮らすことを夢見ていた。他人との接触を避けて、自然の中へ逃げ込んだ。一本の白樺の樹に接吻したい気持ちだった。落ち葉の音を聞くと、音楽に聞こえて眼に涙があふれた。何時間でも静けさに耳を傾け、読書に耽った。「もし世の中に幸福があるなら、それは囚人が釈放されてから、一年のうちに味わうものだ！」

そして最後に次のように書く。「このような人は、長いこと何も持ちたくないのである。財産というものは簡単に燃えたり、失われたりするものであることを、承知しているからである。」「あたかも縁起を担ぐように、新しいものを避けて、着古したものを身につけ、壊れたものを家具に使っている。」またこんな発見をした。「平穏無事な人生を送ってきた人たちとは付き合いにくい。人間的に言えば、出世をあきらめた人だけが面白いのだ。出世を目指すひとは、うんざりするほど退屈なものだ。」

『収容所群島』はこのへんまでで終わっている。ソルジェニーツィンが収容所の刑期を終えた年にスターリンが死に、その三年後にフルシチョフがスターリン批判を行い、粛清された者は名誉を回復した。ソルジェニーツィンも無罪となり、流刑から解放されて中学校の教職に就いた。一九七〇年にノーベル文学賞を得るが、その四年後にソ連を追放され、一九九四年に帰国を果たした。二〇〇八年八月三日に八九歳で波乱にとんだ生涯を閉じた。

ソルジェニーツィンの作品は、『収容所群島』のほかに『イワン・デニソビッチの一日』など数編読んだ。しかし質量ともに『収容所群島』が他を圧倒していると思った。この一大長編を読み通したということは、わたしにとってあまりに大きな衝撃であり、事件だった。こうしてこの本に関して何か書くのは、怖い気がして手を付けずに過ごしてきた。しかしファイルの中からこのコピーを見つけて読みだすと、その凄さに改めて目を奪われ、ほかのことが手につかなくなった。自分の表現の貧しさばかりを感じながら、以上のようなエッセイを書かずにいられなかった。

この本がわたしに与えたものは、……お前は自分に甘い！　未熟だ！　とわたしを地面に叩きつけてくれたことだ。わたしにはとても出来ない、トルストイのように監獄が自分に必要だと言い切ることなど。なんと弱いヤツだ！

やがて冷静にもどったとき、考え込んでしまった。マルクスが主張して、正しいと多くのひとが信じた社会主義という理想が、いざ実現してみるとどうしてこのように多くの国民を苦しめる体制になってしまったのか。独裁体制が大量虐殺を招来し、恐怖政治が人びとを苦しめた。肝心の経済も資本主義に後れを取って体制崩壊してしまった。マルクスの経済理論は間違っていたのだろうか。この疑問に対する解答はこれまで数々なされてきているが、納得できるものはまだ出ていないと思う。この正解はどこにあるのだろう。

心筋梗塞からの帰還

緊急入院

二〇二〇年二月の末ごろから始まった新型コロナウイルスの騒動がしだいに大きくなり、学校が一斉休校となり、株価が暴落しつつある三月半ばに、心臓に異様な痛みを覚え、かかりつけの心臓の専門医のところに行った。心電図を撮って、それを見た先生は「ほんとかい、これは？」と頓狂な声を発したかと思うと、直ちに入院手続きの書類を作り、入院先に電話をかけ、タクシーで「けいゆう病院」に行くように指示された。すでに病院の普通業務が終了する四時半ごろだった。救急外来に行って書類を渡すと、すぐに看護師が迎えに来て、そのままＩＣＵ（集中治療室）に直行し、検査後ただちに手術に取り掛かった。家族の同意を得る余裕もなく一刻を争う状況だった。検査中に携帯電話で妻を呼び出し、担当医に代わって説明していただいた。

冠状動脈の動脈硬化で心臓に送られる血液と酸素が不十分となり、心臓の筋肉に部分壊死が始まっていた。手首からカテーテルを挿入し、ステント二本を装着した（冠動脈形成術）。もう一か所問題があったが、次回に見送り、様子を見てからまた処置するということだった。心臓の筋肉の部分壊死は再生しないので、極端な場合心臓に穴が開くこともあるという。ただしわたしの場合は軽度なので、日常的には普通に過ごしていいし、運動は大いにやった方がいい、とのことだった。

スタッフは八人位居ただろうか。二時間半くらいの手術中、あれこれ声が出ていた。「そのまま息を止めて」という指示は何度も受けた。手首に針を刺し、管を入れるときの痛み以外は、何の痛みもなく、何が行われているのか分からなかった。苦しかったのは、全裸に近い状態でいるのに部屋の温度が低く、寒いことおびただしかったことだ。途中から部分的に暖められたが、全身の寒さが堪えた。それともう一つは尿意である。尿道にカテーテルが差し込まれるときも痛かったが、差し込んだ瞬間から激しい尿意に襲われ、それが果てしなく続くのだ。尿道が圧迫されることから来る刺激と、前立腺が肥大していることがそれに拍車をかけている。この苦しさは翌日にカテーテルが外されるまで変わらなかった。

夜の八時ごろに手術が終わってＩＣＵの病室に移されると、妻と息子と孫が来てくれて、主治医の扇野先生から映像を使った説明がなされていた。それが終わると傍らに来て少し会話した。手術後はエコノミー症候群防止用のストッキングを履き、二四時間点滴の針が腕の中ほどに刺され、指先に酸素検知のはさみを取り付け、胸と指先に心電図モニター用の端子が取り付けられた。さらには採血、血圧測定、心電図検査、体温測定などが何度も行われ、その晩はほとんど眠っていない。夕食はなかったが、翌朝はおかゆではない普通食が出された。

その日の昼頃に尿道のカテーテルが外され、ベッドサイドに便器を運んで用を足すことが出来るようになった。尿の量が退院の時まで計り記録された。リハビリの理学療法士がやってきて、歩いたり簡単な筋トレをした。手術後一六時間くらいで、そのように身体を動かそうとするのが、最近の治療方針なのであろう。手術それ自体は先進技術の最たるものに違いない。しかし受けている側からするなら、こんな楽な入院生活はない。メスが入っていないから、その後の治療もないし、痛みもない。身体に取り付いた管も少しずつ外されて自由の身になっていった。

その翌日つまり入院三日目に、三階のＩＣＵから一〇階の一般病棟に移された。四人部屋に空きがなく、個室に入り、数日後に四人部屋に移された。なるべく起きているように指示され、病院内の探訪をするといいと言われた。理学療法士の指導の下、リハビリは毎日受けた。夕刻に主治医の扇野先生からナースセンターに案内され、映像を使った説明を受けた。冠状動脈の名のとおり、心臓の周りを細い動脈が複雑に取り巻いており、その中の太い支流の二本に血流が塞がれたところが見え、そこにステントが装着された。毎朝七錠の薬が出され、これを必ず飲むように指示された。この中に血液をサラサラにする薬が二錠含まれていて、怪我などしたとき、出血が止まらなくなる危険があるとのこと。胃が悪くなる可能性があり、それがもっとも怖い。胃の中の出血が止まらなくなる。内出血はすぐに判らないから、より注意を要する。歯科の治療も注意を喚起した方がよいという指摘もあった。この点が一番の留意点だった。

腕に刺した点滴の針が外されると、心電図モニター用の端子だけになった。胸に三か所と指先に端子が付いて、それが細いケーブルで機械につながり、その機械を首から提げている。機械からセンターに電波が送られてモニターされる（サチュレーション・モニター）。歩き回るのは自由だ。しかし下着を着ることは出来ない。パジャマだけしか着ていないけれど、室内も廊下も気温二八度に設定されていてまったく寒く感じない。待合室とか、一階の外来は寒かった。腕を伸ばすことも不自由で、ラジオ体操もままならない。それでも毎日長年続けてきた筋トレ・ストレッチのメニューは午前と午後に行った。筋力は少しずつ戻っていったが、院内でのトレーニングなどたかが知れていて、不十分であった。体重が四九・四キロと、五〇キロを割り込むのは三〇年前に東横病院に入院して以来である。

この一年ほど、脚の筋肉が攣《つ》るという現象がしだいにひどくなりつつあった。手術の頃はのべつ幕なしに攣っていた。脚ばかりではない、首筋とか腹筋も攣った。それが退院する頃にはほとんど攣らなくなった。さらに手術前までは左の肩が異常に痛かった。肩が凝るという痛みではなく、異様な痛さは心臓から来るのかなと感じていた。案の定これもまったくなくなっていた。左腕を上に挙げることも出来なかったが、その後は普通に挙げたり回したり出来るようになった。

長年の懸案

長年の懸案事項がこのような決着をみて、ほっとしたというのが正直な感想である。

わたしが三〇歳のとき長兄が心臓病で四八歳で亡くなった。父が同じ四八歳で心臓病で亡くなっている。心臓の形は遺伝するから、お前も気を付けた方がいいと言われ、以来四八歳前後で心臓病で死ぬのかなと思うようになった。四〇歳を過ぎるころに「虚血性心疾患」と診断されて、やはりそうかと思った。四五歳のときに左の胸と背中に激痛が走り、いよいよ来たかと救急車を呼び、北里病院に運ばれた。しかしこのときは「肋間神経痛」とされ、うやむやに終わった。その後も健康診断で心臓の異常を指摘されることが多かった。定年後に受けた健康診断で、心電図に問題があって精密検査を要すと言われた。かねてから心臓に何かあったらそこに行けと言われていた心臓の専門医のところに行った。すると先生は機械の過剰反応として、何の問題もない正常な心臓と診断された。

その後胸の痛みを訴えると、けいゆう病院で精密検査を受けた。結果はほとんど大したこともなく、その後胸の痛みなど話しても、様子を見た方がいいとして、問題にされなかった。しかし胸の痛みと圧迫感がしだいに大きくなり、特にこの一年は階段を上ったときに必ず感じるようになった。この一か月ほど前から、左肩に異様な痛みを覚え、それが首筋まで達し、肩こりとは違う強い痛みだった。いよいよ胸の痛みがひどくなり、全身的に調子が落ちていった。入院の三日前にその厳しい痛みが「死」を意識させた。このまま死んでゆくのかと思った。死をこれほど身近に感じたことはなかった。その二日後の夜一〇時に就寝すると、背中の左側に耐え難い痛みを覚え、そのまま寝ていられない。起き上がると今度は胸が激しく痛んだ。うめき声をあげるほどの痛みだった。よほど救急車を呼ぼうかと思った。しかしその日が日曜日であり、何処へ連れて行かれるか分からないし、どんな処置をされるか分からないのが不安だった。出来ればかかりつけの先生のところから、けいゆう病院に行きたかった。二時間程経った一二時ごろに痛みが治まってきたので、睡眠薬を飲んで寝てしまった。明くる月曜日の朝起きてみると、いつもと変わりなかったので、いつも通りモノ作りと物書き、そして体操・筋トレ・ストレッチと軽い運動をした。午後に先生のところに行ってから先は書いた通りである。

かくして長い年月、自分の心臓に不安をいだいてきたが、ついにこうした決着を得ることが出来た。このことに幸運を感ずる。これから先不特定ながら何年かの生命を与えられたということだ。

悔いるばかり

手術が終わってICUのベッドに横たわって半日くらい経ったとき、自分は助かったという実感をもった。その瞬間ある強い思いが込みあげてきた。なんという悔いの多い人生を送ってきたことか。納得した死など程遠い、という思いだ。これまで死をテーマにしたエッセイをいくつか書いて発表してきた。その中で「今日一日を充実して生きる、それが納得した死を迎えることにつながる」と書いた。表現は違うが、この趣旨のことを何度か書いてきた。死についていろいろ考えて得た一つの到達点として書いた。その裏には、この自分は充実した日々を送っており、納得して死ねるという、故なき自信があった。

しかし手術の三日前に死を身近に意識したとき、その考えがいかに甘いものであるかを思い知らされたのである。死という現実を突きつけられたとき、悔いに満ちた日々を思い浮かべ、あんなことを書いた自分を恥じた。さらに考えた。それではこれからこの現実を重く受け止め、生き方を変えるような方向に進めるかとなると、これはとても無理な話だと思った。現実は何も変わらず、これまでと同じ恥の多い、悔いの残る日々を過ごしてゆくことしか出来ないだろうと思った。

「充実して生きる」とか「生ききる」とか言っても、それが可能なのは戦争とか革命のときのような非常事態の中での話であろう。こんな平和の中で定年退職後の、のんびりした暮らしに「生ききる」などあり得ない話ではないか。そう気付いた。そして思うに「納得した死」などという悟りを開いたような死に方は、はるかに遠いことだ。それでは死ぬという現実はなにか。それは「日常の中断」であり、昨日に続く今日、そして明日という過ぎ行く日々の理不尽な遮断に過ぎない、これが死という現実ではないか。これが新たに発見したことであった。

彼は昔の彼ならず

二〇二〇年の三月一六日に、心筋梗塞の手術を受け、八日間入院した。入院中からリハビリを受け、速足で歩いたり、スクワットなどの筋トレ指導を受けて筋肉の低下を防ぐために色々試みてきた。退院後もいつも通りのラジオ体操・筋トレ・ストレッチを行い、歩くのも坂道を登るように心がけ、回復は順調そのものだった。

そのまま一挙に回復に向かうことを疑わなかった。ところが「心筋梗塞」は只事ではなかった。そんな甘いものではなかったことを思い知らされることとなった。退院後四〇日ほど経った五月連休の頃、熱中症の予防のため水を多量に飲んだ。すると激しい吐き気に襲われた。もう少しで戻すところを辛くもとりとめた。それから三日後くらいに、もやし炒めを作って食べた。これが胃の逆鱗に触れたかのようにまたもや激しい吐き気に襲われた。しかしこのときも実際に戻さずにすんだ。それからは消化のいい物だけを食べるように心がけた。しかし朝から胃の重い感じと胸苦しさがあり、吐き気が終日去らないのだった。終日吐き気に襲われるという気持ち悪さは、例えようがない。食べるものといっては、豆腐に、ジャガイモ、大根くらいでたちまち体力が落ちていった。

掛かり付けの医師に連絡すると、それは心臓の薬の副作用だと言う。心筋が部分壊死して、残った筋肉によってポンプの働きをしてもらっている。手術をしたとは言え、血液ドロドロ、動脈硬化その他心臓の筋肉を壊死に追い込んだ要因は何一つ解決しているわけではない。そこで血液をサラサラにする薬とか、必要とされる薬を毎日七錠飲んできた。その薬が強くて副作用を起こしたということだ。医師はその対策として胃の薬を二種類送ってくれた。それを飲んで二日すると、吐き気はかなり改善の兆しが見えてきた。しかし蕁麻疹が出て、これは薬疹だからということでただちに中断された。すると前にも増して吐き気が連日襲って来るのだった。体力はたちまち地に落ちて行く。蓄えてきた筋力もペラペラになってしまう。通常五五キロくらいあった体重が五〇キロを割り込んでしまった。われながら頼りないことおびただしい。

経験者に訊いてみると、人によっては吐き気があったというし、胃から大量出血して救急車で運ばれた人も居た。こうなったら病院に行って善処してもらうしかない。歩いて行くのは無理なので、タクシーで駆け付けた。先生はこの吐き気は薬の副作用ではないという見解を示され、胃と腹のレントゲンを撮り、採血と点滴を受けた。やおら先生が傍らにやってきて、血液検査の結果もレントゲン検査の結果も、いずれも良好で問題ないとのこと。炎症もないし貧血もないから胃に何か問題があるということはない、むしろ手術前よりいいという。そこで薬でこれだけは飲んでほしいという三種をメモして持ってきてくれた。どこも悪いところはないと分かったのだから安心していいと言われた。

こうなると、これからの自分の努力次第で、徐々に体力をつけ、筋力を蓄え、運動してゆくしかないということになる。そうと分かってからが、意外と道遠かった。朝からだるい感じがして、体が重く、一歩歩くのも努力を要する、という状態が何週間も続くのだった。この体調の悪さをなんと表現したらいいのか。それはまさに疲れ切って、へとへとの状態に近い。なにも出来ないし、その気力もない。一歩歩くのも気力・勇気・努力を要するのだ。座って立ち上がるのも、ちょいとそこまで行くのも同じである。こんな状態が朝から毎日続くのだ。それでも回復するためには、いろいろとやらなければならない。

ラジオ体操、筋トレ、ストレッチといった、これまでやっていたメニューをしようとした。それをとにかく出来るだけしようとした。外を歩くことも大事なことと、玄関の外に出た。うちの中にばかり居て外に出ると、空気の美味さに感激した。肌をなでる風の心地よさ、遠くに目をやり胸を伸ばした。まず家の周りを一巡してみた。それがやっとだった。それから少しずつ外を歩くようになり、その距離を伸ばしていった。七月の半ば過ぎでも最寄りの駅まで歩くのは困難だった。こんな調子では、ダンスなど出来るようになるなど無理かもしれない、と思うようになった。ようやく息のあってきたダンスパートナーと気持ちよく踊ることもう出来ない。そう自分に言い聞かせるしかなかった。

昼食後二階に上って午睡を取る。食後横になることが胃のためにいいということで、若いころからなるべく実行してきた。階下のソファで横になると、風邪を引くことがある。そこで膝の痛みに耐えつつ階段を一段一段苦労して上り、二階のベッドに横たわる。このときが一日の中でもっとも快適なひとときかもしれない。唯一のささやかな至福のときが過ぎて、午後二時ごろに目覚めて、重い身体を起こして上るとき以上に苦しい階段の下りに全身を使って降りる。

夜はゆっくり眠れればよろしいところだけれど、就眠時間が新たな苦しみの時間となってきた。夜中に目覚めること三回なら大いにいいけれど、五回から六回目覚める。前立腺肥大による夜間頻尿である。少し浅い眠りに就くとたちまち尿意で目覚め、喉がガラガラして、口の中が渇いている。枕元に置いているほうじ茶で口と喉にしめりを与え、トイレに行くとチョロチョロと排尿する。かくて日々の暮らしは、苦しみと悲しみと孤立感に苛まれている。「長生きは不幸の始まり」とは近藤啓太郎の名言だが、これが実感として身近なものとなってきた。

つい今年の二月には誰からも元気に見られた。あんな日が戻ってくるのだろうか。ここまで衰えてくると、とてもあそこまで戻るのは夢のまた夢ではないかと思えてくる。それでも絶えざる努力はすべきである。毎日繰り返し地味な体操、筋トレ、ストレッチ、歩く、こうした訓練はやはり裏切らない。七月の終わりごろに、風向きの変わり目を感じ始めた。少し人心地が付いてきたのである。

八月に入って急に暑くなると夏バテ状態となり、日常的に言えばほとんど体力は回復していない。苦しい日々、苦しいひととき、これは相変わらずだ。そこではっと気づいた。こうなったら心臓病発症前とその後では、違った肉体となった以上、比較してはならないのだ、と。毎日午前中は能面作りと物書き、そして午後は週三回のダンスにカラオケ、「古代史の会」「古典文学の会」「太極拳」といったサークルに出かけ、都内にあるオークションの下見会に出かける、テレビはほとんど見ない、見る時間もない、こうした暮らしはそれ以前の自分であって、それはそれで充実した人生を送ることが出来たと感謝する。そしてそれ以後の人生では生まれ変わったように、この条件下でのテーマと目標を創造してゆく、これでまた前に進めるというものだ。決してそれ以前と比較してはならない。絶望するばかりだ、そんな後ろ向きでいつまでも居てはいけない。そう気づいた。これを少し気取って言うなら"He is not what he was."ということだ。「彼は昔の彼ならず」こういう言葉を思い浮かべると、余裕が出てきて救われる。

さらに数日後に、「手数《てかず》とフットワークだ」と墨書して壁に貼っていたのを見直して、今これも大切な心得だと気付いた。めんどくさがらないで、出来るだけやる、少しでも動く、このモットーでゆこうと思った。八月の後半に入り、少し変化を感じ始めた。体操・筋トレのメニューはほぼ以前通りにこなせるようになってきた。食事も少しずつ量が増えてきた。歩くことも以前よりいい歩きが出来るようになりつつある。距離を延ばすよりも決まったコースを姿勢正しく、歩幅広く、スピードを出して歩くように心がけた。

このようにしだいに回復に向かいつつあるかに思えたところに、思わぬ状況が起こった。心臓病のほんとうの恐さをこれから知ることになる。

最期のときが見えた

再入院

少しずつ体力も回復し明るさが見えはじめた八月の末に、急に胸が痛みだし病院に行くと、直ちに入院手術となった。

今度付けられた病名は「不安定狭心症」と言い、壊死した心筋以外の心筋にダメージがあり、「心不全」の恐れがあると言われた。「心不全」というのは、心臓が正常な働きを失い死につつある状態を示すことばである。しかしこの状態になっても、死なずに生命を保つ者が出てくるようになって、「心不全」を病名のような使い方をするようになってきた。

吐き気を抑えるために、飲み薬を減らしたのが決定的にいけなかった。血液をサラサラにする薬、コレステロールを抑える薬、降圧剤等動脈硬化対策の薬を飲まなかったことが、「心不全」を招いてしまったのである。

手術は胸の痛み激しく、うめき声が出るほどに苦しいものだった。より細くなった冠状動脈にステントを入れられないところをバルーンで広げた。そのとき冠状動脈の一部に傷がついたらしい。集中治療室に行ってから、前回は翌日の朝には食事が出され、その五時間後にはリハビリが開始された。しかし今回はそんなものではなかった。集中治療というのはもっぱら点滴による薬物の注入にある。普通は片腕に点滴の針が固定され、そこから二四時間点滴を受ける。しかしそれでは足りずに両腕に針が固定され、点滴が繋がり常時静脈に薬液と栄養注入され続けた。

新たに薬を注入する度に検査が行われる。その検査の結果を見ながらまた次の治療に進む。そこで検査に次ぐ検査が昼夜を問わずに行われた。心電図検査、エコー検査、レントゲン検査、採血による検査、その他である。採血は腕から取れないので、足から採っていた。

血圧が極度に低下し、血糖値が三〇〇を越えたりしていた。ブドウ糖の点滴を受けた結果である。一日三度の血糖値測定とインシュリン注射を受けた。

鼻に酸素吸入の器具が装置され、尿道にはカテーテルが挿入された。胸と指先に心電図検査用の端子が取り付けられた。ほとんど身動きが出来ない状態である。体中に管が取りついて、寝返りも出来ない。もっともこうなるとほとんど寝返りなどしたくもないのだった。むしろある種の安堵感のようなものさえあった。この間食事はまったく出なかった。空腹感は皆無だった。三七度台の微熱が続いた。体温、血圧、血糖値、酸素の検査は毎日三回から五回くらい行われ、これも退院まで続いた。

このICUにはNという看護師が居た。前回来た時も印象に残っていたが、今回はわたしの係になり傍に張り付いて細かく面倒を見てくれた。終始話しかけてきて、言葉が絶えることはなかった。その容姿といい、厚みのある均整のとれた体軀といい、すばらしいものだったが、その言葉の美しさもまたみごとだった。外見ばかりか、頭の中から性格までが美しい。わたしはこのひとの看護を受けることを無上の幸せに思い、この天使ともいうべきひとを尊敬した。こういうひとによって、いつも癒しと活力をもらってきたのだ。今回もそれは大きいとつくづく感謝した。

集中治療室は次から次と患者が入ってきて、大忙しの状況だった。三月に来たときは、二人くらいだったのが今回は四人以上居てベッドはすべて埋まっていた。わたしは三日目になると次の患者が来るらしく、慌ただしく一般病棟の二人部屋に移された。この二人部屋は看護師の詰め所、つまりナースセンターの隣でしかも仕切りがなかった。よって看護師たちの会話はうるさいほどに聞こえてきた。この部屋は集中治療室に次ぐ重症者の入る部屋で、看護師がほとんど付きっ切りだった。ここで少しずつ管が外されてゆき、食事も出るようになった。食事は普通食で、一日一三五〇カロリーのものだった。

二日ほどして二人部屋から四人部屋に移された。そこで尿道に挿入されていたカテーテルが外されて、どうやら自分でトイレにも行けるようになった。抗生物質が出され以後七日間飲み続けた。冠状動脈を広げたときの傷の炎症と尿道に炎症が出来たという説明だった。薬は以前と同じように、血液をサラサラにする薬など七錠、そして頻尿対策の薬、胃の薬があり、これらを間違いなく飲むように四つの小箱が来て、その中に朝、昼、夜、寝る前に飲む薬を仕分けして、それを看護師に見分してもらって飲んでいた。

同室者たち

四人部屋のわたし以外の三人の患者たちの状態は、それはもうひどいものだった。部屋のトイレはベッドから一〇歩も離れていない。なのにそこへ行くのに看護師の付き添いを必要としていた。部屋の洗面所を使っていたのはわたしだけで、ほかの患者は皆ベッドの上で看護師の面倒を見てもらっていた。なかの一人は鼻に酸素吸入器を取り付けたまま、トイレに行くにも荒い息遣いで、長い時間かけて歩いていた。また一人は、血糖値が三〇〇を超え、一日六回血糖値を測定され、インシュリン注射を受けていた。間もなく人工透析が始まる予定だった。

彼らはいずれも心臓から来る合併症だった。心臓の機能低下は、全身の機能低下をきたし、まず臓器を直撃する。腎臓とか肺臓とかがやられる。一人は肺がやられ、血糖値の高い人は腎臓がやられたのだ。患者のベッドはそれぞれカーテンに囲まれて、お互いの会話はないし姿も見えない。看護師とのやり取りで状態が分かる。その弱々しい声を聞いていて、彼らはわたしより年配だと思っていた。ところが数日間滞在しているうちに、真っ正面から向き合ったり、姿を見掛けるようになり、分かってきたことは彼らはいずれもわたしより若いのだった。血糖値の高い人はどう見ても七〇歳そこそこ、もしかしたら六〇歳代ではないかと思えた。押し出しのいい体に黒い髪の毛、堂々たるものだった。あとの二人は七〇歳代の一人は前半、もう一人は後半と思えた。それでこんな悲惨な状態に陥ってしまうとはと思い、同時に将来の自分の姿を見るようでもあって愕然とした。

ある時看護師に訊いてみたら、彼らはまだましな方だというので、ますます驚いた。そう言われてみれば、自分で排泄は出来るのだし、食べることも出来るのだから、ひどくなればそんな段階ではなくなるのだろう。そして気付いた、彼らは特別でもないのだ、と。むしろ普通なのかもしれない。というのは日本人の男性の平均寿命は八一歳、健康寿命は七二歳となっている。まさに平均の位置に居ることになるではないか。定年後仕事から解放されて、酒にパチンコ、そしてテレビといった毎日を過ごせばそんなことになるのであろう。認知症にならないだけましかもしれない。運動などしなかったに違いない。例の血糖値の高い人のところに理学療法士がやってきてリハビリを指導し、ある時はリハビリ室に行って、わたしと並んで自転車こぎなどやっていた。しかし彼は次の日から「遠慮したい」と言ってやろうとしなかった。

わたしは四人部屋に移るとさっそく三月のときと同じ理学療法士がやってきて、リハビリを行った。リハビリ室に行って、自転車漕ぎを一五分やり、翌日は三〇分やった。それは筋肉がついてきて気持ちいいものだった。思えばわたしはいつも運動には心掛けてきた。七〇歳からダンスを始め、今年の二月まで毎週三回ダンスに行っていたのだ。そのほかに太極拳もやっていた。それでも心臓病に罹るのだから、これは老化現象つまり自然現象と見てもいいと思う。

その後冠状動脈がどのような状態になっているか、また手首からカテーテルを挿入して調べることになった。当日は朝食抜き、右手首は手術のときの傷がまだ残っているので、今度は左手首を使う。医師が脈を取って「脈が弱い。動脈硬化だ」という。検査のためのカテーテルは細いので、それでも十分入れられると言った。正午過ぎに麻酔のテープを手首に貼り、安定剤セルジン二錠を飲む。これはほとんど効果なかったように思う。「こういうときにはコカインなど使いたいね。麻薬というのはこういうときこそ使っていいと思う」と言ったら看護師は笑っていた。一時半に手術室に向かい、約二五分で終わった。その場で問題ないと告げられた。部屋に戻ってからは安静とされ、九〇分間熟睡した。

熟睡から目覚めたとき、入院以来はじめて人心地がついた。「よーし、自分はもう病人ではない、明日から普通の生活が出来る！」そんな気分になってきた。こうなったら退院後吐き気が出ないことを祈るばかりだ。しかし体には順応性があり、それに期待することにした。自分は未だ自立しているのだし、同室の患者たちを見ていると、自分はまだまだ元気だと思った。彼らのように要介護の惨状は目をそむけたくなるほどだ。こうした人たちを観察できたことも今度の入院で得た大きな収穫だった。この日の翌日家族への説明がなされ、その翌日に退院した。一〇日間の入院で、その費用は八万九三二〇円だった。これだけの医療を受けてこの価格、日本の国民皆保険がいかに素晴らしいものかを痛感した。

明日をも知れぬ命

帰宅後は来る日も来る日も、食べることと体を動かすことに務めた。しかし回復にはまだ相当な努力と時間を要することを痛感した。入院前にやっていたラジオ体操、筋トレを再開し、歩くことに務めた。体重がまだ四七キロでは、病人の域を出ない。健康体になるには最低でも五〇キロ台に回復しなければならない。そうなるためには半年から一年はかかるだろう。もしかしたらそうならないかも知れない。

風呂に入って湯船に身を沈めるときに感ずる胸の圧迫感、あるいは歩きながら時折感ずる胸の鈍い痛み、これが不吉なシグナルとして精神を萎えさせる。そして思い出すのだ。造影剤を入れて見せられた自分の冠状動脈の現状を。ステントを入れたところはすっきりした動脈になっている。バルーンで広げたところもまだはっきりした形をしている。しかしそれ以外の冠状動脈は頼りなく細くなり、途切れそうになったりしていて、いつどうなっても不思議ではない状態だ。バルーンで広げたところも、ときが経てばまた狭くなってしまうことだってあるだろう。となるとまた同じようなことになるしかない。医師の指示通りに薬を飲み、有酸素運動はしてゆくつもりだ。それでもあの映像を思い出すと、回避できない現実があると認識するほかない。

ふたたび胸に激痛を感じたら、救急入院して手術と集中治療ということになるだろう。しかし次回は命あって帰宅できるかどうか、その可能性は五分と五分ではないか。あるいはそこまでゆかなくとも、それ以前に終わることも予想される。風呂の中とかトイレの中で急に息を引き取ることもあり得る。これも現実味をもって想定できるのである。

そうしたいま思うことには暗いものはなく、ある種の満足感が大きい。そして誇りもある。それはそれで受け入れられると思っている。このような形で先が見えたことに安心感もある。いまのわたしは誰の世話にもならず、自立しており、毎日モノ作り物書きという生産活動に力量不足ながら少しずつ挑んでいる。やりたいことはまだまだ沢山あり、構想は次々と湧いている。それらは中断するけれど、それでいいのだ。やり残したことがあって死ねるのは悪いことではない。

冠状動脈の現状はまさに風前の灯火のようでありながら、表面上は元気なのだ。電話で話すとみな「元気だね」と言ってくれる。会った人も「病人には見えない、ごく元気だ」と言ってくれる。表面上元気に見えるということは、やはり元気だからだろう。それだけ活気がある、エスプリがあるということになるのだろう。というより、心臓が普通に動いている限り、五体は以前とほぼ同じなのだから、まずは元気ということになるはずだ。こうして元気に過ごしつつ、ある時発作が来てそのまま永眠できるということは、望外の幸せではないか。理想的な最期と言える。そんな現実に自分がなり得たことに、満足感と誇りが湧いてくるのだ。

あとがき

先日ある小説を読んでいたら、水商売の女が悪人として描かれ、彼女の悪によって不幸に陥ったという結末になっていた。世間では水商売の女も男も、ろくな奴と思われていない。水商売の世界が恥ずべき悪の巣窟のように受け取られている。しかしこれは誤解であって、典型的な偏見であり、差別そのものである。わたしはその世界に四年半居て、そのおかげで生活が成り立ち、大学へ行くことが出来たのだ。水商売の世界に入ってくる人はみな何らかの事情を抱えており、そのほとんどは貧困である。その辺をご理解いただけるように願って、経験をそのままなるべく正確に書いた。水商売の世界で働く人は、みな特別のことはない、ごく普通の人である。

さらに偏見のひどいのが精神病者に対してだ。精神病院入院患者がその多くはほとんど全治していても社会が受け入れてくれない。家庭でも同じだ。よってそのまま入院を続けざるを得ない人が多数存在していた。今はどうなっているか分からないが、本質的には同じであろう。身体障碍者および精神障碍者および知的障碍者を社会全体で受け入れようとする指向は、先進国を中心に急速に進んでいる。この日本でも身体障碍者の受け入れは少しずつ浸透してきた。多くの企業あるいは団体がその受け入れを進めている。

しかし精神障碍者についてはそんな傾向はまったく見られない。甚だしい誤解と偏見は旧態然であろう。イタリアでは一九七八年に有名な「バザリア法」という「精神科病院廃絶法」が施行され、すべての精神病院を無くしてしまった。精神障碍者を積極的に地域社会に受け入れようという趣旨である。ヨーロッパは人権先進国である。その点我が国は恐ろしいほどの人権後進国である。

そうした中であえて自分の経験を書いて公刊に踏み切った。精神病院の中の人々は、繊細にして心優しく、俗世間に適応できないような人もけっこう多い。こうした人々に対する多くの方々のご理解を頂けるように、その一助になればと願いつつ書いた。今後日本社会が人権というものに対して、少しずつ前向きに動いてゆけるための、蒼海の一滴になればとの思いである。

蛇足ながらその後のことについて簡単に書いておこう。大学を卒業すると、ある私学の事務職員として就職した。私学というところは世間の冷たい風の吹き込まない、囲まれた世界である。利潤追求という必要のないところで働くのが、これほど気楽なものとは思ってもみなかった。よってわたしはそこで何事もなく生活を楽しむことが出来た。土地を買って家を建て、普通に家庭をもち、子供そして孫に恵まれた。美術、音楽、文学といった芸術も、野球とか相撲などのスポーツも、自分なりに楽しんだ。その間能面師に弟子入りし、能面作りの稽古に励み、やがて能面教室を開き、講師として学校でも教えた。まことに結構な後半生と言える。

大人になり一人前になって以後は、とくに出世もしなかったけれど、すこぶる平凡な生活を楽しんだと思う。しかしその波乱に富んだ成長期を振り返ると、その変化に富んだ生活を思って、諸々の想念が湧いてくる。こうしてその一端を書いて世に伝えるのもひとつの義務と思えてきた。それがこうした一冊として出来上がった。お読みいただいた方には心から御礼申し上げたい。そして本書の作製に絶大なご協力を頂いた「鳥影社」と、百瀬精一様には感謝申し上げるばかりである。

〈著者紹介〉

神宮　清志（じんぐう　きよし）

1937年 東京で生まれる。
法政大学文学部卒業。
慶應義塾事務職員として定年まで勤務。
能面師として能面教室を主宰。個展四回。
随筆「蕗の会」、電子書籍「風狂の会」会員。
著書に『仙游小舎の日々』（牧歌舎刊）がある。

疾走の果てに

定価（本体1400円+税）

乱丁・落丁はお取り替えします。

2021年7月 4日初版第1刷印刷
2021年7月15日初版第1刷発行
著　者　神宮　清志
発行者　百瀬精一
発行所　鳥影社 (www.choeisha.com)
〒160-0023 東京都新宿区西新宿3-5-12トーカン新宿7F
電話 03-5948-6470, FAX 03-5948-6471
〒392-0012 長野県諏訪市四賀229-1(本社・編集室)
電話 0266(53)2903, FAX 0266(58)6771
印刷・製本　モリモト印刷
©JINGUU Kiyoshi 2021 printed in Japan
ISBN978-4-86265-899-9 C0095